KB042982

현대무림

1

초판 1쇄 인쇄일 2018년 1월 17일 **| 초판 1쇄 발행일** 2018년 1월 22일

지은이 조휘 **| 펴낸이** 곽동현 **| 담당편집 팀장** 이범수
편집부 신연제 김예리 이윤아 홍현주 김유진 조서영 임소담 정요한 김미경 박수빈

펴낸곳 (주) 조은세상 **|** 출판등록 제 2002-23호
주소 경기도 연천군 미산면 청정로 1355
TEL 편집부 02)587-2966 **|** FAX 02)587-2922
e-mail bukdu@comics21c.co.kr

조휘 ⓒ 2018
ISBN 979-11-6171-610-7 **|** ISBN 979-11-6171-609-1(set) **|** 값 8,000원

현대무림

조휘 현대판타지 장편소설

1

NEO MODERN FANTASY STORY

북두
(주)좋은세상

조휘 현대판타지 장편소설

NEO MODERN FANTASY STORY

CONTENTS

1장. 시공(時空)의 뒤틀림

　우건(羽建)은 세찬 바람을 맞으며 설악산 비신암(飛身巖)
위에 우뚝 서 있었다. 고개를 내리는 순간, 설악산의 장쾌
한 산세가 보였다. 붉은색과 노란색, 그리고 녹색이 뒤섞인
산색은 인간이 만들어낼 수 없는 선명한 아름다움을 지녔
다.

　아침 해가 막 터오는 중이었다. 온 세상이 타는 듯이 붉
었다. 우건은 하루 중에 빛이 어둠을 몰아내는 이 시간을
가장 좋아했다. 물론, 단순히 풍경이 아름답기 때문은 아니
었다.

　우건이 얼마 전 대성한 태을혼원심공(太乙混元心功)은

음양의 조화를 추구하는 신공이었다. 지금처럼 음과 양이 조화를 이루는 시간에 연공하면 평소보다 큰 성취가 가능했다.

우건이 연공을 막 마쳤을 무렵, 선녀처럼 아름다운 여인이 나타났다. 깨끗한 피부와 반듯한 이목구비를 지닌 절세미녀였다. 삼단 같은 머리카락은 윤기가 흘렀다. 고요한 눈은 깊이를 알 수 없는 샘물처럼 짙은 녹색으로 찬연히 빛났다.

두 남녀는 아침 햇살 속에서 서로를 응시했다.

그녀는 우건이 세상에서 가장 사랑하는 사매 설린(雪璘)이었다.

설린은 청아하게 울리는 목소리로 물었다.

"소매가 사형의 수련을 방해한 건가요?"

우건은 웃으며 고개를 저었다.

"아니, 막 끝내려던 참이었어. 한데 이렇게 일찍 무슨 일이야?"

"사부님이 찾으세요."

"알았어. 옷을 갈아입은 후에 찾아뵐게."

옷을 갈아입은 우건은 밖으로 나와 설린의 손을 덥석 잡았다.

설린은 부끄러워하며 주위를 둘러보았다.

"다른 사람이 보면 어쩌려고 그래요."

"보고 싶으면 보라지."

우건은 손에 쥔 물건을 설린의 손바닥에 올려놓았다.

"전부터 사매에게 이걸 주고 싶어 미치는 줄 알았어."

설린은 호기심어린 눈빛으로 그녀의 손을 내려다보았다. 은가락지였다. 손때가 잔뜩 묻어 가락지 표면이 반질반질했다.

설린의 목소리가 떨려나왔다.

"이, 이건 여인의 가락지잖아요."

"어머님이 남긴 유일한 유품이야. 사매가 받아줬으면 좋겠어."

"아!"

설린의 눈에 물기가 어렸다. 우건이 반지를 준 이유를 안 모양이었다. 설린은 손에 쥔 반지가 세상에서 가장 소중한 물건인 양, 두 손으로 꼭 쥐었다. 설린은 눈을 스르륵 감았다. 긴 속눈썹이 파르르 떨렸다. 결국, 눈썹 끝에 매달려 있던 눈물 한 방울이 옥처럼 빛나는 그녀의 뺨 위로 흘렀다.

손가락으로 눈물을 닦아준 우건은 그녀를 강하게 끌어안았다. 눈을 뜬 설린이 고개를 들어 우건을 보았다. 우건은 기다렸다는 듯 그녀의 분홍빛 입술에 자기 입술을 겹쳐갔다.

달콤한 입맞춤이 이어졌다.

그런 두 남녀를 시원한 산바람이 한바탕 휘감으며 지나갔다.

우건은 천천히 입술을 떼었다. 잘 익은 홍시처럼 얼굴이 달아오른 설린은 부끄러운 듯 그의 품에서 얼른 빠져나왔다. 그러나 표정은 달랐다. 표정은 행복한 감정으로 충만해 있었다.

우건은 그녀를 사랑스러운 눈빛으로 바라보며 말했다.

"사부님께 말씀드려 혼례날짜를 잡자."

설린은 미소를 지으며 대답했다.

"좋아요."

그때였다.

우건이 퍼트려놓은 기파 안으로 한 사람이 더 들어왔다.

10장거리였다. 우건의 현재 성취로 볼 때 다른 사람이 10장 안으로 들어오는 동안, 눈치 채지 못했다는 말은 상대의 실력이 만만치 않다는 뜻이었다. 기파에 걸려든 사람의 정체는 준수한 미남자였다. 쭉 뻗은 검미(劍眉)와 부리부리한 눈, 그리고 다부진 입매가 더없이 잘 어울리는 사내였다.

소스라치게 놀란 설린은 얼른 허리를 숙였다.

"소매가 둘째 사형을 뵈어요."

우건 역시 정중한 자세로 인사를 올렸다.

"오셨습니까?"

동부에 나타난 미남자의 정체는 둘째 사형 한엽(漢燁)이었다.

한엽의 검미가 살짝 꿈틀거렸다.

그가 기분이 별로일 때 나오는 습관이었다.

"사부님께서 부르신다는 말을 듣지 못한 게냐?"

우건은 얼른 머리를 숙였다.

"막 가려던 참입니다."

"급한 일이신 모양이다. 빨리 찾아뵈어라."

말을 마친 한엽은 우건과 설린을 한동안 노려보았다. 그리곤 찬바람을 풀풀 날리며 돌아섰다. 자신의 신법이 절정에 달했다는 사실을 두 사람에게 자랑하려는 사람처럼 몸을 허공으로 뽑아 올리는 순간, 까마득한 점으로 변해 사라졌다.

설린이 먼저 서둘렀다.

"어서 가요. 사부님이 기다리시겠어요."

"그러자꾸나."

두 사람은 태을문(太乙門)의 신법을 펼쳐 사부 천선자(天仙子) 동부를 찾았다. 동부 앞에는 잘생긴 소동(小童) 한 명이 나와 있었다. 소동은 우건의 막내 사제 송아(宋兒)였다.

송아가 다급히 말했다.

"사부님께서 셋째 사형만 들어오시랍니다."

우건은 지시대로 혼자 들어갔다. 동부 안에선 선풍도골
(仙風道骨)의 노인이 침중한 얼굴로 궤짝을 노려보는 중이
었다.

궤짝을 일별한 우건이 급히 인사를 올렸다.

"부르셨습니까?"

노인의 정체는 태을문 27대 장문인인 천선자였다. 그는
조선과 중원, 새외(塞外)를 통틀어 가장 강한 고수 중 한 명
이며, 한반도 도맥(道脈)의 적통을 이은 유일한 계승자였다.

우건을 살펴보던 천선자가 흡족한 표정으로 고개를 끄덕
였다.

"그사이 성취가 더 있었던 모양이구나."

"모두 사부님의 훌륭하신 가르침 덕분입니다."

천선자가 미소를 지었다.

"겸양할 필요 없다."

우건은 왠지 쑥스러워 화제를 돌렸다.

"한데 웬 궤짝입니까?"

언제 웃었냐는 듯 천선자의 얼굴에 그늘이 드리워졌다.

"직접 열어봐라."

사부의 지시를 받아 궤짝 뚜껑을 연 우건은 안에 든 내용
물을 확인하는 순간, 바로 얼어붙었다. 궤짝의 내용물은 사
람의 머리였다. 더구나 그가 아주 잘 아는 사람의 머리였
다.

잘린 수급의 주인은 바로 사숙 천명자(天命子)였다. 우건은 누구의 짓인지 바로 알았다. 사숙 천명자를 죽인 다음, 그 수급을 사부에게 보내 기사멸조(欺師滅祖)의 죄를 저지를 만한 자는 그가 한때 대사형으로 모셨던 조광(趙光)밖에 없었다.

"우웩."

말없이 앉아 있던 천선자가 피를 울컥 토했다. 검은색에 가까운 피였다. 내상을 크게 입었다는 증거였다. 우건은 천선자의 심정을 이해하고도 남았다. 자신이 기른 대제자가 사제를 참혹하게 살해한 상황이었다. 멀쩡하면 그게 더 이상했다.

우건은 상황을 이렇게 만든 조광에게 분노하며 물었다.

"그자는 지금 어디에 있습니까?"

"중원의 개봉(開封)이란 데에 있다. 난 얼마 전 놈이 중원의 사교(邪敎) 중에 세력이 가장 큰 제천회(諸天會)를 수중에 넣은 후 못된 짓을 저지른단 소문을 들었다. 해서 사제에게 놈을 잡아오라 명했는데 놈의 무공이 내 예상을 뛰어넘은 모양이구나. 사제를 호랑이굴에 집어넣은 셈이 되었어."

"사부님 탓이 아닙니다."

한숨을 내쉰 천선자가 다시 궤짝을 응시했다.

"놈이 번거로움을 무릅쓰며 사제의 수급을 보낸 데는 두 가지 이유가 있을 것이다. 첫 번째는 나를 흔들기 위해서일 텐데 너도 봤다시피 첫 번째 의도는 성공을 거둔 것 같구나. 그리고 두 번째 이유는 자신의 실력을 드러내 본문의 추적을 피하고자함이었을 것이다. 본문이 누굴 보내든 자신의 상대가 되지 않는다는 것을 보여주고 싶은 생각이겠지."

천선자가 고개를 들어 우건을 보았다.

"본문은 기사멸조의 죄를 저지른 반도를 그냥 둔 역사가 없다."

우건은 그제야 천선자가 이른 아침부터 자신을 찾은 이유를 알 수 있었다. 그에게 변절한 대제자 조광을 추살할 것을 지시하기 위해 부른 것이다. 현재 태을문에서 조광을 상대할 수 있는 사람은 우건 한 명밖에 없었다. 천선자는 10년 전에 입은 내상으로 인해 진기의 흐름이 원활하지 않았다.

둘째 한엽과 넷째 설린, 막내 송아는 당연히 조광의 상대가 아니었다. 그러나 우건은 달랐다. 그의 무공수위는 조광을 앞선 지 오래였다. 조광이 10년 먼저 입문했지만 우건의 재능은 그를 압도했다. 사문을 버린 조광이 중원으로 도망친 데에는 사제보다 떨어진다는 자격지심이 작용한 터였다.

더욱이 우건의 성취가 근래 더 높아진 덕분에 천선자는 별로 걱정하지 않았다. 우건 역시 조광을 별로 걱정하지 않았다. 유일한 걱정거리는 사매와의 혼례가 미뤄지는 일이었다.

'어쩔 수 없지. 돌아와서 혼례에 대해 말씀드려야겠군.'

천선자가 엄숙한 표정으로 오른손을 내밀었다.

그 순간, 동부 가장 깊숙한 곳에 걸려 있던 고검(古劍) 한 자루가 천천히 떠올랐다. 떠오른 고검은 3장 거리를 순식간에 가로질러 천선자의 오른손으로 빨려 들어갔다. 엄숙한 표정으로 일어난 우건은 사부 천선자 앞에 한쪽 무릎을 꿇었다.

천선자가 기다렸다는 듯 고검을 내밀었다.

"태을문 28대 제자 우건은 명을 받으라."

"태을문 28대 제자 우건은 삼가 장문인의 명을 받사옵니다."

"이 고검은 태을조사(太乙祖師)께서 문호가 어지러워졌을 때 사용하라고 남겨두신 유검(遺劍)이다. 이 유검을 내릴 터이니 사문을 배신한, 그리고 존장을 살해해 하극상을 저지른 반도의 수급을 잘라 문호를 깨끗이 정리하도록 하여라."

"제자 삼가 명을 받사옵니다."

대답한 우건은 유검을 받아 동부를 나왔다.

설린과 송아가 다가왔다. 두 사람은 천선자와 우건이 나눈 대화를 모두 들었기 때문에 무슨 일인지 따로 묻지 않았다.

우건은 짐을 챙겨 산을 내려갔다. 장문인의 명령이 떨어진 이상, 미적거릴 이유가 없었다. 설린과 송아가 산 초입까지 배웅 나왔다. 둘째 사형 한엽의 모습은 끝내 보이지 않았다.

우건은 큰 길에 접어들기 직전, 송아에게 눈짓을 보냈다. 눈치 빠른 송아가 자리를 피해주었다.

우건은 설린을 조용한 장소에 데려가 말했다.

"금방 돌아올 거야."

설린은 애틋한 표정으로 우건을 올려다보았다.

"대사형……. 아니 그 사람이 사숙의 수급을 사부님에게 보낸 것은 그만큼 자신 있단 뜻일 거예요. 그 사람은 예전부터 귀계(鬼計)를 잘 썼어요. 사형은 너무 방심하지 말아요."

우건은 설린을 안으며 그녀의 귀에 달콤한 목소리로 속삭였다.

"알았어. 그렇게 할게. 설마 내가 이렇게 아름다운 사매를 두고 먼저 죽을 리 있겠어? 아마 억울해서 눈을 못 감을걸?"

설린은 비단주머니를 건넸다.

"이걸 가져가세요."

우건은 주머니를 열어 안을 보았다.

주머니 안에 푸른빛이 도는 온옥(溫玉)이 들어 있었다.

우건은 놀라 물었다.

"이건 사부님이 사매 생일에 선물한 천향온옥(天香溫玉)이잖아?"

주머니에 달린 끈을 풀어 우건의 목에 걸어준 설린은 주머니 속의 온옥이 심장을 보호할 수 있게 옷깃을 여며주었다.

"온옥의 열기가 무인에게 좋다는 고사(古事)를 들었어요. 이 온옥을 소매라 생각하고 절대 몸에서 떼어놓지 말아요."

"그렇게 할게."

설린과 작별한 우건은 중원으로 떠났다.

온몸에 피를 칠한 우건은 뒤를 돌아보았다.

개봉에 위치한 제천회 총단은 유성이 떨어진 것처럼 박살나 있었다. 우건 한 명을 막기 위해 제천회 신도 수백 명이 달려들었지만 소용없었다. 우건은 얼굴에 묻은 피를 닦아냈다.

이제 남은 것은 중앙에 있는 3층 전각밖에 없었다.

우건은 지체 없이 전각 정문에 장력을 날렸다.

퍼어엉!

문이 굉음을 내며 수천 조각으로 잘려 날아갔다. 뻥 뚫린 문 안으로 걸어 들어간 우건은 전각 안을 천천히 둘러보았다. 가장 먼저 보옥으로 장식한 커다란 태사의가 눈에 들어왔다.

태사의에는 탐스러운 수염을 기른 30대 사내가 앉아 있었다.

그 사내가 바로 태을문을 배신한 변절자, 조광이었다.

조광 앞에는 중원의 고수 100여 명이 반원을 그리며 서 있었다.

우건은 태을조사의 유검을 꺼내 하늘을 가리켰다.

"태을문 28대 제자 우건은 장문인의 지엄한 명을 받들어 사문을 배신하고 존장을 살해한 반도 조광의 수급을 자르러 왔소! 다른 사람들은 본문과 상관없으니 물러서도록 하시오!"

그 말에 조광이 앙천광소(仰天狂笑)를 터트렸다.

"하하하!"

조광의 웃음소리에 실린 진기가 폭풍처럼 전각을 흔들었다.

벌떡 일어난 조광이 우건을 가리켰다.

"투항하면 살려주마! 한때나마 한솥밥을 먹은 정리를 생각해 하는 말이니까 셋째는 이 대사형의 말을 따르는 게 좋을 것이다!"

우건은 싸늘한 목소리로 대꾸했다.

"그건 나란 사람을 너무 모르고 하는 소리군."

씩 웃은 조광은 다시 태사의에 몸을 묻었다.

"좋다! 네 뜻이 정 그렇다면 어디 한번 내 목을 가져가봐라!"

우건은 그 말이 끝나기 무섭게 신법을 펼쳐 조광이 있는 태사의로 날아갔다. 그러나 채 열 걸음을 내딛기 전에 조광 앞을 막아선 100여 명의 고수들에게 막혀 실패했다. 우건은 하는 수 없이 밑으로 내려와 그들을 상대해야했다. 그들이 만든 방어진을 뚫지 못하면 조광에게 갈 방법이 없었다. 조광이 모아놓은 고수들의 면면은 대단하기 짝이 없었다.

우건은 태을조사의 유검으로 천지검(天地劍)을 펼쳤다.

장내에 검광의 폭풍이 몰아치기 시작했다.

폭풍에 휩쓸린 고수들이 주춤하며 물러섰다.

다시 오지 않을 기회였다.

"차앗!"

기합을 크게 내지른 우건은 천지검법의 최후 초식인 천지합일(天地合一)을 펼쳐 조광을 향해 단숨에 짓쳐갔다. 천지합일은 신검합일(身劍合一)을 이루는 초식으로 몸과

검이 마치 한 몸처럼 상대에게 짓쳐가는 초상승의 검법이었다.

그 순간, 앉아 있던 조광이 벌떡 일어나 손짓했다.

우건은 등줄기를 스치는 불길한 느낌에 잠시 멈칫했다.

그때, 투명한 막이 조광과 우건 사이를 막아섰다.

우건은 천지검법을 펼쳐 막을 갈라갔다. 그러나 무쇠를 두부처럼 베어내는 검이 막을 베어내지 못했다. 그 순간, 막에서 붉은 연기가 뿜어져 나오기 시작했다. 우건은 급히 연기를 피해 지상으로 내려왔다. 그러나 소용없었다. 대청 전체를 둘러싼 투명한 막에서 붉은 연기가 계속 뿜어져 나왔다.

"설마?"

무언가를 깨달은 우건이 고개를 홱 돌려 조광을 쳐다보았다.

조광의 입가가 비틀렸다.

"크크, 태을양의미진진(太乙兩儀未盡陳)의 맛이 어떠냐?"

충격을 받은 우건이 비틀거렸다.

태을양의미진진은 태을조사가 만든 절진으로 세상을 어지럽히던 마두(魔頭)들을 제거하기 위해 고안한 진법이었다. 이 진법에 한 번 걸리면 빠져나올 방법이 없었다. 내력을 다 흡수당한 상태에서 적에게 목을 내어주는 수밖에 없었다.

우건과 함께 진법에 갇힌 100명의 고수들 역시 크게 놀랐다.

붉은 연기에 닿는 순간, 몸 안의 내력이 빠져나가는 느낌을 받은 것이다. 그 속도가 엄청나게 빨라, 벌써 기진맥진해 쓰러지는 자들이 있을 지경이었다. 우건은 태을혼원심공으로 최대한 버텨보고 있었지만, 그 역시 내력이 줄어드는 상황을 막진 못했다. 같은 태을문의 신공이지만 태을양의미진진의 위력이 훨씬 강해 태을혼원심공으로 버틸 재간이 없었다.

'어차피 죽는 건 매한가지다.'

이를 악문 우건은 남은 내력을 전부 쥐어짰냈다. 거기에 단전에 있는 선천지기(先天之氣)까지 전부 뽑아 유검에 실었다. 유검 끝에서 용틀임하듯 황금색 광채가 뿜어져 나왔다.

우건은 재차 천지합일을 펼쳐 조광을 짓쳐갔다.

그때였다.

펑!

검광에 닿은 막에 구멍이 뻥 뚫리며 조광의 모습이 드러났다.

조광의 눈이 찢어질 듯 커졌다.

"빌어먹을, 그 개자식이 나를 속였구나!"

의미를 알 수 없는 말을 외친 조광이 벌떡 일어나 출수했다.

"죽어라!"

고오오!

붉은색과 푸른색 두 강기가 용틀임하듯 서로를 휘감으며 우건을 덮쳐왔다. 우건은 강기를 향해 수중의 유검을 찔렀다.

촤아악!

유검이 폭포를 거슬러 오르는 연어처럼 강기를 가르며 짓쳐갔다. 조광의 눈에 서려 있던 불안감이 두려움으로 바뀌었다.

콰직!

그 순간, 유검이 조광의 목을 찢어발겼다.

피를 뿌리며 뒤로 날아가던 조광이 마지막 남은 내력을 전부 쥐어짜내 장력을 발출했다. 태을문 장법 중에 가장 강력한 태을진천뢰(太乙震天雷)였다. 쾅 하는 소리와 함께 해일과 같은 장력이 우건의 단전에 작렬했다. 우건은 온몸이 찢겨나가는 고통을 느끼며 태을양의미진진 안으로 떨어졌다.

쉬쉬쉬!

그 순간, 우건이 선천지기까지 써가며 뚫어놓은 구멍으로 붉은 연기가 빠져나가더니 막이 엄청난 속도로 줄어들기 시작했다. 단전이 완전히 박살난 우건은 손가락 하나 까딱할 힘이 없었다. 태을양의미진진에 갇힌 100여 명의 고수들 역시 기력이 모두 빨려나갔는지 멍한 눈으로 급격히 줄어드는 막을 지켜보았다. 한숨을 내쉰 우건은 눈을 감았다.

눈을 감는 순간, 사랑하는 사람들의 얼굴이 떠올랐다.

사부 천선자와 막내 송아의 얼굴이 지나갔다.

그리고 마지막에는 사랑하는 사매 설린의 얼굴이 나타났다.

'사매, 미안해. 아무래도 난 돌아가지 못할 것 같아.'

그때였다.

콰콰콰쾅!

급격히 줄어들던 막이 섬광을 뿌리며 폭발했다.

"하아암."

오수연(吳秀演)은 기지개를 펴며 늘어지게 하품했다.

외과 레지던트 4년차인 그녀는 당직근무를 막 마친 상태였다.

수연의 차림은 수수하기 짝이 없었다. 촌스러운 노란색 머리끈으로 어깨까지 오는 긴 생머리를 질끈 묶어 넘긴 상태였다.

그녀가 입은 핑크색 블라우스와 검은색 스커트 역시 시장에서 쉽게 볼 수 있는 공산품이었다. 그러나 촌스러운 헤어스타일과 수수한 옷차림은 그녀의 아름다운 얼굴과 새하얀 피부, 그리고 시원시원한 몸매의 매력을 떨어트리지 못했다.

화장기 전혀 없는 얼굴은 조금 피곤해 보이는 것 외엔 완벽했다. 밤바람을 쐬기 위해 나온 환자들, 그리고 병원을 오가는 보호자와 관계자들이 힐끔거리며 그녀를 훔쳐보았다. 그녀는 최악의 상황에서도 아름다움을 잃지 않는 미녀였다.

하품하던 수연은 그녀가 레지던트 수련을 받는 영제병원(永制病院) 정문 앞에 서서 피곤한 눈빛으로 밤하늘을 올려다보았다. 저기 어딘가에 별이 있을 터였다. 그러나 그녀가 있는 곳에선 별이 잘 보이지 않았다. 도시의 빛은 인간의 시간을 늘려주었지만 그 대가로 밤하늘의 별을 빼앗아갔다.

수연이 아쉬운 마음으로 고개를 돌리려는 순간이었다.

밤하늘에 새하얀 빛이 번쩍였다. 마치 명멸(明滅)하듯 순간적으로 나타났던 빛은 나타날 때와 마찬가지로 순식간에 사라졌다. 수연은 손가락으로 관자놀이를 세게 주물렀다.

너무 피곤해 헛것을 본 모양이었다.

그때였다.

병원 옥상에서 쿵하는 소리가 들렸다.

"무슨 소리일까?"

그녀가 옥상을 올려다볼 때였다.

영제병원 정면에 걸려 있는 대형 현수막 위로 사람이 떨어졌다. 수연은 너무 놀라 비명을 질러야 한다는 사실을 잊었다.

떨어진 사람은 마치 미끄럼을 타듯 현수막 위를 빠르게 굴러 내려왔다. 현수막이 끝나는 지점에 이르러선 공중을 한 바퀴 돌더니 쿵 하는 소리와 함께 수연의 바로 앞에 떨어졌다.

수연은 눈을 질끈 감았다.

눈을 뜨면 끔찍한 광경이 펼쳐져 있을 것 같아 두려웠다.

그녀는 끔찍한 부상을 당한 중환자가 가득한 병원 중증외상센터를 제집처럼 드나드는 의사였다. 심지어 환자의 배를 가르는 개복수술(開腹手術)을 수백 번 넘게 해본 흉부외과 의사였다. 그러나 사람이 떨어지는 광경을 본 적은 없었다.

하지만 그녀는 역시 고도로 훈련받은 의사였다.

눈을 뜸과 동시에 상황을 파악했다.

벌거벗은 남자가 엎드린 자세로 바닥에 쓰러져 있었다. 외상을 크게 입은 듯했다. 남자 주위에 피 웅덩이가 생겨났다.

수연은 급히 달려가 남자의 맥을 짚었다.

"맙소사."

맥이 뛰었다.

즉사했을 거라 생각한 사람이 아직 살아 있었다.

그녀가 놀라 흠칫할 때, 그제야 주변 사람들이 비명을 질렀다.

병원 밖에 있던 의사와 간호사들이 재빨리 달려왔다. 몇 명은 이동용 병원침대를 가져왔다. 인사를 나눈 기억이 있는 응급의학과 레지던트가 그녀를 밀치며 들어와 남자를 살폈다.

"어떻게 된 겁니까?"

"갑자기 옥상에서 떨어졌어요."

수연은 사람들에게 떠밀려 현장 밖으로 밀려났다.

그녀는 손바닥을 내려다보았다.

피가 묻어 있었다.

맥을 짚을 때 묻은 모양이었다. 그녀는 손수건으로 피를 닦아내며 남자의 상태를 살피는 의사와 간호사들을 지켜보았다.

응급의학과 레지던트가 다급한 얼굴로 소리쳤다.

"징후가 안 좋아요! 수술실로 옮겨야겠어요!"

나이 많은 간호사 한 명이 응급실로 뛰어갔다.

"먼저 가서 수술방 잡아놓을게요!"

응급의학과 레지던트가 뛰어가는 간호사 등에 고함을 질렀다.

"외과선생님들 먼저 호출해주세요!"

그 말에 간호사가 돌아서며 물었다.

"어떤 과요?"

"전부 다요!"

"아, 알았어요!"

간호사가 떠난 후, 사람들이 달려들어 남자를 병상에 눕혔다. 의사 한 명은 남자의 벌거벗은 몸을 가리기 위해 자기 가운을 내놓았다. 그때, 남자의 얼굴이 살짝 보였다. 피가 묻어 있어 자세히 보진 못했다. 한데 그의 얼굴을 보는 순간, 심장이 덜컥 내려앉았다. 가족은 아니었다. 그리고 친구나, 직장동료 역시 아니었다. 태어나 처음 보는 얼굴이었다.

'그런데 왜 이렇게 떨리는 거지?'

그녀는 자기가 몸을 떠는 이유를 알지 못했다.

그저 몸이 사시나무처럼 떨리며 다리 힘이 빠져나갈 뿐이었다.

남자를 실은 병원침대가 불을 밝힌 응급실로 들어갔다.

남자에게 가운을 덮어주었던 의사가 수연에게 물었다.

"선배, 왜 그래요?"

외과 레지던트 후배였다.

그제야 정신이 든 수연은 떨리는 음성으로 물었다.

"왜?"

"정신 나간 사람처럼 서 있잖아요."

수연은 화제를 돌리기 위해 응급실을 보며 물었다.

"그 사람…… 어려울까?"

후배가 씁쓸한 얼굴로 고개를 저었다.

"뼈란 뼈는 다 부러진 모양인데 살기 힘들지 않겠어요?"

"그렇겠지?"

후배가 병원으로 돌아가며 손을 흔들었다.

"선배는 당직 끝났잖아요! 어서 돌아가요!"

"그럴게."

대답한 수연은 주차장으로 걸음을 옮겼다.

그러나 주차장 안으로 들어가진 못했다.

입술을 살짝 깨문 그녀는 몸을 돌려 응급실로 뛰어갔다.

그 남자가 마음에 걸렸다.

이대로 떠나면 안 될 것 같은 느낌이 강하게 들었다.

✛ ❈ ✛

우건은 강렬한 빛에 머리가 깨어질 듯 아파왔다.

그는 빛에 적응하기 위해 눈을 몇 차례 깜박여보았다.

흐릿하던 시야가 점차 선명해지기 시작했다.

가장 먼저 하얀 옷을 입은 여자의 윤곽이 흐릿하게 보였
다.

여자는 붓처럼 생긴 물건으로 우건의 눈을 이리저리 살펴보는 중이었다. 곧 우건의 머리를 아프게 만들었던 물건의 정체가 밝혀졌다. 붓에서 강한 빛이 뿜어져 나오고 있었다. 신기한 일이었다. 빛이 나오는 저런 물건을 대체 어떻게 만들었단 말인가?

빛이 사라진 자리에 키가 큰 여자가 서 있었다.

여자가 마치 입을 맞추려는 동작처럼 우건의 얼굴 쪽으로 고개를 숙여왔다. 덕분에 희미하게 보이던 얼굴이 점차 선명해졌다. 얼굴 윤곽이 전체적으로 드러났다. 그리고 눈과 코, 입이 차례대로 모습을 갖춰갔다. 눈을 한 번 깜빡여 보았다.

사매였다.

사매는 걱정 가득한 표정으로 우건을 내려다보는 중이었다.

우건은 반가운 마음에 사매의 손목을 덥석 잡았다. 머릿속이 아찔해지는 통증이 덮쳐왔지만 우건은 신경 쓰지 않았다.

통증보다는 사매가 눈앞에 있다는 사실이 더 중요했다.

우건은 있는 힘을 다해 소리쳐 불렀다.

"사매!"

사매의 눈동자가 커졌다.

놀란 모양이었다.

그때였다.

무언가 이상하다는 느낌을 받았다.

사매의 모습이 이상했다.

사매는 처음 보는 흰 외투를 착용한 상태였다. 그뿐만이 아니었다. 사매의 얼굴 외엔 그를 둘러싼 모든 풍경이 생소했다.

눈을 부시게 만드는 하얀 빛 속에서 사매와 비슷한 옷을 입은 서너 명의 사람들이 우건을 내려다보는 중이었다. 고개를 좌우로 돌려보았다. 처음 보는 물건이 사방에 가득했다.

우건은 사매의 손목을 슬며시 놓았다.

사매가 심각한 표정으로 다른 이들과 대화를 나누기 시작했다.

우건은 그들의 대화를 알아듣지 못했다.

대화에 끼지 못하는 거처럼 답답한 상황은 없단 생각이 들었다.

우건은 고개를 숙여 몸을 살폈다.

가슴에 하얀색 줄 같은 물체가 잔뜩 붙어 있었다.

우건은 줄을 떼어내려 했다.

깜짝 놀란 사람들이 우건의 팔다리를 잡아 움직이지 못하게 만들었다. 그들이 뭐라 소리를 질렀다. 진정하라는 듯했다.

그때였다.

사매가 서둘러 어떤 물건을 하나 가져왔다.

바늘이 붙어 있는 유리병이었다.

사매는 우건의 손목에 유리병에 달린 바늘을 찔러 넣었다. 우건은 유리병의 액체가 줄어드는 모습을 보며 정신을 잃었다.

❖　❖　❖

다시 깨어난 우건이 고개를 돌리는 순간, 사매의 얼굴이 보였다.

아니, 사매와 쌍둥이처럼 닮은 여인이 보였다.

처음 보았을 때처럼 흰 외투를 입은 여인은 우건의 손에 꽂혀 있는 투명한 줄을 만져보며 무언가를 점검하는 중이었다.

우건의 시선을 느낀 듯 여인이 고개를 돌렸다.

그녀의 얼굴과 마주하는 순간, 우건은 심장이 덜컥 내려앉았다.

이를 알 리 없는 여인은 환한 미소를 지으며 물었다.

"깨어났어요?"

목소리 역시 똑같았다.

그러나 우건이 아는 사매와 지금 그를 내려다보는 여인

은 다른 사람이 분명했다. 그녀는 사매와 얼굴과 목소리, 체형만 같을 뿐이었다. 같은 사람이었다면 그가 알아보지 못할 리 없었다. 그리고 그녀가 우건을 알아보지 못할 리 없었다.

여인은 몇 가지 질문을 던졌다.

그러나 우건은 그녀의 말을 알아듣지 못했다.

답답했다.

우건 역시 궁금한 게 산더미처럼 많았다.

그러나 말이 통하지 않아 물어볼 방법이 없었다.

포기한 듯 미소를 지어보인 여인이 문으로 걸어갔다.

그녀를 부르려던 우건은 이내 고개를 저으며 포기했다.

그렇게 꿈을 꾸듯 몽롱한 상태로 며칠이 지났을 무렵이었다.

우건은 믿기 힘든 현실에 봉착해 있었다.

그가 지금 있는 이곳은 그가 살던 시대보다 몇 백 년 뒤의 미래가 분명했다. 눈앞에 있는 텔레비전이 그 증거였다. 텔레비전을 처음 본 날, 우건은 자신의 머리가 이상해져 환영을 보는 줄 알았다. 그러나 이는 절대 환영이 아니었다.

모두 실제였다.

놀라운 물건은 그게 다가 아니었다. 텔레비전 화면에서는 그가 모르는 세상이 펼쳐졌다. 이곳은 하늘을 나는 비행

기와 말보다 빠른 속도로 달리는 자동차들이 있는 세상이
었다.

텔레비전에 나오는 사람들 역시 놀랍긴 마찬가지였다.
이상한 옷을 입은 그들은 생소한 말을 쓰며 알 수 없는 행
동을 했다. 우건은 한동안 텔레비전 화면에서 시선을 떼지
못했다.

우건은 그가 누워있는 병실을 둘러보았다.

처음에는 이곳이 어디인지 알지 못했다. 그러나 시간이
조금 흐른 후에는 다친, 그리고 병든 사람을 치료하는 의원
임을 알 수 있었다. 이곳에서는 병원으로 불리는 모양이었
다.

우건은 다른 환자 다섯 명과 6인실이라 불리는 병실에
누워 있었다. 환자의 나이는 다양했다. 60대 노인과 10대
소년이 섞여 있었다. 다들 뼈가 부러져 병원에 입원한 환자
였다.

병실을 함께 쓰는 환자들 중에 우건의 상태가 가장 좋지
못한 편이었다. 우건은 왼팔과 두 다리가 부러진 상태였다.
그리고 머리에 금이 갔으며 갈비뼈는 여섯 대가 부러졌다.

처음 한 달은 진통제를 맞은 상태에서 죽은 듯 누워 텔레
비전이라 불리는 신기한 기계를 보는 일밖에 할 게 없었다.
아니면 환자들이 나누는 대화를 들으며 지루함을 달래거
나.

우건은 상황을 파악하기 위해 이곳의 언어를 배웠다. 다행히 그가 쓰던 언어와 완전히 다른 언어는 아니었다. 한 달이 지났을 무렵엔 일상적인 대화가 가능한 수준에 이르렀다.

우건은 옆 병상을 쓰는 철희라는 소년에게 고마움을 느꼈다.

여드름자국이 가득한 철희는 아주 친절한 소년이었다. 우건이 모르는 단어가 있으면 친절히 가르쳐주었다. 철희는 우건이 뇌에 충격을 입어 기억을 잃은 줄 아는 모양이었다.

어쨌든 철희와 텔레비전 덕분에 말이 빠른 속도로 늘었다. 사용하는 단어만 다를 뿐이지, 그가 이전 세상에서 쓰던 말이나, 이곳 사람들이 쓰는 말이나 결국엔 같은 말이었다.

우건은 철희와 텔레비전의 도움을 받아 새로운 세상에 적응해갔다. 간단한 의사소통이 가능해진 후에는 가장 먼저 그가 이곳에 있는 이유를 알아보았다. 사람들의 설명에 따르면 그는 병원 옥상에서 벌거벗은 상태로 뛰어내린 듯했다.

한데 바닥에 떨어진 우건을 가장 먼저 발견한 사람이 사매와 닮은 그 여의사였다. 그녀의 이름은 오수연이었다. 수연은 가끔 우건의 병실을 방문했는데 오늘 역시 마찬가지였다.

수연이 우건의 부상부위를 살펴보며 물었다.

"어때요? 전보다 나아진 것 같아요?"

"나아진 것 같소."

"이젠 대답을 하시네요."

수연은 웃으며 병상 끝에 걸려 있는 종이판을 꺼내 내용을 읽어 내려갔다. 의사와 간호사가 차트라 부르는 물건이었다.

수연이 고개를 들었다.

"성함이 우건이에요?"

"맞소."

"보호자는 없으신가요?"

"보호자?"

"돌봐줄 가족이나, 친지를 보호자라고 해요."

우건은 고개를 저었다.

그는 가족이 없었다. 어렸을 때 찾아온 지독한 기근으로 부모형제를 모두 잃었다.

그러나 피를 나눴어야 꼭 가족인 것은 아니었다.

사부님과 사매, 그리고 막내 사제를 그는 가족으로 생각했다. 그러나 수연이 물어보는 가족은 그런 뜻이 아닐 터였다.

차트를 보던 수연은 입술을 살짝 깨물었다.

"주민번호, 연락처, 주소가 다 없네요."

우건은 어떻게 대답해야할지 몰라 멈칫했다.

그때, 옆 병상에 누워 있는 철희의 얼굴이 보였다.

철희는 우건이 머리에 충격을 입어 기억을 상실한 줄 알았다.

우건은 얼른 대답했다.

"기억이 나지 않소."

"그런가요?"

"그렇소."

차트를 내려놓은 수연이 돌아섰다.

"그럼 전 이만 가볼게요. 몸조리 잘하세요."

"조심히 가시오. 미안하게도 몸이 이래 배웅은 힘들 것 같지만."

수연이 피식 웃었다.

"알고 있어요. 하지만 말이라도 고맙네요."

이미 두 사람은 작별인사를 마친 상태였다.

한데 수연은 돌아가지 않았다.

그리고 우건이 전혀 예상치 못한 질문을 던졌다.

"그런데 사매가 정확히 무슨 뜻이죠?"

2장. 세상 밖으로

우건은 순간 흠칫했지만 애써 태연한 척 물었다.

"그게 왜 궁금하오?"

"환자분이 처음 깨어났을 때 저를 사매로 불렀거든요. 정확한 의미를 몰라 인터넷을 찾아보았어요. 같은 스승 아래서 공부한 손아래 여자라 나오는데 제가 찾은 의미가 맞나요?"

우건은 재빨리 고개를 저었다.

"미안하오 경황이 없어 다른 사람이랑 착각한 것 같소."

"그렇군요."

고개를 끄덕인 수연이 병실을 나갔다.

수연이 나간 후, 우건은 한숨을 내쉬며 편하게 누웠다.

그리고는 수연이 오기 전에 하던 고민을 계속했다.

우건은 현재 네 가지 의문에 대한 해답을 찾으려 노력했다.

우선 조광이 어떤 방식으로 태을조사가 창안한 태을양의 미진진을 손에 넣었는지 궁금했다. 태을양의미진진을 펼치는 방법이 적힌 진법서는 원래 장문인만이 소지할 수가 있었다. 그 안에 우건이 알지 못하는 곡절이 있음이 분명했다.

두 번째 의혹은 그가 아직도 멀쩡히 살아 있는 이유에 있었다. 그는 보통 방법으론 태을양의미진진을 빠져나갈 수 없다는 생각이 들기 무섭게 선천지기를 소진해 진을 돌파했다. 그리고 조광의 목에 치명적인 일격을 가하는 데 성공했다.

선천지기를 소모하면 그게 누구든 죽음을 면치 못했다. 신선 할아비가 와도 마찬가지였다. 한데 그는 여전히 살아 있었다.

세 번째 의혹은 당연히 몇 백 년 전을 살아가던 그가 미래로 올 수 있었던 이유였다. 태을양의미진진 때문은 확실한데 어떤 묘용(妙用)으로 이런 일이 생긴 건진 알지 못했다.

마지막 의혹은 사매였다.

아니, 정확히 말하면 수연이라는 여의사였다. 처음 깨어 났을 때, 그는 수연이라는 여의사를 사매로 착각했었다. 사실 착각으로 보기는 어려웠다. 그녀는 사매와 닮은 정도가 아니라, 아예 똑같았다. 마치 사매가 다른 사람 옷을 입은 듯했다.

우건은 태을양의미진진에서 정신을 잃기 직전, 마지막으 로 그녀의 얼굴을 떠올렸다. 하늘이 그런 그를 가엾이 여겨 환생한 그녀가 있는 미래로 보내준 건가 하는 생각까지 들 었다.

의혹을 풀어보려 애써보았지만 소용없었다.

오히려 의혹이 얽히고설켜 더 괴로울 뿐이었다.

우건은 결국 포기했다.

그 다음에는 몸을 추스르는 데 전력을 다했다.

이곳에 온지 며칠 지나지 않았을 때, 통증을 참아가며 태 을혼원심공을 운기해본 적이 있었다. 그러나 전혀 소용없 었다.

조광이 죽기 직전 날린 태을진천뢰가 단전을 완전히 박 살냈다.

사실, 우건은 운이 좋은 편이었다.

조광이 목을 찔린 후에 태을진천뢰를 펼쳐 단전만 박살 났지, 그렇지 않으면 그 자리에서 목숨을 잃었을 공산이 높았다.

심법을 쓰지 못하는 우건은 우선 육체를 회복하는 데 집중했다.

우건은 재활이라 불리는 치료를 꾸준히 받았다.

그렇게 넉 달이 지났을 무렵이었다.

뼈가 거의 다 아물어 간호사의 도움 없이 혼자 걸을 수 있었다.

철희라는 소년은 한참 전에 퇴원을 마쳤다. 그리고 인상 좋은 50대 중년사내가 철희가 쓰던 병상을 차지했다. 그는 택시라는 것을 모는 사람이었는데 음주운전자가 모는 자동차에 들이받혀 전치 16주 중상을 입었다. 그러나 입은 멀쩡한 모양이었다. 중년사내는 쉴 새 없이 떠드는 수다쟁이였다.

우건은 주로 들으며 말을 배웠다. 그리고 이곳 세상의 분위기를 익히려 노력했다. 귀는 아팠지만 말을 배우거나, 분위기를 익히는 데는 중년사내보다 좋은 선생이 없을 듯했다.

수연은 짧게는 열흘에 한 번, 길게는 한 달에 한 번 그를 찾아왔다. 처음에는 수연이 우건의 담당 의사인 줄 알았는데 말 많은 중년사내에 따르면 그녀는 흉부외과 의사였다. 정형외과 장기 환자가 있는 병실에는 올 일이 많지 않았다.

병실에 들른 수연은 우건의 차도를 살피거나, 아니면 그의 과거에 대해 묻곤 했다. 그동안의 노력으로 어느 정도의

40 현대무림 1

대화는 가능했지만, 그녀에게 사실대로 말할 순 없는 노릇이었다.

사실대로 말하면 우건을 미친 사람으로 취급할 터였다.

그리고 중년사내의 말에 따르면 경찰이라 불리는 사람들이 몇 번 다녀갔다. 그들은 우건의 신상정보를 궁금해했다. 이름은 뭐고 주소는 어디인지 알아내려했다. 그리고 우건이 병원 옥상에서 벌거벗은 상태로 뛰어내린 이유를 물었다.

경찰은 그가 스스로 목숨을 끊으려 했던 것으로 짐작하는 모양이었는데, 그 역시 이유를 모르는지라 대답할 말이 없었다.

경찰의 질문에 제대로 대답하지 못한 우건은 결국 신원불명(身元不明) 처리를 받았다. 신원이 확실치 않은 것으로 판명이 난 후, 병원의 태도가 바뀌었다. 강경한 어조로 언제 퇴원할건지, 그리고 병원비는 어떻게 낼 건지 계속 추궁했다.

중년사내에 따르면 보험처리를 못할 경우, 병원비가 수천만 원은 나올 거라 했다. 이곳 화폐를 잘 알진 못하지만 상당한 금액인 모양이었다. 당연히 우건에겐 보험이 있지 않았다.

어찌해야 하나 고민할 때였다.

"운 좋은 아저씨, 무슨 생각을 그리 골똘히 해요?"

사매, 아니 수연의 목소리가 들려왔다.

수연의 목소리 역시 사매와 똑같아 흠칫 놀랄 때가 있었다. 마치 사매가 수백 년이 지나 환생한 것 같은 모습이었다.

그러나 사매가 정말 환생했든, 안 했든 상관없었다. 그녀는 결단코 사매 설린이 아니었다. 그녀는 오수연(吳秀演)이었다. 이를 착각하면 우건도, 그녀도 힘들어질 수밖에 없었다.

마음을 애써 다잡은 우건은 고개를 돌리며 인사했다.

"오셨소?"

보라색 상의와 검은색 바지를 입은 수연은 여느 때처럼 어깨까지 기른 생머리를 한데 묶어 등 뒤로 넘긴 수수한 차림이었다. 그녀의 옷에선 항상 희미한 소독약 냄새가 풍겼다.

한 손을 의사 가운 안에 푹 찔러 넣은 수연은 우건이 얼마 전에 깁스를 푼 부위를 살펴보았다. 뼈는 다 아문 상태였다.

수연은 이불을 다시 덮어주며 물었다.

"환자분을 왜 운 좋은 아저씨로 부르는지 아세요?"

"모르겠소."

"환자분이 살아날 거라 생각한 의사가 병원에 아무도 없었기 때문이에요. 병원 옥상에서 떨어질 때 현수막에 걸리지 않았으면 아마 그 자리에서 돌아가셨을 거예요. 그리고 떨어진 장소가 중증외상센터가 있는 우리 병원이 아니었으면 살아계셨어도 충분한 치료를 받지 못해 돌아가셨을 거고요."

우건은 그녀의 눈을 응시했다.

"내게 그런 말을 해주는 이유가 무엇이오?"

"좀 더 자기 자신을 소중히 하라는 의미에서 알려드리는 거예요. 이런 행운은 누구에게나 찾아오는 것이 아닐 테니까요."

수연은 우건이 스스로 목숨을 끊으려했던 것으로 아는 모양이었다. 이는 당연한 일이었다. 자살시도가 아닌, 다른 이유로 벌거벗은 상태에서 몸을 던질 사람은 거의 없을 테니까.

나중에 들은 이야기지만 경찰과 병원 관계자들은 우건이 몸을 던졌을 거라 추정되는 병원 옥상을 샅샅이 뒤졌다. 그러나 우건의 옷이나, 발자국을 전혀 발견하지 못했다. 하지만 흔적이 없다고 해서 실제로 일어난 일이 없어지진 않았다.

수연이 돌아가려는 듯 고개를 살짝 숙였다.

"그럼 재활치료 잘하세요. 다음에 시간 나면 또 올게요."

"가기 전에 한 가지 물어봐도 되겠소?"

"물어보세요."

"선생님은 흉부외과 의사라 들었소."

"맞아요."

"하면 담당환자가 아닌 사람을 계속 찾아오는 이유가 무엇이오?"

수연은 별다른 이유가 없다는 듯이 어깨를 으쓱거려보였다.

"저 역시 그 이유를 모르겠어요. 이건 저 혼자만의 생각인데 아마 환자분을 처음 발견한 사람이 저였기에 그런 게 아닐까요?"

우건은 말없이 고개를 끄덕였다.

"갈게요."

수연은 가볍게 목례한 후에 병실을 나갔다.

6인실을 같이 쓰는 동료 환자들은 부러운 눈길로 우건을 쳐다보았다. 의사란 직업을 떠나, 저렇게 아름다운 여자가 관심을 가져주는데 싫어할 남자는 이 세상에 거의 없을 것이다.

그러나 우건은 그녀의 관심이 싫었다.

그녀를 보고 있으면 자연스럽게 사매의 얼굴이 떠올랐다. 그리고 그럴 때마다 미치도록 보고 싶었다. 우건은 그녀와 사매를 동일시하지 않기 위해 흔들리는 마음을 다잡았다.

몸은 거의 회복한 상태였다.

떠나려면 언제든 떠날 수 있었다.

우건은 자리에 누워 앞으로 어떻게 할 건지 계획을 세웠다.

가장 먼저 할 일은 치료비를 구하는 일이었다. 우건은 태어나 지금까지 남에게 빚을 져 본 역사가 없었다. 빚을 질 일 자체가 없었지만 어쨌든 남의 돈을 떼먹는 성격은 아니었다.

두 번째로 할 일은 하루라도 빨리 과거로 돌아가는 일이었다. 사부님과 사매가 기다리는 과거로 돌아가는 일이야말로 지금 그에게 있어 가장 중요한 지상과제라 할 수 있었다.

엄청나게 발전한 미래에 호기심이 가는 건 사실이었다. 그러나 그는 그저 낯선 과거에서 온 이방인일 따름이었다. 그에게 익숙한 세계는 지금이 아니라, 과거의 어느 시점이었다.

이 두 가지 계획을 실현하기 위해서는 먼저 설악산에 있는 태을문의 동부로 돌아가야 했다. 떠나기로 결정한 그는 바로 계획에 착수했다. 낮에 옆 병상을 쓰는 중년사내의 옷을 몇 개 슬쩍 훔쳤다. 그리고는 날이 저물기를 기다렸다.

날이 저물면 병원 역시 조용해졌다. 응급실은 바쁘지만 장기 환자가 입원한 일반 병실은 코를 고는 소리 외엔 조용했다.

다른 환자들이 모두 잠들길 기다린 우건은 화장실에 들어가 낮에 훔친 옷으로 갈아입었다. 옷을 다 갈아입은 후엔 전날 미리 봐둔 통로를 이용해 제지 없이 병원을 빠져나왔다.

다른 사람의 부축 없이 혼자 걸을 수 있게 된 우건은 병원 안을 돌아다니며 지리를 익혀 두었다. 덕분에 헤매지 않았다.

어둠이 내려앉은 도시가 우건의 눈앞에 펼쳐졌다.

축축한 밤공기와 역한 쓰레기 냄새가 코를 찔렀다. 병원 주위를 둘러싼 휘황찬란한 광고판이 우건을 정신없게 만들었다.

병원을 나온 우건은 몇 시간 동안 정처 없이 길을 돌아다녔다.

한참만에야 정신이 든 우건은 주위를 둘러보았다.

텔레비전으로 볼 때나, 병원 창문으로 내려다봤을 때는 미처 알지 못했던 생생한 풍경이 쉴 새 없이 그를 지나쳐갔다.

높이 솟은 건물들이 육중한 성벽처럼 거리를 내려다보았다. 그리고 그 밑으로 바삐 오가는 사람들과 차도를 씽씽 달리는 자동차들이 그를 스쳐 반대편으로 사라졌다. 조명과 광고판이 뿜어내는 여러 가지 색의 빛깔이 한데 어우러져 마치 밤하늘의 별이 지상으로 내려온 듯한 느낌을 주었다.

그렇게 한동안 멍하니 서 있던 우건은 더 늦기 전에 떠나야겠다는 생각이 들었다. 우건이 여러 가지 정보를 통해 알아낸 바에 따르면 그가 지금 있는 곳은 서울 강남이란 데였다.

설악산이 있는 강원도로 가려면 동쪽으로 가야한단 의미였다.

'어떻게 가야하나?'

내력이 있을 때는 당연히 경공을 사용해 움직였다.

경신법을 극한으로 펼치면 내일 날이 저물기 전에 목적지인 설악산에 도착할 수 있었다. 그러나 단전을 잃어 경신법을 펼치지 못하는 지금 상태에선 다른 방법을 찾아야했다.

우건이 원래 살던 세계에선 경공을 펼치기 어려울 경우에 말을 빌렸다. 그러나 우건이 알기로 이곳에선 말로 여행하는 사람이 없었다. 이곳에선 말을 노름하는 용도로 사용했다. 그게 아니면 취미생활로 승마를 즐기는 정도가 다였다.

그러나 말과 비슷한, 아니 말보다 훨씬 뛰어난 교통수단은 주변에 널려 있었다. 자동차, 기차, 버스, 택시 등 설악산으로 가는 수단은 아주 많았다. 물론, 이용하려면 돈이 필요했다.

처음엔 쉬엄쉬엄 걸어가 볼까 하는 생각을 잠시 한 적이 있었다. 고생은 좀 하겠지만 보름 안에 도착할 자신이 있었다.

그러나 이내 고개를 저었다.

우건이 도망쳤단 사실을 안 병원은 바로 경찰에 신고할 터였다. 그리고 신고한 후에는 치료비를 떼먹은 몰염치한 놈이라며 우건을 욕할 터였다. 별로 기분 좋은 일은 아니었다.

더욱이 수연이 그를 몰염치한 사람으로 생각하게 놔둘 순 없는 일이었다. 아니, 생각해도 그 시간을 짧게 만들어야했다.

'어떻게든 돈을 구해봐야겠군.'

우건은 일단 동쪽으로 방향을 잡았다. 그리고 걸어가며 돈을 벌 장소가 있나 찾아봤다. 며칠 열심히 일하면 교통비는 충분히 나올 듯했다. 그렇게 정처 없이 길을 걸을 때였다.

주택가 한적한 골목에 이르는 순간, 젊은이 몇이 학생 하나를 가로등 없는 으슥한 장소로 데려가는 모습을 목격했다.

우건은 그쪽으로 걸어갔다.

젊은이 하나가 짜증이 가득 담긴 목소리로 학생에게 물었다.

"정말 없어?"

학생이 기어들어가는 목소리로 대답했다.

"정, 정말 없어요……."

"너 이 새끼, 뒤져서 나오면 10원당 한 대씩 쳐 맞을 줄 알아."

그들의 대화를 들은 우건은 쓴웃음을 지었다.

세상은 엄청나게 발전했지만 그 세상을 살아가는 인간이란 존재는 그렇게 크게 바뀌지 않은 모양이었다. 약한 자를 괴롭히는 악한(惡漢)들은 절대 사라지는 법이 없는 듯했다.

젊은이, 아니 그 불량배들은 학생의 가방을 빼앗아 안에 든 책을 꺼내기 시작했다. 그리고 학생의 옷을 벗겨 주머니를 뒤지기 시작했다. 돈이 나온 모양이었다. 불량배의 얼굴에 미소가 번졌다. 우건은 불량배들을 향해 똑바로 걸어갔다.

우건을 발견한 불량배 하나가 앞을 막아섰다.

"험한 꼴 당하고 싶지 않거들랑 가서 발 닦고 잠이나 쳐 자쇼."

"말버릇이 고약한 놈이군."

우건은 손아귀로 앞을 막은 불량배의 목을 틀어쥐었다. 섬전과 같은 솜씨였다. 불량배는 목이 잡힌 후에야 깜짝 놀랐다.

태을십사수(太乙十四手) 중 광호기경(狂虎齮頸)이란 초식이었다. 원래는 손아귀로 적의 뼈를 부러트리는 초식이었다. 그러나 놈은 목숨을 빼앗을 정도로 나쁜 짓을 하진 않았다.

"꺼져라."

우건이 목을 잡은 손아귀를 풀어주는 순간, 얼굴이 샛노랗게 변한 불량배가 받은기침을 토하며 바닥을 데굴데굴 굴렀다.

"뭣들 하는 거야! 얼른 저 새끼 잡아!"

화난 불량배들이 우르르 달려와 우건을 에워쌌다.

불량배 우두머리로 보이는 놈이 우건을 위아래로 훑어보았다. 눈을 부라리는 모양새가 이런 일을 많이 해본 듯했다. 우두머리가 때릴 것처럼 주먹을 위협적으로 들어올렸다.

"별것도 아닌 새끼가, 너 뒈지고 싶어 환장했어?"

우건은 이런 놈과 말을 섞을 기분이 아니었다.

왼손을 번개같이 뻗어 우두머리가 들어 올린 주먹을 잡았다. 그리고는 엄지손가락으로 손등에 있는 **뼈**와 **뼈** 사이를 지그시 눌렀다. 태을십사수 중 맹룡조옥(猛龍操玉)이란 초식이었다. 원래는 적의 혈도를 점혈해 제압하는 수법이었다. 그러나 내력이 없는 지금은 고통을 주는 선에서 끝났다.

물론, 그 고통은 당해보지 않은 사람은 몰랐다.

"으아악!"

비명을 지른 우두머리가 발을 동동 구르며 소리쳤다.

"뭐, 뭐해! 이 새끼들아! 어, 어서 다구리쳐버려!"

지시를 받은 불량배들이 주먹질과 발길질을 어지럽게 해왔다.

우건은 왼손으로 우두머리의 손등에 고통을 가하는 한편, 오른손으로 비원휘비(飛猿揮臂)를 펼쳐 불량배들의 공격을 일일이 막아냈다. 우건의 팔에 부딪힌 불량배들이 고통스런 신음을 토하며 비틀거렸다. 그들은 사람 팔이 아니라, 돌덩이를 맨손으로 내려친 것 같은 통증을 느끼는 중이었다.

우건은 왼손에 힘을 더 가했다.

우두머리는 즉시 바닥에 엎드려 빌었다.

"잘, 잘못했습니다. 제, 제발 이, 이번 한 번만 용서해주십시오."

우건은 겁에 질린 얼굴로 서있는 다른 불량배들을 훑어보았다.

"너희들은?"

그제야 불량배들이 무릎을 꿇었다.

"용, 용서해주십시오."

우건은 우선 불량배들이 빼앗은 돈을 학생에게 돌려주었다. 그리고는 가족이 기다리는 집으로 돌아가게 했다. 돈을 찾은 학생은 머리를 꾸벅 숙이더니 집이 있는 데로 뛰어갔다.

우건은 여전히 우두머리 손등을 누르며 물었다.

"아까 뒤져서 돈이 나오면 10원당 한 대라고 했었나?"

그 말에 이미 까무러치기 직전인 우두머리가 얼른 대답했다.

"그, 그렇습니다."

"그 말을 그대로 돌려주마."

눈치 빠른 우두머리가 얼른 부하에게 소리쳤다.

"어, 어서 드리지 않고 뭐해, 새끼들아!"

부하들은 그제야 주섬주섬 돈을 꺼내 우건 앞에 내밀었다. 돈을 챙겨 주머니에 집어넣은 우건은 그제야 손을 놓았다.

우두머리는 손이 퉁퉁 부어올라 원래 형태를 알아보기 힘들 지경이었다. 간신히 살아난 우두머리는 부리나케 도망쳤다. 그리고 그 뒤를 부하들이 다리를 절뚝거리며 쫓아갔다.

그들이 도망치는 모습을 본 우건은 빼앗은 돈을 세 보았다. 전에 배운 대로 정확히 계산했다면 34만 원이었다. 꽤 많은 돈이었다. 교통비와 식비를 해결하기에 충분한 액수였다.

우건은 행인에게 물어 설악산으로 가는 방법을 찾았다.

설악산에 가려면 우선 터미널이라 불리는 장소로 가야했다.

길가에 서서 택시를 처음 잡아보았다. 외진 곳인지 지나다니는 택시 숫자가 많지 않았지만 끈기 있게 기다려 성공했다.

택시기사가 차 안에 달린 거울로 뒷좌석을 힐끔 보며 물었다.

"어디까지 가십니까?"

"고속버스터미널까지 데려다주시오."

우건의 행색을 슬쩍 살핀 택시기사가 이내 출발했다.

우건은 택시 뒷좌석에 앉아 처음 접해보는 문명의 이기에 적잖이 감탄했다. 참으로 신기한 물건이었다. 자동차는 말이나, 소, 사람의 힘을 빌리지 않았다. 기름만 제때 넣어주면 그야말로 전광석화처럼 목적지를 향해 달려갔다. 물론, 도로에 차가 많으면 거북이보다 못하지만 다행히 지금은 밤이라 도로가 시원하게 뚫려있었다. 목적지에 도착한 우건은 내리기 전, 기사에게 설악산으로 가는 방법을 물어보았다.

친절한 기사는 방법을 자세히 가르쳐주었다.

우건은 침까지 튀겨가며 설명해주는 택시기사를 보며 사람 사는 세상은 다 똑같단 생각이 들었다. 방금 전처럼 약자를 괴롭히는 악한이 있는가 하면, 이 택시기사처럼 곤란에 처한 사람을 도와주는 선인(善人) 역시 존재하기 마련이었다.

택시비를 지불한 우건은 차에서 내려 터미널을 올려다보았다.

'엄청나군.'

육중한 건물이 인간이란 존재를 압도하듯 서 있었다.

터미널 안으로 들어간 우건은 택시기사가 설명해준 대로 매표소를 찾아 설악산 부근까지 가는 심야버스 표를 끊었다.

그러나 그 다음은 쉽지 않았다. 일단, 버스가 너무 많았다. 한글에 익숙하지 않은 그는 어떤 버스를 타야하는지 몰랐다.

우건은 직원으로 보이는 사내에게 방금 끊은 표를 보여주었다. 사내가 왼쪽에 있는 버스를 가리켰다. 우건은 사내가 가리킨 버스에 올라 표를 주고 알려준 자리에 가서 앉았다.

긴장이 풀린 우건은 안도의 숨을 내쉬었다.

그는 원래 두려워하는 것이 거의 없는 사람이었다. 그러나 이곳은 그가 모르는 미지의 세계였다. 또, 내공을 상실한 상태였다. 긴장을 하지 않으려야 않을 수 없는 상황이었다.

❖ ❖ ❖

설악산은 우건이 알던 설악산이 아니었다.

그가 알던 설악산은 찾아오는 사람이 거의 없는 산이었다. 한데 지금은 등산객이 산을 차지해 발 디딜 틈이 없었다. 그리고 근처엔 그들을 상대로 장사하는 음식점이 가득했다.

우건은 등산객과 섞여 산을 올랐다.

이곳에 있는 사람 중에 우건보다 설악산 지리를 잘 아는 사람은 없었다. 그는 20년 가까이 산 곳곳을 누비며 살았다.

우건은 수련하기 위해, 그리고 단약에 쓸 약초를 채집하기 위해 계절에 상관없이 광대한 산맥을 제집처럼 드나들었다.

산 중턱에 이른 우건은 등산객과 헤어져 그가 살던 비신암으로 올라갔다. 신법을 펼치지 못해 땀이 비 오듯 흘러내렸다. 또, 중상에서 막 회복한 상태라, 다리가 후들거렸다.

우건은 몇 차례 고비를 넘긴 후에야 비신암에 도착했다. 그가 기거하던 비신암은 다행히 등산로와 떨어진 장소에 있었다.

우건은 비신암 동쪽에 위치한 절벽으로 먼저 걸어갔다. 사람이 다니지 않은 탓인지, 풀과 관목이 빽빽하게 자라 있었다.

우건은 설악산 초입에 있는 등산용품 가게에서 구입한 가방을 열었다. 그리고는 가방 안에 들어 있는 끝이 뾰족한 망치를 꺼냈다. 가게 점원에 의하면 피켈이라 불리는 도구였다.

혹시 몰라 거금을 주고 구입한 도구였는데 바로 쓸모가 있었다. 우건은 피켈로 풀을 자르며 절벽으로 걸어갔다. 얼마 지나지 않아 비신암이란 이름이 붙은 바위 절벽이 드러났다.

옆에서 보면 사람이 하늘로 날아오르는 형상처럼 생겼는데 거기서 비신암이란 이름이 유래했다. 우건은 절벽에 앉아 하계를 내려다보았다. 문득, 중원으로 떠나던 날 아침이 떠올랐다. 그날 역시 단풍이 물든 설악산을 내려다보았었다.

풍경은 조금 변했지만 그렇게 큰 차이는 없었다. 후손들이 관리를 잘한 모양이었다. 우건은 떠나던 날 아침, 이 절벽에 앉아 태을혼원심공을 연공했다. 그리고 연공이 막 끝났을 무렵, 설린이 올라와 사부님이 부른다는 사실을 알려줬었다.

그에게는 그때의 기억이 아직 생생한데 실제로는 몇 백 년 전의 일이었다. 우건은 기억과 시간의 괴리에서 오는 문제로 인해 심경이 복잡했다. 사매의 얼굴이 떠올랐다가 사라졌다. 그리고 사라진 자리에 수연의 얼굴이 새로 떠올랐다.

우건은 고개를 저었다.

'그녀는 사매가 아니야.'

우건은 동부로 걸어갔다.

이름 모를 풀과 관목, 칡덩굴이 동부 입구에 경쟁하듯 자라 있었다. 우건은 피켈로 덩굴을 자르며 들어갔다. 그 동안 동부를 사용한 사람이 없는 듯했다. 가구가 거의 그대로였다.

돌로 만든 탁자와 의자 위엔 버섯과 곰팡이가 살림을 차린 상태였다. 또, 옷을 걸어두었던 옷장과 각종 약재를 보관하던 약장은 썩어서 문드러지기 일보직전이었다. 물론, 그 안에 넣어둔 물건 역시 건드리면 부서질 거처럼 삭아 있었다.

그나마 오금(五金)의 정화로 만든 무기 몇 개는 멀쩡했다. 우건은 준비한 천으로 무기를 포장해 가방에 담았다. 그 외에 쓸 만한 도구를 몇 개 챙겨 가방에 넣은 우건은 비신암을 나와 천선자의 동부가 있던 무화곡(無花谷)을 찾았다.

무화곡은 등산객이 다니는 길옆에 있었다. 우건은 등산객의 발길이 뜸해지는 저녁까지 기다려 무화곡 동부 안으로 들어갔다. 등산객이 동부 앞을 계속 지나다닌 모양이었다. 근처가 전부 반질반질했다. 이곳으로 오기 전에 어쩌면 태을문이 지금까지 남아 있을지 모른다는 희망을 잠시 가졌었다. 한데 이 모습을 보니까 있던 희망이 사라지는 기분이었다.

물론, 태을문이 다른 장소로 본산(本山)을 옮겼을 가능성은 여전히 남아 있었다. 설악산을 떠나 사람의 인적이 거의 닿지 않는 조용한 장소에 새로운 본산을 만들었을지도 몰랐다.

'벌써부터 희망을 버릴 필요는 없겠지.'

지금까지 알아낸 바에 따르면 이곳에는 무인이라 불리는 사람들이 없었다. 물론, 무예를 수련하는 사람들은 있었지만 그들의 수준은 걸음마단계에 불과했다. 그렇다보니 무인이 모여 만든 무림이란 세계 역시 당연히 존재하지 않았다.

등산용품 가게에서 구입한 플래시로 동부 안을 비추며 안으로 들어갔다. 동부 안은 엉망진창이었다. 돌로 만든 탁자와 의자는 원래 어떤 형태였는지 알아보기 어려울 정도로 산산이 부서져 있었다. 도끼로 깎아 만든 벽 역시 마찬가지였다. 벽에 낀 이끼를 치우는 순간, 날카로운 무기가 훑고 지나간 흔적이 드러났다. 격렬한 싸움이 있었던 모양이었다.

우건은 피가 싸늘히 식는 기분이었다.

그가 떠나기 전에는 멀쩡하던 동부였다.

그렇다면 그가 떠난 후에 이런 일이 벌어졌단 뜻이었다.

물론, 그 시기가 언제인제는 아직 알지 못했다.

몇 십 년 전일 가능성과 몇 백 년 전일 가능성이 모두 있었다.

최악의 경우에는 천선자가 살아 있을 때 이런 일이 벌어졌을 가능성 역시 있었다. 우건은 최악의 경우는 애써 무시했다.

우건은 천선자의 흔적이 남아 있나 찾아보며 안으로 들어갔다.

오래지 않아 동부 끝이 드러났다.

'이쯤인 것 같은데.'

우건은 피켈로 동굴 벽을 긁었다.

이끼가 떨어져나가는 순간, 작은 구멍이 보였다.

우건은 손가락을 구멍 안에 집어넣어 살짝 당겼다.

손가락을 뺀 우건은 피켈로 다른 벽에 낀 이끼를 걷어내기 시작했다. 얼마 지나지 않아 바닥과 천장, 벽에 뚫린 구멍 세 개가 더 드러났다. 우건은 순서를 떠올리며 순차적으로 손가락을 집어넣어 한 번은 위로, 한 번은 옆으로 밀었다.

만일, 순서가 틀리거나, 힘을 주는 손가락의 방향이 맞지 않으면 실패였다. 실패하면 정상적인 방법으론 열지 못했다.

그때였다.

드르륵!

무거운 물체가 움직이는 소리가 들리더니 벽에 틈이 생겼다.

우건은 주위를 둘러보았다.

조용했다.

숨을 깊이 들이마신 우건은 벌어진 틈을 잡아 양옆으로 당겼다. 벽이 벌어지며 한 사람이 들어갈 만한 공간이 생겼다.

우건은 플래시로 안을 비추며 몸을 집어넣었다.

원래 이곳은 태을문의 중요한 물건을 보관하는 비밀창고였다.

규정상으론 장문인만 출입할 수 있는 곳이었는데 대제자 조광이 변절한 후에 다음 장문인으로 우건을 염두에 두었던 천선자가 그에게만 비고의 위치와 여는 방법을 알려줬었다.

다행히 비고(秘庫)는 멀쩡한 편이었다.

비고에 쌓아둔 물건 역시 세월을 피하지 못해 낡긴 했지만 보관 상태는 양호한 편이었다. 몇 백 년 동안 공기가 통하지 않은 덕분에 부패하지 않은 모양이었다. 우건은 플래시로 비고 안을 살펴보며 걸어가다가 한곳에서 걸음을 멈추었다.

한쪽 벽에 무기제련에 사용하는 오금이 잔뜩 쌓여 있었다. 오금은 금과 은, 구리, 철, 주석을 의미했다. 우건이 몸을 담았던 태을문은 내력으로 오금의 정화를 녹여 무기를 직접 제련했다. 이는 중원의 강호문파와 가장 큰 차이점이었다.

충격을 받은 우건은 비고 벽을 손으로 짚었다.

비고 안에 물건이 그대로 있다는 말은 태을문이 다른 장소로 본산을 옮기지 않았다는 말이었다. 만약 태을문이 다른 장소로 본산을 옮겼으면 비고를 그대로 두지 않았을 터였다.

그리고 그 의미는 태을문이 멸문했다는 뜻이었다.

우건은 한참만에야 충격에서 헤어 나올 수 있었다.

'지금은 내가 할 수 있는 일을 하자.'

우건은 가방에 금괴를 적당히 집어넣었다. 양이 많아 한 번에 다 가져가지는 못했다. 금을 챙긴 우건은 비고 더 깊은 곳으로 들어가 보았다. 책이 꽂혀 있는 서가가 나타났다. 서가는 태을문 천여 년 역사가 고스란히 잠들어 있는 장소였다.

서가 아래쪽엔 죽간(竹簡)이나, 짐승의 가죽으로 만든 책이 꽂혀 있었다. 그리고 그 위엔 종이로 만든 책이 꽂혀있었다.

우건은 일단 비고 안을 전체적으로 살펴봐야겠다는 생각에 서가를 지나 더 깊이 들어갔다. 끝에는 단약을 만들 때 쓰는 단로(丹爐)와 무기를 제련할 때 쓰는 화로가 같이 있었다.

단로 옆에는 목곽이 가지런히 놓여 있었다. 우건은 목곽을 하나하나 열어보았다. 목곽 안에는 손톱크기만 한 크기부터 애기주먹만 한 것까지 20개가 넘는 단약이 들어 있었다.

목곽을 수습하던 우건의 손길이 갑자기 멈췄다. 그리고는 작살을 맞은 사람처럼 몸을 부르르 떨었다. 목곽에 든 단약 중 일부는 그가 사부 천선자를 도와 만든 단약이었다. 몇 년 동안 제련한 단약을 그가 알아보지 못할 리 없었다. 그리고 그중 하나는 막내 사제 송아가 복용하기로 한 단약이었다.

즉, 그가 태을문을 떠나던 날 이후로 변한 것이 없다는 말이었다. 그리고 그 말은 태을문이 28대에서 끝났다는 말이었다.

'이, 이럴 수가.'

우건은 바닥에 주저앉아 멍한 표정으로 천장을 올려다보았다.

사부 천선자와 사매 설린, 막내 사제 송아의 얼굴이 차례대로 지나갔다. 우건은 그들의 안위가 걱정되어 미칠 것 같았다.

그로부터 얼마의 시간이 흘렀던 것일까?

간신히 정신을 차린 우건은 고개를 세차게 흔들었다.

'나쁜 생각은 하지 말자. 우선 돌아가는 방법부터 찾아야해.'

우건은 다시 목곽을 수습했다.

보관상태가 좋아 약효에는 큰 차이가 없을 것 같았다. 우건은 목곽을 모두 챙겼다. 화로 옆에는 태을문 역대 장문인이 제련한 보검과 보도가 걸려 있었다. 그러나 무기는 그대로 두었다. 이미 비신암 비동에서 챙긴 무기만으로 충분했다.

비고를 한차례 둘러본 후에는 다시 서가 쪽으로 걸음을 옮겼다.

우건이 비고를 찾은 가장 큰 이유는 다시 돌아갈 방법이 있는지 알아보기 위해서였다. 그는 서가에 있는 책을 조심스레 꺼내 내용을 확인했다. 배가 고프면 미리 사온 육포를 꺼내 씹었다. 그렇게 며칠 동안 서가에 있는 책을 모두 살펴보았다. 어렵지 않게 태을양의미진진 등 태을문이 그간 만든 진법을 기록한 진법서(陳法書) 몇 권을 찾아냈다.

그러나 시간을 역행한다거나, 몇 백 년 후의 미래로 간다거나 하는 내용은 있지 않았다. 우건은 다시 한 번 모든 책을 다 살펴보았다. 그러나 역시 허사였다. 과거로 돌아갈 수 있는 방법은 나와 있지 않았다. 우건은 그대로 주저앉았다.

어떻게든 마음을 추슬러 보려했지만 마음처럼 쉽지가 않았다. 긴장이 풀리는 순간, 고통과 피로가 한꺼번에 몰려왔다.

우건은 서가 바닥에 누워 눈을 감았다.

그러나 잠이 쉽게 오지 않았다.

몇 번 이리저리 뒤척일 때였다.

오른쪽으로 돌아눕는 순간, 서가 바닥에 놓인 무언가가 시야에 들어왔다. 우건은 벌떡 일어나 플래시로 바닥을 비쳐보았다. 돌로 만든 함이 서가 바닥 밑에 있었다. 혹시 하는 생각에 우건은 얼른 함을 꺼내 뚜껑을 열었다. 돌을 파서 만든 함 안에는 죽간이 하나 들어 있었다. 우건은 떨리는 손으로 죽간을 펼쳐보았다. 고대 글자가 적힌 죽간이었다. 사부 천선자에게 고대 글자를 배운 적이 있어 어렵지 않게 해독할 수 있었다.

"아……."

우건은 실망을 감추지 못했다.

진법에 관한 내용이 아니었다.

우건은 정좌한 상태에서 다시 정독해보았다.

죽간은 놀랍게도 태을문을 세운 태을조사가 직접 작성한 죽간이었다. 태을조사는 백 년의 고행 끝에 천지간의 이치를 깨달았다고 알려진 신선이었다. 태을조사의 죽간에는 그가 말년에 깨달은 심득(心得)이 적혀 있었다. 심득은 하나의 심법이었다. 천지조화인심공(天地造化人心功)이란 심법이었다. 태을혼원공 등 태을문에 전해지는 심법들은 중원의 심법이 그러하듯 호흡을 통해 천지간의 기운을 흡수한 다음, 그 기운을 내력으로 바꿔 단전에 저장하는 종류였다.

한데 천지조화인심공은 달랐다.

천지조화인심공은 호흡이 아니라, 정수리의 백회혈을 통해 직접 기운을 흡수하는 방식이었다. 백회혈을 통해 기운을 흡수하면 호흡으로 흡수하는 기운보다 훨씬 정순한 기운을 빠른 속도로 축기(蓄氣)할 수 있었다. 엄청난 심공이었다.

'이런 광세절학이 있는데 사부님은 왜 제자들에게 태을혼원심공과 같은 다소 떨어지는 심법들을 가르쳤는지 모르겠군.'

그 이유는 마지막 장에 나와 있었다.

비급 마지막 장에는 태을문 역대 장문인이 심공을 연구한 내용을 적어놓은 주석이 빼곡히 달려 있었다. 한데 그 주석에 따르면 우선 심공에 입문하는 일조차 불가능하다는 게 중론이었다. 태을조사처럼 상단전(上丹田)이 극도로 발달한 사람이 아닌 이상 백회혈로 기운을 흡수하는 일은 불가능했다.

태을조사가 살던 시기에는 상단전이 열려 있는 사람이 많았지만 세월이 흐를수록 그런 사람이 줄어 일단 시도해볼 수 있는 사람 자체가 적었다. 또, 상단전이 발달하더라도 하단전(下丹田)을 이용해 축기한 경험이 있는 경우엔 상단전 기운과 하단전 기운이 충돌해 주화입마(走火入魔)에 빠졌다. 주화입마에 빠지면 죽거나, 폐인신세를 면치 못했다.

이런 위험으로 인해 태을문 최고 심공이라는 천지조화인심공은 이처럼 돌로 만든 함에서 천년 동안 썩어갔던 것이다.

우건이 주목한 내용은 21대 장문인 공심자(公心子)가 달아놓은 주석이었다. 공심자는 심공을 다른 용도로 해석한 유일한 장문인이었다. 공심자는 하단전이 파괴당한 사람이 천지조화인심공을 수련하면 백회혈을 통해 흡수한 기운으로 하단전을 치료할 수 있을지 모른다는 주석을 달아놓았다.

그러나 할 수 있을지 모른단 말이지, 가능하단 말은 아니었다. 공심자 역시 그런 생각을 했을 뿐, 증명하지는 못했다.

'어차피 나에겐 다른 방법이 없다.'

우건은 심공 구결을 먼저 암기했다.

암기한 후에 가부좌한 우건은 구결대로 백회혈에 정신을 집중했다. 상단전이 닫혀 있으면 애초에 불가능한 시도였다.

시간이 얼마나 흘렀을까.

아무 감각이 없던 백회혈 부근이 조금씩 간지러워지기 시작했다. 머리카락을 몇 달 동안 감지 않았을 때처럼 긁고 싶어 미칠 지경이었다. 만일 그가 손을 뻗어 긁을 수 있었다면 벌써 몇 번이나 그렇게 했을 것이다. 그러나 우건은 그러지 못했다. 가려운 부분은 두피 위가 아니라, 아래였다.

살을 잘라 뼈를 드러내지 않는 다음에야 긁을 방법이 없었다.

으드득!

우건은 참기 위해 피가 나도록 이를 악물었다.

다행히 시간이 좀 더 흐른 후에는 더 이상 간지럽지 않았다. 대신, 바늘로 백회혈을 콕콕 찌르는 듯한 통증이 밀려왔다.

처음에는 조금 따끔할 뿐이었다.

한데 시간이 지날수록 통증이 점점 심해졌다.

처음엔 바늘로 콕콕 찌르는 듯하던 통증이 나중엔 송곳으로 뇌를 푹푹 찔러대는 것처럼 아팠다. 더 이상 참기 힘들다는 생각을 할 때였다. 급기야 못을 정수리에 박은 다음, 그 끝을 망치로 두드리는 것 같은 통증이 밀려오기 시작했다.

다른 사람이었으면 벌써 정신을 잃었을 통증이었다. 그러나 하단전이 박살난 우건에게는 다른 방법이 없었다. 누구보다 간절한 마음을 가진 우건은 극한의 정신력으로 견뎌냈다.

그러나 그 역시 하찮은 인간 중에 한 명이었던 모양이었다.

"악!"

비명을 지른 우건은 그대로 정신을 잃었다.

3장. 생각지 못한 재회(再會)

정신을 차린 우건은 손으로 정수리를 만져보았다.

인두로 지진 거처럼 뜨거웠다.

혹시 하는 생각에 가부좌한 상태에서 심법을 운기해 보
았다.

백회혈에 아주 미세한 기운이 모여 있었다.

마침내 상단전을 뚫는 데 성공한 것이다.

'아!'

우건은 기쁜 마음을 표출하려다가 급히 정신을 차렸다.

지금 모은 기운은 마중물과 같았다.

더 큰 기운을 흡수하기 위한 촉매제였다.

백회혈에 모인 미세한 기운을 심공의 구결에 맞게 운기했다. 뒷목으로 내려간 기운이 이내 심장에 이르렀다. 기운을 잃어버리지 않기 위해 극도로 조심하며 계속 운기해 나갔다.

심장을 감싼 기운이 하단전으로 내려갔다.

갑자기 참기 힘든 통증이 또 밀려왔다.

손톱 사이를 칼로 후벼 파는 것 같은 통증이었다.

그러나 우건은 오히려 통증이 반가웠다. 기운이 태을진천뢰에 박살난 하단전을 치료하며 생긴 통증이었기 때문이었다.

우건의 몸은 어느새 땀에 젖어 번들거렸다. 마침내 기운이 막힌 혈맥을 돌파해 하단전에 이르렀다. 그러나 커다란 호수에 작은 돌멩이를 던진 상황처럼 기운은 이내 모습을 감췄다.

하지만 희망을 발견한 우건은 포기하지 않았다.

천지조화인심공을 계속 운기했다.

두 번째는 좀 더 많은 기운을 백회혈에 모아 하단전으로 보낼 수 있었다. 끊어진, 그리고 뒤틀린 하단전의 혈맥이 원래 상태로 돌아오더니 기운이 하단전으로 치닫기 시작했다.

첫 번째는 연못에 돌멩이를 던진 것처럼 파문조차 크게 일지 않았지만 두 번째는 달랐다. 두 번째 보낸 기운은 사라지지 않았다. 기운이 작은 불씨처럼 하단전을 덥히기 시작했다.

우건은 그런 식으로 열 번을 반복해 작은 불씨이던 하단전의 기운을 횃불처럼 크게 키우는 데 성공했다. 그리고 키운 기운으로 다친 혈맥을 치료하기 시작했다. 그렇게 반나절이 지났을 무렵, 마침내 태을진천뢰에 맞아 박살난 하단전을 완벽히 복구하는 데 성공했다. 하단전이 박살날 때 내력이 다 흩어져 현재 있는 내력은 원래 내력의 조족지혈에 불과했지만 어쨌든 하단전이 다시 살아났다는 점이 중요했다.

우건은 태을혼원심공을 살짝 운기해 보았다.

그러나 호흡을 통해선 기운이 거의 모이지 않았다.

이런 식으론 원래 내력을 찾기가 요원해보였다.

우건의 하단전이 멀쩡한 상태에서 천지조화인심공을 익혔으면 내력이 충돌해 앞서 말한 대로 주화입마에 빠졌을 터였다.

그러나 지금은 천지조화인심공을 먼저 운기한 상태에서 태을혼원심공을 운기했기에 주화입마에 빠지지 않았다. 태을조사가 말년에 얻은 심득을 담아 창안한 심공은 바다처럼 넓어 하찮은 심공을 넉넉하게 포용할 줄 아는 미덕을 지녔다.

바다는 강물을 넉넉하게 받아들이는 포용력을 갖췄지만 바다를 품기에는 강물의 그릇이 너무 작은 것과 같은 이치였다.

'앞으론 천지조화인심공을 쓰는 수밖에 없겠군.'

극심한 허기를 느낀 우건은 남은 육포를 게걸스럽게 먹
어치웠다. 한데 시간이 꽤 흐른 모양이었다. 육포가 어느새
바닥을 드러냈다. 필요한 물건을 챙긴 우건은 사매의 동부
가 있던 옥검봉(玉劍峰)을 찾아 나섰다. 한데 우건을 반긴
것은 동부가 아니었다. 등산객이 머무르는 커다란 산장이
었다.

그 근처를 돌며 흔적을 찾아보았다. 그러나 헛수고였다.
동부가 있던 자릴 허문 다음, 그 위에 산장을 지은 모양이
었다.

등산용 가방을 짊어진 우건은 설악산을 다시 내려가기
시작했다. 등산용 가방은 밑이 찢어질 것처럼 튀어나와 있
었다. 당연했다. 가방 안에는 금괴 20관을 포함해 각종 물
건이 가득 들어 있었다. 내력이 없으면 감당하기 힘든 무게
였다.

초입에 도착한 우건은 버스를 이용해 다시 서울로 올라
갔다.

오래지 않아 서울 터미널에 도착한 우건은 행인에게 금
은방을 수소문했다. 행인은 그에게 종로(鐘路)를 추천했다.
그가 찾는 금은방과 금도매상이 종로에 모여 있는 모양이
었다.

마지막 남은 돈으로 택시비를 지불한 우건은 종로를

둘러보았다. 종로 거리 하나 전체가 금은방과 금도매상으로 이뤄져 있었다. 우건은 그중 하나를 골라 가게 안으로 들어갔다.

30대 중반으로 보이는 주인이 우건을 맞았다.

"어떻게 오셨습니까?"

우건은 진열대에 있는 금제품을 둘러보며 물었다.

"금을 팔 수 있겠소?"

주인이 미심쩍은 표정을 지었다.

우건은 여전히 옆 병상을 쓰던 중년사내의 옷을 입은 상태였다. 허름한 상의와 꾸깃꾸깃 구겨진 바지가 추레해보였다.

주인이 미간을 찌푸리며 물었다.

"얼마나 파시게요?"

"양이 많소."

"신분증을 갖고 계신가요?"

우건은 처음 듣는 얘기였다.

"금을 팔려면 신분증이 있어야 하오?"

"소액이면 모르겠지만 양이 많을 때는 신분증이 필요합니다. 장물(贓物)을 잘못 취급하면 저희들이 피해를 보니까요."

이해가 갔다.

훔친 금을 사들이면 금은방 역시 피해를 볼 터였다.

우건은 다른 방법을 찾기로 했다.

"다음에 오겠소."

우건이 금은방의 문을 막 밀어젖힐 때였다.

얼른 따라 나온 주인이 은근한 어조로 물었다.

"신분증이 필요 없는 데를 하나 아는데 혹시 관심 있으신가요?"

"양이 많아도 괜찮은 곳이오?"

주인은 우건을 배웅하는 사람처럼 밖에 먼저 나와 대답했다.

"그런 데는 오히려 양이 많을수록 좋습니다."

"좋소. 알려주시오."

주인이 품속에서 명함을 하나 꺼내 건넸다.

"명륜동(明倫洞) 1가 산 21번지에 가서 이 명함을 건네주십시오. 그럼 알아서 모실 겁니다. 단, 낮엔 영업을 안 합니다."

우건은 명함을 살펴보았다.

검은색 명함이었는데 붉은색 도깨비가 그려져 있었다.

우건은 명함을 주머니에 넣었다.

"고맙소."

"그럼 살펴 가십시오."

90도로 인사한 주인이 다시 금은방 안으로 들어가려할 때였다.

고개를 돌린 우건이 주인에게 물었다.

"한데 이 이야기를 왜 밖에서 하는 거요?"

슬쩍 웃은 주인이 가게 안에 있는 하얀색 물건을 가리켰
다.

"안에 감시카메라가 있어서 이런 얘길 하는 게 좀 그렇
습니다."

감시카메라는 텔레비전에서 본 기억이 있었다.

영상을 기록하는 장비였다.

불법적인 일이기 때문에 증거를 남기지 않겠다는 뜻이었
다.

우건은 주인의 배웅을 받으며 가게를 나왔다.

주인이 가르쳐준 장소는 낮에 영업을 하지 않았다. 근처
공원에서 시간을 죽이던 우건은 행인에게 물어 주인이 가
르쳐준 장소를 찾았다. 초등학교로 보이는 곳을 지나 지대
가 높은 장소로 올라갔다. 주택가를 지나 조금 더 올라가는
순간, 창고로 보이는 허름한 건물 몇 개가 눈앞에 나타났
다.

우건은 지체 없이 문을 두드렸다.

문 위에 달린 작은 창이 열리며 젊은 사내의 목소리가 들
렸다.

"어떻게 오셨습니까?"

우건은 금은방 사내가 준 도깨비 명함을 보여주었다.

"누가 이곳을 소개해줘서 왔소."

"명함을 이리 줘보십시오."

우건은 작은 문으로 명함을 건넸다.

명함이 작은 문 안으로 사라진 후, 정적이 찾아왔다.

잠시 후, 덜컹하는 소리와 함께 큰 문이 살짝 열렸다.

머리를 짧게 자른 건장한 사내가 손짓을 해보였다.

안으로 들어오라는 신호였다.

우건은 열린 문 안으로 들어갔다.

내부로 이어진 좁은 복도가 보였다.

우건을 안으로 들여보낸 건장한 사내는 큰 문을 다시 닫은 다음, 작은 창으로 밖을 한차례 훑었다. 미행을 확인하는 모양이었다. 확인을 마친 사내가 우건을 안으로 데려갔다.

"따라오십시오."

우건은 사내를 따라 복도를 걸어갔다.

복도 끝 철문에 도착한 사내가 주먹으로 문을 세 번, 세 번, 두 번 끊어 두들겼다. 잠시 후, 철문이 덜컹하는 소리를 내며 열렸다. 철문 두께가 엄청났다. 보안이 아주 철저했다.

철문 안쪽은 밝았다.

형광등이라 불리는 조명이 방 안을 대낮처럼 만들어주었다.

책상 뒤에 앉아 있던 사내가 앞으로 나왔다.

수염을 지저분하게 기른 40대 중년사내였다.

소파에 털썩 주저앉은 사내가 담배를 꺼내 불을 붙였다. 그리곤 연기를 허공에 뿜으며 턱짓으로 앉으라는 신호를 보냈다.

가방을 내려놓은 우건은 반대편 소파에 앉았다.

문을 열어준 건장한 사내가 우건 뒤에 자리했다.

우건은 뒤를 힐끔 돌아보았다.

팔짱을 낀 건장한 사내가 히죽 웃어보였다.

그들 상대로 속임수를 쓰면 재미없을 거란 의미였다.

중년사내가 우건이 건넨 명함을 탁자에 놓으며 물었다.

"김 씨 소개로 왔어요?"

"김 씨가 누군지 모르겠지만 명함을 준 사람은 금은방 주인이오."

고개를 끄덕인 중년사내가 담배를 재떨이에 비벼 껐다.

"양이 많아요?"

"돈은 얼마나 있소?"

중년사내가 피식 웃었다.

"세게 나오시는군요."

"그래서 돈은 얼마나 있소?"

"돈은 있을 만큼 있으니까 먼저 물건부터 꺼내 봐요."

우건은 가방에 든 금괴를 꺼내 탁자에 쌓았다.

금괴를 본 중년사내의 눈이 찢어질 듯 커졌다.

"맙소사."

중년사내는 재빨리 금괴 하나를 집어 살펴보았다.

시중에 돌아다니는 금괴, 즉 골드바에는 무게와 순도 등 각종 정보가 적혀 있기 마련이었다. 한데 우건이 꺼낸 금괴는 말 그대로 금덩어리에 가까웠다. 심지어 크기마저 다 달랐다.

침을 꿀꺽 삼킨 중년사내가 금괴를 내려놓았다.

"우선 녹여서 순도부터 확인해봐야 할 것 같은데 괜찮겠어요?"

"좋소."

"따라와요."

우건은 시키는 대로 금괴를 다시 가방에 넣어 그를 따라갔다.

사내들은 옆에 있는 작업실로 그를 데려갔다.

널찍한 작업실 안에는 전기를 이용하는 도구가 잔뜩 있었다.

사내들은 우건이 가져온 금괴를 일일이 녹여 순도와 무게를 측정했다. 양이 많아 다음 날 아침까지 작업이 이어졌다.

아침 해가 막 떠오를 무렵이었다.

1킬로그램짜리 금괴 75개가 우건 앞에 차곡차곡 쌓였다.

작업을 마친 중년사내가 이마의 땀을 닦으며 우건에게 물었다.

"금 시세가 얼만지는 압니까?"

우건은 고개를 저었다.

사내는 자기 휴대전화를 꺼내 급히 뭔가를 찾기 시작했다. 우건이 가장 신기해하는 물건 중 하나가 바로 저 휴대전화였다. 무림인조차 신화 속에서나 존재한다고 생각하는 천리전음(千里傳音)을 휴대전화만 있으면 누구나 할 수 있었다.

정말 놀라운 기술이 아닐 수 없었다.

사내가 휴대전화 화면을 우건에게 보여주었다.

"손님도 보다시피 1kg 골드바는 현재 시세가 5200만 원입니다. 원래대로라면 여기에 수수료, 세금을 빼야겠지만 알다시피 우린 그런 방면에서 자유로운 편이죠. 이해했습니까?"

우건은 그를 보며 담담한 목소리로 물었다.

"그래서 얼마를 사겠단 거요?"

"지금은 현금이 많이 없는 관계로 개당 5천에 10개를 사겠습니다. 그리고 남은 금괴는 차차 거래하는 게 어떻겠습니까?"

우건은 가격에 불만이 없었다.

"좋소."

우건은 금괴 10개를 중년사내에게 건넸다.

중년사내는 금괴 10개 값으로 현금 5억 원을 바로 지불했다.

현금 5억 원을 커다란 등산용 가방에 우겨넣은 우건은 사내들과 인사한 후에 복도로 걸어갔다. 그리고 사내가 열어준 문을 통해 밖으로 나가려했다. 그러나 걸음을 멈출 수밖에 없었다. 밖으로 나가는 출입문에 사내 두 명이 서 있었다.

우건은 고개를 돌려 뒤를 보았다. 마찬가지였다. 처음 보는 사내 두 명이 서 있었다. 그들의 손에는 쇠로 만든 몽둥이가 들려 있었다. 우건은 고개를 젖혀 그에게 금괴를 판 사내들을 찾아보았다. 그러나 그들은 이미 종적을 감춘 후였다.

우건의 입가가 살짝 비틀렸다.

"재미있군."

그때, 사내 하나가 바닥에 가래침을 뱉으며 소리쳤다.

"뒈지기 싫으면 돈과 물건을 넘겨라! 그럼 목숨은 살려주겠다!"

우건은 사내에게 걸어가며 차분한 어조로 물었다.

"무기를 드는 행동에는 자길 죽여도 좋다는 허락의 뜻이 담겨 있는 법이다. 너는 네 행동에 목숨을 걸 준비가 되어 있느냐?"

우건의 범상치 않은 기도에 사내가 움찔했다.

그러나 사내는 기세에서 밀리지 않으려는 듯 더 악을 썼다.

"너처럼 뒈지게 맞은 후에야 정신을 차리는 새끼들이 꼭 있지!"

사내의 눈짓을 받은 다른 사내가 갑자기 쇠몽둥이를 휘둘렀다.

우건은 태을십사수로 사내가 휘두른 쇠몽둥이를 덥석 잡았다.

쇠몽둥이를 잡힌 사내의 눈이 찢어질 듯 커졌다.

그가 이렇게 쉽게 공격을 막아낼 줄 몰랐던 모양이었다.

피식 웃은 우건은 쇠몽둥이를 당기며 선풍무류각(仙風無謬脚) 중 철혈각(鐵血脚)의 수법으로 사내의 복부를 걷어찼다.

퍽!

튕겨나간 사내가 바닥을 세 번 구르더니 대자로 뻗어버렸다.

우건이 비록 내력을 조금밖에 회복하지 못했다곤 하지만 내력이 없는 상태에서 펼친 철혈각과 내력이 있는 상태에서 펼친 철혈각의 위력엔 그야말로 천양지차의 차이가 있었다.

사내는 피거품을 게워내며 기절했다.

"시발새끼, 넌 뒈졌어!"

뒤에 있던 다른 사내 하나가 쇠몽둥이를 들어 올려 우건의 뒤통수를 후려갈겼다. 우건은 뒤를 돌아보지 않은 상태에서 연환각(連環脚)의 수법으로 몸을 돌리며 발차기를 하였다.

퍽!

발에 차인 사내가 가슴을 부여잡으며 비틀거렸다.

우건은 남아 있는 두 사내를 쳐다하며 비틀거리는 사내의 머리채를 잡았다. 그리고는 옆에 있는 벽에 얼굴을 짓이겼다. 얼굴이 갈리며 하얀색 도료를 칠한 벽에 피가 흘렀다.

"젠장!"

세 번째 사내가 쇠몽둥이를 창처럼 쥐어 가슴을 찔러왔다. 우건은 철판교(鐵板橋)의 수법으로 상체를 젖혀 몽둥이를 피했다. 등에 100kg에 이르는 짐을 진 상태였지만 우건의 움직임은 물이 흐르듯 부드러웠다. 쇠몽둥이를 피한 우건은 상체를 다시 세움과 동시에 태을십사수의 광호기경 초식으로 사내의 목을 틀어쥐어 바닥으로 던져 버렸다.

콰직!

쓰러진 사내가 바닥과 충돌한 얼굴을 부여잡으며 고통스러워했다. 코에서는 선지 같은 피가 폭포수처럼 쏟아져 나왔다.

우건은 마지막 남은 사내를 쳐다보며 고통스러워하는 사내의 머리 위에 오른발을 올렸다. 그리곤 힘을 주어 밟았다.

버둥거리던 사내가 이내 조용해졌다.

마지막 남은 사내는 그제야 경계하는 눈빛으로 우건을 노려보기 시작했다. 우건을 처음 상대할 때 보였던 사내의 자신만만한 눈빛과 태도는 이미 온데간데없이 사라진 상태였다.

사내가 한 발 물러서며 조심스레 물었다.

"회(會)에서 나오셨소?"

"회? 무슨 회?"

우건이 되물으며 걸음을 옮기려는 순간, 눈빛이 돌변한 사내가 폭발적으로 속도를 끌어올리더니 수중의 쇠몽둥이를 검처럼 찔러왔다. 우건은 급히 신법을 펼쳐 물러서며 쇠몽둥이를 피했다. 이번 일격에는 꽤 힘이 실려 있었다. 기습에 실패한 사내는 쇠몽둥이를 두 손으로 잡아 힘껏 내리찍었다. 대충 휘두른 공격이 아니었다. 형(形)이 잡혀 있었다.

'설마?'

우건은 다시 보법을 펼쳐 물러섰다.

쉬익!

코앞으로 쇠몽둥이 끝이 바람을 가르며 지나갔다.

그때, 빗나간 쇠몽둥이를 버린 사내가 오른손 손바닥을 펼쳐 가슴을 쳐왔다. 그 모습을 본 우건은 자신이 본 것이 틀리지 않았음을 직감했다. 이제 볼 만큼 봤으니 끝을 낼 때였다.

우건은 파금장(破金掌)으로 사내의 손바닥 공격에 맞서 갔다.

퍼엉!

가죽 북이 뜯어지는 것 같은 음향이 울린 후, 사내가 끈 떨어진 연처럼 훨훨 날아가 문과 충돌했다. 파금장의 위력이 대단해 무쇠로 만든 문이 사람 모양으로 움푹 들어가 있었다.

우건은 곧바로 신법을 펼쳐 접근했다.

그리고는 사내의 맥문을 잡아 내력을 집어넣었다.

사내의 단전에 있는 내력이 튀어나와 우건의 내력에 저항했다.

이는 사내가 심법을 익혔단 명백한 증거였다.

방금 전 사내는 선인지로(仙人指路), 태산압정(泰山壓頂) 두 초식을 자연스럽게 연계해 사용했다. 처음엔 우연이라 생각했다. 그가 무림인이 사용하는 초식을 사용할 리 없을 거라 생각했다. 한데 사내가 그 다음에 펼친 장법(掌法)을 보고는 우연이 아님을 깨달았다. 장법은 우연으로 펼칠 수 있는 게 아니었다. 장법을 펼치려면 심법을 익혀야했다.

우건은 즉시 사내의 목을 강하게 틀어쥐었다.

"심법을 누구에게 배웠지?"

내상을 입은 사내의 입가에 검은 피가 흘러내렸다.

"개, 개소리 말고 어서 죽, 죽여라."

우건이 분근착골(分筋搾骨)을 쓰기 위해 준비하려는 순간, 역한 냄새가 코를 찔렀다. 우건은 급히 목을 놓으며 물러섰다.

그 순간, 검은 피를 울컥 게운 사내가 쓰러져 움직이지 않았다.

"독인가?"

사내가 이에 끼워둔 독단(毒丹)을 깨물어 자결한 모양이
었다.

이 역시 무림인이 사용하는 자결수법이었다.

우건은 정신을 잃은 세 사내를 깨워 일일이 분근착골을
시행했다. 그러나 그들은 아는 바가 없었다. 방금 자결한
오 씨(吳氏)란 자가 돈을 주어 끌어모은 동네 불량배에 불
과했다.

사내들의 수혈(睡穴)을 제압해 재운 우건은 거래가 이루
어졌던 방으로 돌아갔다. 그러나 금을 거래했던 사내들은
이미 도망친 듯 조용했다. 우건은 오래 있어봐야 좋을 일이
없단 생각에 창고를 얼른 나와 영제병원을 다시 찾아갔다.
금은방 주인이란 단서가 남아 있었지만 급한 일은 아니었
다.

병원 수납계를 찾아 떼어먹은 치료비를 현금으로 지불했
다. 수납계 직원은 거의 1억에 달하는 현금에 깜짝 놀란 표
정을 지었다. 직원은 동료를 더 불러 돈을 같이 세기 시작
했다.

액수가 워낙 많아 돈을 세는 데 한참 걸렸다.

수납계 직원이 건넨 영수증을 주머니에 대충 꾸겨 넣은
우건은 병원을 나왔다. 처음엔 그대로 병원을 떠날 생각이

었다. 그리고는 공기 좋은 산에 들어가 잃은 내력을 회복하는 한편, 원래 살던 시대로 돌아갈 방법을 연구할 계획이었다.

한데 발길이 쉽게 떨어지지 않았다.

떠나기 전에 수연을 보고 싶단 생각이 강하게 들었다.

병원 입구가 보이는 의자에 앉아 매점에서 구입한 물과 빵으로 배를 채웠다. 그리고는 신문을 읽으며 한글을 공부했다.

그렇게 한 시간이 지났을 때였다.

반대편 의자에 앉아 있는 사내 하나가 우건의 신경을 계속 거슬리게 만들었다. 우건처럼 손에 신문을 든 사내였는데 병원 입구와 신문을 번갈아 힐끔 거리는 모습이 누군가를 기다리는 모양새였다. 한데 사내의 눈빛이 영 마음에 걸렸다.

사내의 눈빛에는 살의(殺意)가 담겨 있었다.

그때, 사내가 신문을 접어 옆구리에 끼웠다. 그리곤 천천히 일어나 병원 현관 기둥 사이에 숨어 누군가를 지켜보았다. 사내의 행동을 지켜보던 우건은 고개를 돌려 현관을 보았다.

수연이 막 병원을 나오는 중이었다.

기둥에 숨은 사내가 휴대전화를 꺼내 번호를 눌렀다.

한데 사내의 시선은 여전히 수연을 향해 있었다.

놀랍게도 사내가 기다리는 사람이 수연이었다.

우건은 사내의 시선에 걸리지 않도록 조심하며 수연의 뒤를 쫓아갔다. 어깨에 메는 가방을 손에 든 수연이 횡단보도로 걸어갔다. 우건은 그녀의 뒤를 조심하며 따라갔다. 통화하던 사내가 입술을 잘근 깨물었다. 긴장했다는 증거였다.

무슨 일인지 정확히는 알 수 없었다.

그러나 그 일이 거의 임박한 것은 분명했다.

신호등 불이 초록색으로 바뀌었다.

수연이 횡단보도를 빠른 걸음으로 걷기 시작했다.

그때였다.

끼이이익!

반대편 차선을 서행 중이던 트럭 한 대가 갑자기 속력을 올리더니 그대로 그녀가 있는 횡단보도로 돌진하기 시작했다.

돌진하는 트럭을 본 수연의 눈에 아득한 두려움이 떠올랐다.

피할 방법이 없었다.

죽음의 그림자가 맹렬한 속도로 달려들었다.

수연은 비명을 지르며 눈을 감았다.

트럭이 막 그녀를 덮치려는 순간.

획!

수연은 누군가가 그녀를 엄청난 힘으로 끌어당기는 느낌을 받았다. 머리카락을 흩날리며 한 바퀴 돈 수연은 어떤 사내의 품에 안겼다. 그 사이, 수연을 치려했던 트럭은 그대로 횡단보도를 빠져나갔다. 수연은 멍한 얼굴로 그녀를 구해준 사내를 올려다보았다. 그녀를 구한 사람은 우건이었다.

수연이 두려움에 질린 표정으로 목소리로 물었다.

"당, 당신은?"

"괜찮소?"

"흐윽."

그제야 정신이 돌아온 수연은 우건 품에 안겨 서럽게 울기 시작했다. 우건은 그녀의 어깨를 토닥이며 말없이 서있었다.

우건의 시선이 하늘로 향했다.

'꼭 이렇게까지 해야 하는 겁니까?'

그러나 맑은 하늘은 대답이 없었다.

우건은 놀란 수연을 위로하며 그녀를 칠 뻔한 트럭을 찾았다. 그러나 트럭은 반대편 도로를 돌아 사라진 지 오래였다.

우건은 다시 휴대전화로 통화하던 사내를 찾았다.

그러나 그 사내 역시 종적을 감춘 듯 보이지 않았다.

우건의 경험상, 이번 일은 절대 사고가 아니었다.

이유는 모르겠지만 수연을 노린 명백한 살인미수였다.

우건의 품을 빠져나온 수연은 심호흡을 하며 진정하려 애썼다.

다행히 얼마 지나지 않아 원래 신색으로 돌아왔다.

병원과 붙어있는 거리를 살펴보던 수연이 가게를 지목했다.

"저기서 차 한 잔 살게요. 괜찮죠?"

수연은 대답을 기다리지 않았다.

먼저 걸음을 옮기더니 이내 가게 안으로 들어가 버렸다.

혼자 남은 우건은 잠시 갈등했다.

수연은 사매가 아니었다.

그녀의 말을 따를 이유가 없었다.

애초 계획은 먼발치에서 그녀의 얼굴을 한 번 보는 것이었다. 그리고 얼굴을 본 후엔 조용한 산에 들어가 잃어버린 내력을 회복할 계획이었다. 한데 뜻하지 않은 일이 생겼다.

우건은 다른 사람이 수연을 살해하려는 장면을 목격했다. 태을조사가 남긴 천지조화인심공을 익혀 내력을 회복한 상태가 아니었으면 그녀를 구하지 못했을 가능성이 높았다.

우건은 조금 전에 있었던 일을 천천히 떠올려보았다.

범인은 2인 1조로 이루어져 있었다.

한 명은 병원 입구를 감시하며 수연이 나오길 기다렸다.

그리고 수연을 발견한 순간, 다른 동료에게 전화로 신호를 보냈다. 연락을 받은 동료는 신호와 정지선을 잘 지키는 모범운전자처럼 반대편 차선을 서행하다가 그녀가 횡단보도를 건너는 순간을 노려 재빨리 가속해 그녀를 뺑소니치려 했다.

어설픈 점은 보이지 않았다.

주먹구구식으로 만든 계획 역시 아니었다.

그렇다면 범인은 이런 일에 경험이 많은 전문가란 뜻이었다. 다만, 그들은 우건이란 변수를 예상하지 못했을 뿐이었다.

우건은 수연이 들어간 가게로 걸어갔다.

가게 앞에 서서 간판을 올려다보았다. 꼬부랑글씨가 어지럽게 적혀 있었다. 무엇을 파는 가게인지 감이 잡히지 않았다.

우건은 가게에 들어가 주위를 둘러보았다.

창가 자리에 앉아있던 수연이 여기라는 듯이 손을 흔들었다.

우건은 기파를 퍼트리며 수연이 있는 자리로 걸어갔다.

손님 대여섯 명과 종업원 두세 명이 기파에 걸렸다.

살기나, 악의(惡意)는 느껴지지 않았다.

안심한 우건은 수연 앞에 서서 창문을 보았다.

밖이 내다보이는 투명한 창이었다.

수연이 반대편 의자를 가리켰다.

"앉아요."

우건은 고개를 저었다.

"이곳은 위험하오."

"위험하다니 그게 무슨 말이에요?"

"따라오시오."

수연의 팔을 잡은 우건은 가장 안쪽에 있는 자리로 이동했다. 수연은 영문을 모르겠다는 표정으로 우건을 따라 안쪽에 있는 자리로 옮겨왔다. 수연을 벽과 벽이 붙어 있는 구석진 자리에 앉힌 우건은 그녀 반대편에 앉아 주위를 살폈다.

뒷문으로 보이는 문이 근처에 있어 몸을 빼기 좋은 위치였다.

젊은 여자 종업원이 다가와 차림표를 내밀었다.

"어떤 걸로 하시겠어요?"

수연은 종업원이 내민 차림표를 보며 주문했다.

"아메리카노 한 잔 주세요."

주문을 마친 수연이 차림표를 우건에게 건네며 물었다.

"드시고 싶은 거 있으세요?"

우건은 차림표를 힐끔 보았다.

가게 앞에서 보았던 꼬부랑글씨가 가득했다.

우건은 차림표를 덮으며 종업원에게 말했다.

"같은 걸로 주시오."

"잠시만 기다리세요."

차림표를 챙긴 종업원이 돌아갔다.

종업원이 돌아간 후, 둘 사이에 잠시 어색한 침묵이 감돌았다.

먼저 침묵을 깬 사람은 수연이었다.

"열흘만인가요?"

"말없이 떠난 일은 미안하게 생각하고 있소."

"저한테 미안해하실 건 없죠. 병원이라면 몰라도."

"떼어먹은 병원비를 말하는 거라면 염려할 필요 없소. 소저를 만나기 전에 수납계에 들러 다 내고 오는 길이었으니까."

수연의 눈동자가 커졌다.

"제가 소저에요?"

"미안하오. 다른 호칭이 생각나지 않아 그랬소."

"그건 그렇고 병원비가 꽤 많았을 텐데 한 번에 다 내신 거예요?"

수연은 놀랄 수밖에 없었다.

우건은 큰 수술을 몇 차례 받았다. 그리고 장기입원환자였기 때문에 보험적용을 받지 못하면 1억 가까운 돈을 내야 했다.

우건은 담담히 대답했다.

"원래 빚지곤 못 사는 성미요."

"그럼 열흘 동안 병원비를 구하러 다니신 건가요?"

"그렇소."

잠시 후, 두 사람이 주문한 아메리카노가 나왔다.

커피를 한 모금 마신 수연이 그제야 방긋 웃었다.

"이제야 좀 마음이 가라앉는 것 같아요."

애써 담담한 척했지만, 그녀는 불과 10분 전에 죽을 고비를 넘긴 사람이었다. 담담하래야 담담할 수 없는 상황이었다.

커피를 한 모금 더 마신 수연은 우건을 보며 머리를 숙였다.

"아깐 경황이 없어 제대로 인사를 못 드렸어요. 도와줘서 고마워요. 환자분이 아니었으면 전 이곳에 있지 못했을 거예요."

우건은 담담히 말했다.

"괘념치 마시오. 사람이 해야 하는 도리를 한 것뿐이오."

수연은 피식 웃으며 물었다.

"말투가 원래 그래요?"

"이상하오?"

"이상하다기보다는 할아버지 같아서요."

우건은 대답할 말이 없었다.

그는 실제로 수백 년 전 사람이었다.

수연은 눈짓으로 우건 앞에 놓인 커피를 가리켰다.

"안 드세요?"

잠시 고민하던 우건은 커피를 한 모금 마셔보았다.

태어나서 처음 마셔보는 커피였다.

다행히 입맛에 맞았다.

컵을 내려놓은 우건은 수연을 물끄러미 보았다.

수연은 얼굴을 붉히며 물었다.

"왜 그렇게 보세요? 제 얼굴에 뭐 묻었어요?"

"혹시 다른 사람에게 원한을 산 적 있소?"

"원한이요?"

"방금 전에 있었던 일은 사고가 아니었소."

수연의 눈동자가 다시 커졌다.

"사고가 아니었다고요?"

"병원 입구에 다른 자가 있었소."

우건은 그가 본 광경을 자세히 설명해주었다.

설명을 들은 수연은 뭔가 생각난 게 있는 사람처럼 흠칫
했다.

그러나 곧 자신이 착각했다는 듯 고개를 저었다.

"잘못 보신 걸 거예요. 저는 누군가에게 원한 산 적이 없
어요."

"조심하는 게 좋소. 그럼 나는 이만 가보겠소."

말을 마친 우건은 자리에서 일어났다.

그리고는 수연에게 목례한 후에 먼저 가게를 나섰다.

혼자 남은 수연은 멍한 얼굴로 우건이 나가는 모습을 보았다.

그가 갑자기 나가버릴 줄 몰랐던 모양이었다.

수연은 잠시 연락처를 받아둘 걸 하는 후회가 들었지만 이내 고개를 저었다. 그는 그녀가 수술한 수백 명의 환자 중에 한 명일 따름이었다. 그를 처음 발견한 사람이 그녀라고는 하지만 환자와 의사의 관계, 그 이상도, 그 이하도 아니었다. 다른 환자처럼 병원을 나서는 순간, 타인일 뿐이었다.

한데 그를 생각하면 마음이 자꾸 흔들렸다.

자신도 왜 그러는지 몰랐다.

마치 마음 속 깊은 곳에 숨어 있는, 그래서 지금까진 드러난 적이 없는 거대한 운명이 그녀에게 지시를 내리는 듯했다.

식은 커피를 마저 비운 수연은 쓸쓸한 마음을 달래며 일어섰다. 카페를 나와 하늘을 쳐다보았다. 날이 이미 어둑했다.

수연은 버스를 이용해 집으로 돌아갔다. 얼른 돌아가 쉬지 않으면 내일부터 이어지는 또 다른 강행군을 버텨내지 못했다.

버스에서 내려 집이 있는 골목길로 들어섰을 무렵이었다. 그녀가 자주 지나가는 슈퍼 앞에 검은색 승합차가 서 있었다.

수연은 순간 불길한 느낌을 받았다.

우건이 해준 경고가 사이렌처럼 머릿속을 맴돌았다.

수연은 바로 몸을 돌려 반대편 골목으로 걸어갔다.

조금 돌아가야 했지만 위험을 감수하는 것보다는 훨씬 나았다.

수연은 반대편 골목을 돌아가며 뒤를 돌아보았다.

승합차는 여전히 그 자리에 있었다.

너무 민감하게 생각한 것 같단 생각에 피식 웃음이 나왔다.

다시 고개를 정면으로 돌리는 순간.

머리 뒤가 따끔거리며 정신을 잃었다.

기절한 수연 뒤로 복면을 쓴 사내 두 명이 나타났다. 뒤이어 검은색 자동차 한 대가 미끄러지듯 그들 앞으로 다가왔다.

첫 번째 복면사내가 수연을 자동차 쪽으로 끌어당기는 사이, 두 번째 사내는 자동차 뒷좌석 문을 열었다. 뒷좌석에 앉아 있는 세 번째 사내가 수연을 자동차 안으로 끌어당겼다. 앞좌석 운전석에는 복면을 쓴 네 번째 사내가 앉아 있었다.

수연의 발을 뒷좌석에 밀어 넣은 첫 번째 사내가 안으로 들어갔다. 지켜보던 두 번째 사내가 뒷좌석 문을 닫아주며 주위를 둘러보았다. 골목은 조용했다. 두 번째 사내가 조수석에 타며 장갑을 낀 손으로 자동차 지붕을 살짝 두들겼다.

출발신호인 모양이었다. 기절한 수연을 자동차 뒷좌석에 밀어 넣은 사내들은 나타날 때보다 더 빠른 속도로 모습을 감췄다.

자동차는 교외에 있는 어느 야산 앞에 멈춰 섰다. 인적이 드문 곳이었다. 도로 옆에 있는 낡은 건물 외엔 인가가 없었다.

다시 복면을 쓴 사내 네 명은 기절한 수연을 건물 안으로 옮겼다. 운전석에 앉아 있던 사내가 건물 문을 안에서 잠그며 모습을 감췄을 때였다. 배기가스가 흘러나오는 자동차 밑에서 먼지를 뒤집어쓴 사내 한 명이 천천히 빠져나왔다.

사내는 옷에 묻은 먼지를 털며 건물을 바라보았다.

건물 지붕에 있는 굴뚝에서 연기가 올라오는 모습이 보였다.

주위를 둘러본 사내는 곧장 건물 쪽으로 걸음을 옮겼다.

4장. 살인청부업자(殺人請負業者)

　건물은 거의 비어 있었다.

　벽에 붙은 소각로와 철제 의자, 그리고 의자 옆에 놓여있는 스테인리스 받침대 외엔 가구라 부를 만한 물건이 없었다.

　소각로에서는 뭘 태우는 모양이었다.

　뱀이 붉은 혀를 날름거리듯 불길이 밖으로 삐져나와있었다.

　사내 두 명이 기절한 수연을 철제 의자에 묶었다. 그사이, 다른 한 명은 뒤로 돌아가 수연의 뒷목을 손가락으로 눌렀다.

축 늘어져 있던 수연이 정신을 차렸다.

그녀는 복면사내와 건물 내부를 번갈아보며 물었다.

"당신들은······?"

두목으로 보이는 사내가 수연의 머리채를 거칠게 휘어잡았다.

"그러게 트럭에 얌전히 받혔으면 얼마나 좋아? 그랬으면 네년이나, 우리나 험한 꼴 안 보고 깔끔하게 끝났을 거 아니야."

수연은 몸서리치며 물었다.

"그럼 낮의 그 일이 정말 사고가 아니었단 말인가요?"

"당연하지."

"왜, 무슨 이유로 절 죽이려는 거죠?"

"그건 알 필요 없어. 넌 그냥 얌전히 죽어주면 돼."

싸늘한 목소리로 대답한 사내가 부하에게 눈짓을 보냈다. 눈짓을 받은 부하는 둘둘 말린 가죽을 스테인리스 받침대 위에 올렸다. 수연의 시선이 자연스레 그쪽으로 돌아갔다.

부하는 수연의 시선을 즐기며 둘둘 말린 가죽을 천천히 펼쳐보였다. 가죽 안에는 니퍼와 송곳, 펜치, 메스, 망치가 있었다.

수연은 겁을 먹은 목소리로 물었다.

"지, 지금 뭘 하려는 거죠?"

두목은 히죽 웃었다.

"넌 의사잖아. 우리가 이걸로 뭘 할 것 같은지 맞춰봐."

"설, 설마 지금 날 고문하겠단 건가요?"

"흐흐, 설마가 사람 잡는단 말은 이럴 때 써야 맞는 말이겠지."

수연은 고개를 세차게 저으며 물었다.

"이유가 뭐죠? 날 고문하려는 이유가 뭐냔 말이에요!"

두목은 메스를 꺼내 허공에 휘둘러보았다. 마음에 든 듯 흡족한 미소를 지은 두목이 메스를 수연의 눈 쪽으로 가져갔다.

수연은 눈을 질끈 감았다.

두목이 메스로 수연의 뺨을 톡톡 두드렸다.

"우리가 나쁜 놈들이긴 하지만 고문을 하며 희열을 느끼는 그런 사이코패스는 아니야. 다 목적이 있어 하는 고문이야."

눈을 뜬 수연이 소리쳤다.

"나에게 알고 싶은 게 있단 말인가요?"

"맞아."

"나에게 궁금한 게 뭐죠?"

메스를 내려놓은 두목이 이번엔 니퍼를 집어 들었다.

"원래는 손가락을 하나 자른 다음에 시작하는데 넌 특별하니까 질문 먼저 해주지. 낮에 널 구한 놈팡이완 무슨 사이야?"

"누, 누구요?"

"이거 왜 이래. 트럭에 받히기 직전에 널 구해준 놈 말이야."

수연은 이 자들이 우건에 대해 질문 중임을 깨달았다.

"그는 내 환자일 뿐이에요!"

"정말이야?"

"정말이에요."

"경찰이나 경호원이 아닌 게 확실해?"

수연은 톡 쏘아붙였다.

"믿지 못하겠으면 직접 알아보지 그래요."

수연의 눈을 응시하던 두목이 다시 히죽 웃었다.

"정말인 것 같군."

말을 마친 두목이 얼굴에 뒤집어 쓴 복면을 벗었다. 두목의 모습을 본 다른 세 명 역시 복면을 벗어 얼굴을 드러냈다.

두목은 30대 후반으로 보이는 사내였다. 얼굴이 햇볕에 잔뜩 그을려 시커맸는데 오른쪽 턱에 칼자국이 깊게 나 있었다.

스테인리스 받침대 위에 고문도구를 늘어놓던 사내는 콧수염을 길렀다. 그리고 수연 양옆에 서 있는 두 사내는 머리를 박박 민 쌍둥이였는데 한 명은 눈 한쪽이 찢어져 있다.

두목은 니퍼로 수연을 묶은 줄을 자르기 시작했다.

수연은 두목의 행동을 지켜보며 물었다.

"뭘 하려는 거죠?"

밧줄을 다 자른 두목이 수연의 턱을 움켜쥐었다.

"너처럼 새끈한 년을 이대로 죽이기는 아깝잖아."

"설, 설마?"

"닳는 것도 아닌데 불쌍한 중생들을 위해 보시 좀 하고 가라고."

그때, 수연 양옆에 서 있던 쌍둥이가 수연의 양팔을 틀어 쥐었다. 수연은 있는 힘껏 반항해보았지만 쌍둥이의 악력을 감당하지 못했다. 그 사이, 콧수염을 기른 사내가 스테인리스 받침대에 늘어놓은 고문도구를 챙겨 밑에 내려놓았다.

사내들이 하려는 짓을 직감한 수연의 눈이 절망으로 흔들렸다.

두목을 눈짓을 받은 쌍둥이가 수연을 스테인리스 받침대 위에 눕혔다. 콧수염 사내가 수연의 두 발목을 잡는 순간, 두목이 니퍼로 수연의 검은색 스커트를 밑에서부터 잘라갔다.

수연의 눈에서 눈물이 흘러나왔다.

그때, 갑자기 그 남자의 얼굴이 떠올랐다.

이런 상황에서 왜 그 남자의 얼굴이 떠오르는지 몰랐다.

수연은 간절히 기도했다.

"도와줘요…… . 제발 부탁이에요."

스커트를 잘라가던 두목이 고개를 들어 수연을 보았다.

두목의 눈이 욕정으로 번들거렸다.

새빨간 혀로 입술을 축인 두목이 물었다.

"누구에게 한 소리지? 설마 나에게 한 소린 아니겠지?"

그때였다.

건물 위에 달린 창문 위에서 나직한 목소리가 들려왔다.

"그건 나에게 한 소리 같군."

두목은 반사적으로 수연의 목에 니퍼를 가져가며 소리쳤다.

"누구냐?"

남은 세 사내 역시 고문할 때 사용하던 메스와 망치, 송곳을 찾아 손에 쥐며 방금 들려온 목소리의 주인공을 찾아나섰다.

유리창을 넘어 안으로 들어온 사내가 주위를 쓱 둘러보았다.

그는 바로 우건이었다.

수연이 위험에 처해 있음을 안 우건은 커피를 마시던 가게를 나오기 무섭게 행인에게 물어 하루 숙박할 장소를 찾았다.

다행히 그리 떨어지지 않은 위치에 그런 장소가 있었다.

주인에게 방을 하루 빌린 우건은 가방을 넣어둔 후 밖으로 나왔다.

마침 가게를 나온 수연이 버스가 정차하는 정류장으로 걸어가는 중이었다. 우건은 그녀의 뒤를 몰래 따라가기 시작했다. 버스를 같이 타면 그녀가 우건이 따라온다는 사실을 눈치 챌 수 있어 급히 근처에 있는 택시를 이용해 추격했다.

우건은 버스에서 내린 그녀를 은밀히 추적했다. 경신법과 은신법을 번갈아 사용하는 그를 알아볼 사람은 거의 없었다.

우건은 그녀의 뒤를 몰래 따라가며 기파를 퍼트렸다. 예전에 비하면 형편없는 수준이긴 했지만 근방 1, 2장 안은 가능했다.

곧 기파 안에 수상한 사내들이 걸렸다.

모두 네 명이었는데 두 명은 도보로, 그리고 두 명은 검은색 자동차를 천천히 운전하며 수연의 뒤를 따라가는 중이었다.

우건은 그들을 처리하기 위해 가까이 접근했다.

그때, 놈들이 통화하는 내용이 들려왔다.

그들은 수연을 바로 살해하려하지 않았다. 우선 창고 같은 건물에 데려가 고문한 후에 없애버릴 계획을 세우는 중이었다.

우건은 잠시 갈등했다.

놈들이 수연을 노리는 이유를 알아내지 못하면, 그리고 배후가 누군지 알아내지 못하면 그녀는 계속 위험에 처할 수밖에 없었다. 위험에서 벗어나는 가장 좋은 방법은 원인을 찾아내 제거하는 것이었다. 지금이나, 예전이나 마찬가지였다.

우건은 결국 원인을 찾아 제거하는 방향으로 마음을 굳혔다.

그래도 혹시 몰라 놈들의 행동을 면밀히 감시했다. 놈들이 다른 마음을 품는 즉시, 살수를 펼칠 만반의 준비를 갖췄다.

갈팡질팡하던 수연은 놈들이 펴놓은 그물망 안으로 들어갔다. 놈들의 행동은 아주 재빨랐다. 도보로 이동하던 두 놈 중에 한 놈이 수연의 뒤로 살금살금 접근해 수혈을 짚었다.

그 모습을 본 우건은 조금 놀랐다.

혈도 중에 잠이 오게 만드는 수혈은 무공을 제대로 배우지 않은 자가 절대 알 수 없는 위치에 있었다. 더욱이 내력 없이 수혈을 찌르면 따끔하기만 할 뿐, 별 소용이 없었다.

우건은 금괴를 바꾸러갔을 때의 기억을 떠올렸다.

금괴를 현금으로 바꿔 나오던 길에 강도의 습격을 당했는데 그중 한 명이 무공을 펼쳐 우건을 깜짝 놀라게 만들었다.

우건은 자신의 선입견을 바꿔야할지 모른다는 생각이 들었다. 어쩌면 이곳에 무인들이 사는 무림이 존재할지 몰랐다.

우건은 지청술(地聽術)을 펼쳐 사내들의 대화를 엿듣는 한편, 재빨리 자동차 밑에 들어가 바퀴 안쪽에 찰싹 달라붙었다. 지청술을 펼친 이유는 놈들이 기절한 수연을 차 안에서 직접 처리하려들 수 있었기에 미리 방비하는 차원이었다.

대비책은 하나 더 있었다.

만일 놈들이 수연을 죽일 생각이라면 살기를 먼저 뿜어낼 터였다. 그때, 살기를 감지한 우건이 손을 쓰면 수연을 구함과 동시에 네 놈을 한자리에서 꼬치 꿰듯 없앨 수 있었다.

다행히 놈들은 차 안에서 일을 벌이지 않았다.

자동차 밑에 거의 한 시간을 붙어 있어야 했지만 우건에게 그리 어려운 일은 아니었다. 다만, 자동차가 턱이 있는 곳을 넘어갈 때는 조금 불안했다. 다행히 그런 곳은 많지 않았다.

놈들이 수연을 건물 안으로 데려간 후에 밖으로 나온 우건은 재빨리 건물 유리창을 통해 안으로 들어갔다. 그때, 수연이 자그맣게 외치는 소리가 들려왔다. 도와달라는 소리였다.

그 소리를 듣는 순간, 피가 차갑게 가라앉는 기분을 느꼈다.

우건은 화가 많이 났을 때 흥분하지 않았다.

오히려 평소보다 더 냉정해졌다.

우건은 네 사내를 향해 똑바로 걸어갔다.

수연의 목에 니퍼를 가져다 댄 두목이 비릿한 웃음을 흘렸다.

"네놈이군."

우건 역시 고개를 끄덕였다.

"나도 전에 널 본 적이 있지."

두목의 정체는 바로 병원 앞에서 수연을 기다리며 통화하던 사내였다. 우건은 고개를 돌려 머리를 박박 민 쌍둥이 중에 한쪽 눈이 찢어진 사내를 보았다. 그는 트럭으로 수연을 치려했던 자였다. 사내와 한 공간에 있던 시간은 그야말로 찰나에 불과했지만 우건은 한 번 본 얼굴을 잊지 않았다.

"넌 운전했던 놈이구나."

놈은 손에 쥔 메스를 혀로 핥으며 징그럽게 웃었다.

"이 메스로 네놈의 살을 한 점, 한 점 발라내주마."

피식 웃은 우건은 수연이 누워 있는 곳을 향해 걸음을 옮겼다.

쌍둥이 중에 눈이 멀쩡한 자가 우건을 막아섰다.

"형님에게 가려면 날 먼저 꺾어야 할 거다."

그는 손에 망치를 쥐었다. 의료용 망치인 모양이었다. 크기가 작았다. 우건이 오른 발을 바닥에 내려놓는 순간, 그가 망치를 휘둘렀다. 우건은 몸을 젖혀 가볍게 피했다. 공격이 실패한 사내는 화가 난 듯 동작이 점점 커지기 시작했다.

쉬익!

심공을 익힌 듯했다. 망치가 허공을 가를 때마다 날카로운 파공음이 울렸다. 그러나 우건의 눈에는 굼벵이가 기어가는 것과 다르지 않았다. 사내의 수준은 하류잡배와 비슷했다.

더 이상 알아낼 정보가 없다는 생각이 든 우건은 지체 없이 태을십사수의 광호기경으로 사내가 가진 망치를 빼앗았다.

절정에 이른 공수탈백인(空手奪白刃)이었다.

무기를 탈취당한 사내는 자기 손과 우건을 번갈아 쳐다보았다.

지금 상황이 믿어지지 않는 모양이었다.

"제기랄!"

정신을 차린 사내가 반격하기 위해 주먹을 말아 쥐었다.

그러나 그땐 이미 우건의 망치가 어깨에 떨어지는 중이었다.

콰직!

왼쪽 어깨가 박살난 사내가 비명을 지르며 휘청거렸다.

우건은 왼손으로 사내의 박살난 뼈를 잡아 비틀었다.

드드득!

부러진 뼈끼리 부딪치며 소름끼치는 소리가 들려왔다. 사내는 고통에 겨워 몸을 부들부들 떨었다. 잡힌 부위는 어깨였지만 어찌된 일인지 마혈을 짚인 사람처럼 꼼짝하지 못했다.

우건은 사내를 찍어 눌렀다.

사내는 결국 우건 앞에 무릎을 털썩 꿇었다.

우건은 남은 세 사내를 쳐다보며 수중의 망치를 내려찍었다.

퍽!

망치가 사내의 천령개(天靈蓋)를 단숨에 박살냈다.

우건은 절명한 사내를 옆으로 던지며 다시 걸음을 옮겼다. 망치 끝에서 피가 뚝뚝 흘러내렸다. 그리고 죽은 사내의 머리에서 흘러나온 피와 뇌수가 바닥을 질펀하게 만들었다.

이 모습을 지켜보던 사내들의 표정이 흠칫 굳었다.

그러나 그들이 보인 반응은 제각각이었다.

우건에게 형제를 잃은 사내는 욕을 하며 메스를 휘둘러 왔다.

비수보다 약간 작은 메스는 눈으로 따라잡는 게 불가능했다. 물론, 보통 사람에게 그렇다는 말이었다. 우건은 태을문의 보법(步法) 중 유수영풍(柳樹迎風)의 수법으로 피했다.

우건이 미꾸라지처럼 빠져나가는 모습에 화가 난 사내는 메스를 버린 다음, 주먹과 발로 공격해왔다. 주먹이 허공을 가를 때마다 가죽 북이 터지는 것 같은 파공음이 울렸다.

방금 전에 죽은 사내보단 한 수 위의 실력이었다.

대결을 지켜보던 두목이 콧수염 사내에게 눈짓을 보냈다. 신호를 본 콧수염 사내가 오른손을 왼쪽 소매에 집어넣었다.

우건이 사내의 공격을 피해 반 바퀴 회전하는 순간.

콧수염 사내가 소매 안에 집어넣었던 오른손을 재빨리 빼냈다.

쉬익!

날카로운 파공음이 울리더니 새파란 광채가 장내를 갈랐다.

콧수염 사내는 새파란 광채가 우건의 등으로 빨려 들어가는 모습을 지켜보며 속으로 쾌재를 불렀다. 그러나 쾌재가 실망으로 바뀌는 데 걸린 시간은 그야말로 촌각에 불과했다.

우건은 두목과 콧수염 사내가 눈짓을 주고받을 때부터 그들의 속셈을 파악한 상태였다. 해서 콧수염 사내가 암기를 던지는 순간, 금나수로 대결하던 사내를 잡아 앞으로 당겼다.

콧수염 사내가 던진 암기는 우건 대신, 그 앞을 막아선 빡빡머리 사내의 미간 정중앙에 박혔다. 암기의 정체는 비도(飛刀)였다. 끝에 독을 발라둔 듯 빡빡머리 사내의 얼굴이 금세 퍼렇게 변했다. 우건은 죽어가는 사내를 콧수염 사내가 있는 쪽으로 던졌다. 콧수염 사내는 깜짝 놀라 피했다.

그러나 콧수염 사내는 앞서 죽은 쌍둥이형제보다는 실전 경험이 풍부한 모양이었다. 피함과 동시에 비도 다섯 자루를 번개같이 뿌렸다. 오성관천(五星貫天)이라 불리는 수법으로 상승 검초를 차용해 만들었기 때문에 위력이 뛰어났다.

비도 다섯 자루는 날아가는 속도와 방향이 제각각이었다. 먼저 가운데 있는 비도 세 자루는 우건의 이마, 심장, 단전을 향해 직선으로 날아왔다. 반면 남은 두 자루 중 한 자루는 포물선을, 다른 한 자루는 땅을 스치듯 비행하며 날아왔다. 비도에 실려 있는 내력은 약하지만 수법은 고절했다.

콧수염 사내는 재빨리 두 번째 공격을 준비하며 첫 번째 공격의 결과를 기다렸다. 사실, 그는 지금까지 이 오성관천으로 쓰러트리지 못한 적이 없었다. 그리고 그가 익힌 비도술(飛刀術) 중에 오성관천이 가장 강한 초식이었다. 두 번째 공격을 준비한 것은 사실상 형식적인 행동에 불과했다.

우건은 한 바퀴 돌며 수중의 망치를 어지럽게 휘둘렀다.

일견하기엔 대충 휘두르는 듯 보이지만 이는 사실 태을
십사수 중 비원휘비 초식을 망치를 이용해 펼친 상황에 가
까웠다.

탕탕탕탕탕!

망치와 비도가 부딪치는 소리가 연달아 다섯 번 울렸다.

그리고 그 소리의 여운이 채 가시기 전에 우건의 몸에서
뻗어 나온 빗살 다섯 개가 콧수염 사내를 향해 섬광처럼 쏘
아져갔다. 당황한 콧수염 사내는 보법을 밟아 피하려했다.

그러나 사내가 던질 때보다 두 배 빠른 속도로 날아간 비
도는 피할 틈을 주지 않았다. 마치 칼집을 찾아들어가는 칼
처럼 사내의 이마와 심장, 단전, 그리고 두 팔에 틀어박혔다.

한데 우건의 반격은 거기서 끝나지 않았다.

위잉!

사내의 몸에 틀어박힌 비도가 회전하기 시작했다.

회전할 때 생긴 힘이 어마어마해 사내의 몸을 터트려버
렸다. 머리와 가슴, 배, 그리고 두 팔이 순차적으로 터져나
갔다.

털썩!

원래 형체를 알아보기 힘들 정도로 박살난 시체가 피와
살점을 흩뿌리며 뒤로 넘어갔다. 그야말로 엄청난 위력이
었다.

콧수염 사내가 오성관천을 만들 때 차용한 상승검초의 이름은 오검관월(五劍貫月)이었다. 그리고 방금 우건이 비도를 되돌려 보낼 때 사용한 초식이 바로 그 오검관월이었다. 원래 검으로 펼치는 초식이었기 때문에 검법의 고수가 광경을 봤다면 박수를 치거나, 아니면 까무러치게 놀랐을 것이다.

혼자 남은 두목은 마른 침을 꿀꺽 삼켰다.

우건은 그가 감당하기 힘든 고수였다.

눈알을 굴리던 두목은 수연의 목에 겨눈 니퍼에 힘을 주었다.

"멈춰라! 가까이 다가오면 이년의 목에 구멍을 뚫어주겠다!"

우건은 고개를 저었다.

"넌 협박의 의미를 잘 모르는군."

"무, 무슨 뜻이지?"

"협박은 가진 힘이 엇비슷할 때나 통하는 법이거늘."

우건은 말을 마침과 동시에 지풍을 발출했다.

우건의 손가락 끝에서 건물 안을 환하게 비추는 황금색 금광 한 가닥이 쭉 뻗어 나와 두목의 손목으로 곧장 날아갔다.

두목은 이판사판이라는 생각에 수연의 목에 니퍼를 찔러 넣으려했다. 그러나 금광은 그보다 훨씬 빨랐다. 니퍼가 수연의 살갗을 찌르기 전에, 금광이 먼저 그의 손목을 휘감았다.

금광이 사라진 순간, 깨끗하게 잘린 두목의 손이 니퍼를 쥔 형태 그대로 바닥에 떨어졌다. 한데 마치 잘린 표면을 인두로 지진 듯했다. 잘린 손목에선 피 한 방울 흘러나오지 않았다.

태을문 33종의 절예(絶藝) 중에 능히 열 손가락 안에 들어가는 금선지(金線指)였다. 두목이 지금보다 두 배 이상 뛰어난 고수가 아닌 이상에는 금선지를 피할 방법이 없었다.

우건은 잘린 손목이 바닥에 떨어지기 전에 섬영보(閃影步)를 펼쳤다. 마치 허깨비처럼 사라졌던 신형이 두목 앞에서 다시 나타나는 듯한 보법이었다. 우건은 두목이 다른 수를 쓰기 전에 태을십사수의 맹룡조옥 수법으로 마혈을 짚었다.

두목은 즉시 몸이 뻣뻣하게 굳어 움직이지 못했다. 얼굴은 손목이 잘린 고통으로 인해 잔뜩 일그러져 있었다. 우건은 받침대에 누워 있는 수연의 상태를 살폈다. 조금 멍해보였지만 몸에는 이상이 없었다. 수연은 의외로 담담한 표정이었다.

낮에 트럭에 치일 뻔했을 때는 커피를 마신 후에야 진정할 수 있었지만 지금은 아예 그 단계를 뛰어넘은 모양이었다.

우건의 부축을 받아 내려오며 수연이 물었다.

"제가 여기에 있다는 걸 어떻게 알았어요?"

"놈들이 또 일을 저지를 것 같아 지켜보던 중이었소."

수연은 한숨을 쉬었다.

"벌써 오늘 하루만 제 목숨을 두 번이나 구해주시는요."

"지금은 그게 문제가 아니오. 놈들이 이런 일을 벌이는 이유를 알아내지 못하면 소저의 목숨은 계속 위태로울 것이오."

수연은 동의한다는 표정으로 고개를 끄덕였다.

그녀는 두목에게 계속 위협당하는 바람에 우건이 나머지 세 명을 쓰러트리는 광경을 제대로 보지 못했다. 받침대 밑으로 내려와 처음 본 광경은 충격을 넘어 경악에 가까웠다.

한 명은 머리가 박살난 상태로 죽어 있었다. 그리고 한 명은 얼굴이 시커멓게 변해 죽어 있었다. 가장 끔찍한 것은 세 번째 사내였다. 그는 형체를 알아보기가 어려울 지경이었다.

"윽."

입을 틀어막은 수연은 얼른 고개를 돌렸다.

우건은 그녀에게 문을 가리켰다.

"자동차에 먼저 가 있으시오. 나는 이곳을 처리한 후에 가겠소."

"그럴 순 없어요."

대담한 수연은 사내들의 시체가 있는 방향으로 다시 고개를 돌렸다. 그리고는 다신 다른 방향으로 고개를 돌리지 않았다.

우건은 고개를 저었다.

"무리할 필요 없소."

수연 역시 단호한 표정으로 고개를 저었다.

"저 때문에 일어난 일인걸요. 이 일을 당신에게만 맡겨 둘 순 없어요. 경찰이 이 일을 조사한다면 제가 책임지겠어요."

"그런 일은 일어나지 않을 거요."

"경찰이 조사하지 않을 거라는 말인가요?"

"가능성은 있소. 그러나 놈들은 무공을 익힌 무림인이오. 무림 일에 관부가 끼어드는 상황은 놈들 역시 원하지 않을 거요. 더욱이 놈들의 의도가 불순하기에 더 그럴 거라 생각하오."

수연은 방금 전에 보았던 광경을 떠올리며 물었다.

"혹시 방금 전에 보았던 황금색 빛이 무공이란 건가요?"

"그렇소. 금선지라는 지법(指法)이요."

수연은 믿을 수 없다는 표정이었다.

"전 무공이 책이나, 영화에만 있는 줄 알았어요."

우건은 다시 금선지를 펼쳐보였다.

황금빛 광채가 건물 안을 대낮처럼 환하게 비추는 순간,

115

금색 선 하나가 소각로에 달린 두꺼운 철문을 깨끗하게 잘 랐다.

"맙소사."

눈을 동그랗게 뜬 수연은 두 손으로 벌어진 입을 급히 막 았다.

우건은 마혈이 점혈당한 두목에게 걸어갔다.

"궁금한 게 많을 테지만 지금은 시간이 없소. 우선 이자 를 추궁해 소저를 노리는 이유가 뭔지 알아내는 게 중요하 오."

우건은 두목을 받침대 위에 반듯하게 눕혔다.

두목은 두려운 눈으로 그런 우건을 쳐다보았다. 그러나 마혈이 점혈당한 그가 할 수 있는 일이 없었다. 우건은 콧 수염사내가 챙긴 가죽부대를 가져와 두목 머리 옆에 다시 펼쳤다.

망치, 메스, 니퍼 등 몇 가지는 사내들이 무기로 사용하 는 바람에 빠져 있었지만 여전히 많은 도구들이 안에 들어 있었다.

우건은 고개를 돌려 수연을 보았다.

"일부러 볼 필요는 없소."

수연은 다시 단호한 표정으로 고개를 저었다.

"전 이미 공범이나 마찬가지에요."

"별로 보기 좋은 광경은 아닐 거요."

"이미 각오했어요."

수연을 힐끔 본 우건은 두목을 심문하기 시작했다.

"궁금한 걸 몇 개 물어보겠다. 네 대답 여하에 따라서 오늘밤이 길어질 수도 있고 짧아질 수도 있다. 너 하기에 달렸단 뜻이다. 우선 내가 장난치는 게 아니라는 걸 보여주겠다. 말할 생각이 들면 내가 알아볼 수 있게 눈을 깜빡거려라."

우건은 가위로 두목의 멀쩡한 손에 있는 엄지손가락을 잘랐다.

두목의 눈에 핏발이 섰다.

우건은 다시 손가락 두 개를 더 잘라냈다.

급기야 두목의 눈에서 굵은 눈물방울이 쏟아지기 시작했다.

우건은 말없이 네 번째 손가락 쪽으로 가위를 가져갔다.

그제야 두목은 눈을 미친 듯이 깜빡거렸다.

우건은 아혈(啞穴)을 풀어주며 물었다.

"네놈들이 이 여인을 노린 목적이 무엇이냐?"

"모, 모른다."

우건은 두목의 손가락을 끼운 가위에 힘을 주었다.

두목은 급히 소리쳤다.

"맹, 맹세코 정, 정말 모른다!"

"그럼 누가 배후에 있느냐?"

"우, 우리 네 명은 사견조(四犬組)라 불리는데 월영루(月影樓)라는 청부단체에 속해 있다. 며칠 전 월영루 루주(樓主)가 저 여자를 죽여 달라고 해서 우린 그렇게 했을 뿐이다."

"며칠 전이면 그 전부터 감시했단 말이냐?"

"그, 그렇다. 감시하다가 뺑소니로 위장하기로 하고 먼저 여자의 차를 고장 냈다. 그리곤 오늘 트럭으로 칠 계획이었다."

우건은 고개를 돌려 수연을 보았다.

수연은 놀란 표정으로 고개를 끄덕였다.

"저 남자 말이 맞아요. 주차장에 있던 차가 갑자기 고장 나서 급히 정비소에 맡겼어요. 내일 차를 찾으러갈 생각이었어요."

우건은 다시 두목에게 물었다.

"월영루의 루주가 청부할 때 이유는 말해주지 않았나?"

"그, 그렇다."

"그럼 월영루는 살인청부업체인가?"

"아, 아니다. 월영루를 세운 사람은 따로 있는데 그 사람에게 곤란한 일이 생기면 우리가 뒤처리를 해주는 거라 들었다."

우건은 잠시 생각을 정리한 후에 다시 물었다.

"무공은 누구에게 배웠느냐?"

"루, 루주에게 직접 배웠다."

"얼마나 배웠느냐?"

"5년 가까이 배웠다."

"그럼 루주는 너보다 훨씬 강하겠군."

"그렇다."

"이제 월영루가 어디 있는지 말해라."

잠시 고민하는 듯 두목이 마른 침을 꿀꺽 삼켰다.

우건은 가위에 끼워둔 네 번째 손가락을 잘랐다.

"으아악!"

비명을 지른 두목은 독기에 찬 눈빛으로 우건을 노려보
았다.

"개새끼!"

"월영루가 어디에 있는지 말해라."

가위가 마지막 손가락으로 가는 것을 느낀 두목이 얼른
답했다.

"과, 과천(果川) 영지암(靈地庵)에 있다."

대답을 들은 우건은 사혈(死穴)을 짚어 두목의 숨통을 끊
었다.

수연을 구함과 동시에 놈들의 배후를 알아낸다는 목적을
모두 이룬 우건은 건물 안을 청소하기 시작했다. 사견조라
불리는 이 네 명은 그동안 목표물을 이곳에 데려와 처리한
후, 안에 있는 소각로에 넣어 처리해왔던 것으로 보였다.

우건의 내력이 조금 더 많았다면 허공섭물(虛空攝物)로 간단하게 처리할 수 있었지만 지금은 그럴 만한 내력이 없었다.

우건은 사내들의 시체를 불타는 소각로 안으로 밀어 넣었다. 수연 역시 가만있지 않았다. 조금 전에 한 말이 거짓이 아니라는 듯 우건을 도와 건물 바닥을 청소했다. 핏자국까지 모두 처리한 두 사람은 사내들이 몰고 온 차로 돌아갔다.

시체를 소각하기 전에 자동차 열쇠와 지갑, 휴대전화 등을 미리 챙겼다. 수연은 자연스럽게 조수석 방향으로 걸어갔다.

우건은 그런 수연을 보며 말했다.

"난 운전할 수 없소."

수연은 놀라 물었다.

"면허증이 없단 거예요? 아님, 운전을 할 줄 모른단 거예요?"

"둘 다요."

"맙소사. 그럼 아예 운전을 배우지 않은 거예요?"

"그렇다고 할 수 있소."

"주세요. 제가 운전할게요."

자동차 열쇠를 건네받아 차 문을 연 수연이 운전석으로 들어갔다. 의자가 남자의 신장에 맞추어져 있었지만 수연 역시 170cm가 훌쩍 넘었다. 따로 조정할 필요가 없었다.

수연이 자동차 시동을 거는 사이, 우건은 조수석에 탔다.

시동을 건 수연이 계기판을 살펴보며 말했다.

"다행히 기름은 꽉 차 있네요. 안전벨트 먼저 매세요."

우건은 안전벨트란 말에 조수석 옆을 둘러보았다.

좌석 옆에 폭이 넓은 줄이 하나 있었다.

우건은 줄을 들어 올리며 물었다.

"이게 안전벨트요?"

눈을 깜빡거린 수연은 명한 표정으로 고개를 끄덕였다.

"맞아요. 그런데 벨트를 차실 줄은 아는 거죠?"

"모르오."

"제가 채워드릴게요."

수연은 우건 쪽으로 몸을 숙이며 안전벨트를 당겨 채워주었다.

두 사람의 얼굴이 닿을 듯 가까워졌다.

살과 살이 스쳐지나갈 때는 전기가 온 것처럼 찌르르 울렸다.

우건은 정신을 차리려 노력했다.

그녀는 사매가 아니었다.

사매의 얼굴과 목소리를 가졌지만 그녀는 사매가 아니었다.

우건의 벨트를 채워준 수연이 자리로 돌아와 벨트를 착용했다.

우건은 벨트를 당겨보며 물었다.

"한데 이건 왜 차는 거요?"

"사고 났을 때 충격을 약간 줄여줘요. 그리고 벨트를 착용하지 않으면 단속카메라에 걸리거나, 경찰에게 잡힐 수 있어요."

대답한 수연은 능숙한 솜씨로 차를 돌려 큰길로 내려갔다.

우건은 정면을 쳐다보려 애썼다.

사견조 두목이 그녀의 치마를 잘라놓는 바람에 그녀가 다리를 살짝 움직일 때마다 치마가 벌어지며 허벅지가 드러났다.

수연 역시 신경 쓰이는 듯 한 손으로 치마를 계속 추슬렀다.

우건은 외투를 벗어 그녀에게 건넸다.

"이걸로 가리시오."

"고마워요."

수연은 외투를 받아 허벅지를 가렸다.

두 사람은 말없이 어둠이 내려앉은 도로를 달려갔다.

차창 밖으로 붉은 조명이 긴 잔영(殘影)을 만들며 지나갔다.

잠시 후, 갈림길이 나타났다. 한쪽은 서울로 가는 도로였다. 그리고 그 반대쪽은 경기도 남쪽으로 내려가는 도로였다.

수연은 갓길에 차를 세웠다.

"죄송해요. 잠시 바람 좀 쐴게요."

차에서 내린 수연은 고개를 들어 하늘을 보았다.

구름에 가린 달이 존재감을 잃지 않기 위해 안간힘을 쓰는 중이었다. 수연은 달의 처지가 그녀와 비슷한 것 같아 눈물이 주르륵 흘러내렸다. 그녀는 오늘 정말 많은 일을 겪었다. 낮에는 차에 치여 죽을 뻔했다. 그리고 저녁엔 정체를 모르는 낯선 자들에게 납치당해 생사의 기로에 서있었다.

그 생각을 하면 몸이 사시나무처럼 떨렸다.

아마 우건이 도와주러 오지 않았으면 그녀는 지금쯤 유린당한 상태로 소각로 안에서 한 줌의 재로 변해 있을 터였다.

우건의 도움으로 위기를 빠져나온 후에는 시체를 치워야했다. 그중 어떤 일도 다신 떠올리고 싶지 않은 기억이었다.

우건 앞에서는 애써 담담한 척했지만 깊이를 알 수 없는 진흙 구덩이 속에 빠져 살려 달라 몸부림을 치는 기분이었다.

그녀는 억눌려 있던 감정을 밖으로 쏟아냈다.

마치 둑이 터진 듯했다.

처음엔 조용한 흐느낌이었지만 나중엔 통곡이나 다름없었다.

한편, 차에 혼자 남은 우건은 그런 수연을 보며 잠시 갈등했다. 수연은 차 문에 등을 기댄 자세로 울고 있었다. 떨리는 어깨와 가끔씩 들려오는 나직한 울음소리로 알 수 있었다.

우건은 그녀를 위로하기 위해 밖으로 나가야 하는지, 아니면 그녀가 감정을 추스를 수 있도록 기다려야 하는지 고민했다.

우건은 고민 끝에 지켜보기로 했다.

사람은 누구나 혼자 있고 싶을 때가 있기 마련이었다.

수연은 한참만에야 차 안으로 들어왔다.

눈이 빨갛게 부어 있었다.

수연은 남아 있는 눈물자국을 손으로 훔치며 사과했다.

"미안해요."

"아니오."

핸들에 손을 올린 수연이 고개를 돌렸다.

"출발하기 전에 뭐 하나만 물어봐도 될까요?"

"뭐가 궁금하오?"

수연은 머뭇거리며 물었다.

"당신은…… 당신은 대체 어떤 사람이죠?"

우건은 물기가 남아 있는 수연의 눈을 응시하며 물었다.

"믿기 어려울 것이오. 그래도 내가 어떤 사람인지 알고 싶소?"

"예, 그래도 알고 싶어요."

"좋소."

고개를 돌린 우건은 담담한 어조로 이야기를 시작했다.

그가 몇 백 년 전의 사람이라는 것과 사부 천선자의 명을 받아 반도를 제거하기 위해 중원에 갔다가 함정에 빠진 일 등을 자세히 설명했다. 그러나 단 한 가지는 말하지 않았다.

그녀와 사매가 닮았단 이야기는 하지 않았다.

수연은 충격을 받은 얼굴이었다.

"정, 정말 믿을 수 없는 이야기네요."

"그래서 믿기 힘들 거라고 하지 않았소."

수연은 생각을 정리하려는 듯 핸들에 머리를 기댔다.

한참만에야 수연이 머리를 떼며 물었다.

"그럼 병원 옥상에서 벌거벗은 상태로 뛰어내린 일은?"

"나도 자세한 인과관계는 모르오. 다만, 내가 태을양의 미진진에 구멍을 뚫는 바람에 이런 일이 일어났을 거라 짐작은 하는 중이오. 그리고 수백 년의 시공을 뛰어넘어 도착한 장소가 마침 소저가 일하는 그 병원 옥상이었던 것이오. 그 후의 일은 소저가 더 잘 알 것이오. 난 자살하려 한 게 아니오."

수연이 급히 사과했다.

"멋대로 예단한 점은 미안하게 생각해요."

"괜찮소."

수연은 다시 핸들에 머리를 기댔다. 우건의 설명을 들은 후에야 그동안 풀리지 않던 의문들이 하나둘 풀리기 시작했다.

우건은 처음에 그녀의 말을 거의 알아듣지 못했다. 그리고 바뀐 환경에 힘들어하는 모습을 드러냈다. 그녀나, 경찰이 이름 외에 다른 정보를 알아내지 못한 일 역시 마찬가지였다.

몇 백 년 전을 살아가던 우건에게 주민등록증이 있을 리없었다. 또, 의료보험과 주소지, 연락처가 있을 리 만무했다.

물론, 그가 몇 백 년의 세월을 뛰어넘었단 점을 완전히 믿긴 어려웠다. 그녀는 상식적인 사람이었다. 그런 일은 그녀의 상식을 벗어나도 한참 벗어나 아예 궤도를 벗어난 일이었다.

어쨌든 지금은 그의 말을 믿어주는 수밖에 없었다. 그가 펼친 금선지라는 지법은 그의 말을 입증하는 강력한 증거 중 하나였다. 손에서 레이저가 나가는 사람은 처음 보았으니까.

한참을 고민한 수연이 고개를 돌렸다.

"궁금한 점이 하나 더 생겼어요."

"물어보시오."

"그 사매란 분과 제가 닮았나요?"

우건은 말문이 턱 막혔다.

5장. 한밤의 기습

우건은 애써 태연한 척하며 물었다.

"왜 그런 생각을 했소?"

"환자분이……. 아참, 이젠 아니죠."

고개를 저은 수연이 물었다.

"어떤 이름으로 불러드리는 게 좋은가요?"

"소협(小俠)으로 불러주시오. 앞에 성을 붙여주면 더 편하오."

"그 무림이란 세계에서 쓰는 호칭인가 보죠?"

"그렇소."

고개를 끄덕인 수연이 좀 전 질문에 대답했다.

"우 소협(羽小俠)이 병원에서 처음 눈을 떴을 때 저를 사매라 불렀거든요. 그때는 이유를 몰라 당황했는데 우 소협의 설명을 듣고 나니 이해가 가기 시작했어요. 혹시 제가 사매라는 분과 혼동이 일 만큼 닮았나요? 그래서 그런 건가요?"

우건은 속으로 안도의 숨을 내쉬었다. 혹시 자신이 무의식중에 설린과 수연이 닮았다는 말을 한 적이 있나 걱정했었다.

한데 그런 이유가 아니었다.

우건이 처음 본 수연을 설린으로 착각했던 일을 말하는 듯했다.

우건은 고개를 저었다.

"소저가 더 잘 알겠지만 난 당시 중상을 당한 몸이었소. 경황 중에 소저와 사매를 착각해 내뱉은 말일 거요. 미안하오."

"그렇군요."

고개를 끄덕인 수연이 물었다.

"그런데 이젠 어떻게 하죠?"

"소저는 내가 빌려놓은 객잔(客棧)에서 기다리는 게 좋겠소."

"객잔이요?"

"객잔은 하룻밤 묵어가는 데를 말하오."

"아, 호텔이나, 모텔을 무림에선 객잔이라 부르는 모양이군요."

"내 말대로 하시겠소?"

수연이 잠시 고민한 후에 되물었다.

"집에 가서 갈아입을 옷을 가져오고 싶은데 그건 어려울까요?"

"그건 사견조 놈들의 성향에 달렸소."

"성향이요?"

"그렇소. 사견조가 독립적으로 움직이는 조직이면 놈들이 우리 손에 죽었단 정보를 알아내는 데 시간이 걸릴 수밖에 없소. 그러나 정해진 시간마다 월영루에 소식을 보내야 하는 규정이 있으면 놈들의 신상에 이상이 생겼단 것을 알아냈을 것이오. 그리고 알아낸 즉시, 우리 뒤를 추적할 것이오."

수연은 씁쓸한 표정을 지었다.

"우리 뒤를 추적 중이라면 당분간 집에는 돌아갈 수 없겠군요."

"그렇소. 놈들은 가장 먼저 소저의 집을 뒤질 것이오."

"그런데 그들이 독립적인 조직인지, 아닌지는 어떻게 알아내죠?"

"무림에선 보통 조직 간에 소식을 전달할 때 경신법이 뛰어난 전령(傳令)이나, 전서구(傳書鳩), 전서응(傳書鷹)을 이용하오. 그러나 현대라면 그보다 훨씬 편한 방법이 있을 거요."

말을 마친 우건이 뒷자리에 있는 사견조의 소지품을 가져왔다.

우건은 그중 휴대전화 네 대를 꺼내 수연에게 건넸다.

"누구에게 전화를 걸었는지 알아볼 수 있소?"

"가능할 거예요."

수연은 서둘러 통화목록을 뒤졌다.

"모두 어제 아침부터 낮까지 같은 번호로 전화한 흔적이 있어요."

"그럼 그 번호가 놈들의 감독관일 가능성이 높소."

수연이 휴대전화를 대시보드 위에 올려놓으며 물었다.

"이건 그 사견조란 조직이 독립적으로 움직인다는 뜻일까요?"

"그럴 가능성이 높소."

수연이 기뻐하며 말했다.

"그럼 집에 가서 갈아입을 옷을 가져올 수 있겠군요."

"잠시 들를 시간은 있을 거요."

고개를 끄덕인 수연은 곧장 강남으로 운전했다.

두 사람은 수연의 집으로 가는 동안, 이런저런 이야기를 나누었다. 주로 수연이 질문하면 우건이 대답하는 식이었다. 이야기를 나누는 사이, 어느새 수연의 집 근처에 도착했다.

집으로 가려는 수연을 우건이 말렸다.

"나에게 소저의 집 위치를 자세히 알려주시오. 내가 먼저 가서 안전한지 확인한 후에 돌아와서 소저를 데리고 가겠소."

"알았어요."

수연은 우건에게 그녀의 집 위치를 자세히 설명했다.

"여기서 기다리시오. 곧 돌아오겠소."

말을 마친 우건은 차에서 내려 어둠 속으로 사라졌다.

혼자 남은 수연은 차 문을 단단히 잠근 다음, 실내등을 껐다. 그리곤 어둠 속에 숨어 우건이 차로 돌아오길 기다렸다.

한편, 주변을 경계하며 수연의 집 근처에 도착한 우건은 기파를 퍼트려 매복한 자가 있는지 먼저 확인했다. 다행히 사람의 기척을 감지하지 못했다. 우건은 가로등 불빛을 피하며 수연의 집에 접근했다. 집은 2층 높이의 회색빛 건물이었다.

우건은 수연이 사는 2층으로 올라가 기파를 퍼트렸다. 기파에 걸리는 사람이 없었다. 집 안에는 개미새끼 하나 없었다.

안심한 우건은 차로 돌아와 수연을 데려왔다. 수연은 뒷좌석에 있는 가방을 들고 앞서가는 우건의 뒤를 조용히 쫓아왔다.

계단을 통해 2층 현관에 도착한 수연이 열쇠로 문을 열었다.

우건은 주변을 경계하며 수연에게 물었다.

"1층은 비어 있소?"

"지금은 비어 있어요."

두 사람은 곧 집 안으로 들어갔다.

감시하는 자가 있을 수 있어 불을 켜지 않았다.

수연이 짐을 챙기는 동안, 우건은 집 안을 둘러보았다.

집은 소파가 놓인 넉넉한 거실을 중심으로 방 세 개와 주방, 그리고 욕실과 화장실로 이루어져 있었다. 병원에 입원해 있을 때, 그녀가 사는 강남은 집값이 비싸단 말을 들은 기억이 있었다. 이런 집이라면 몇 억은 우습게 들어갈 듯했다.

우건은 커튼에 가려져 있는 창문으로 걸어갔다.

창문이 보이는 방향에서 적이 감시 중일지 몰라 살펴볼 요량이었다. 한데 창문 옆에 걸려 있는 옷걸이가 시야를 막았다.

옷걸이에는 처음 보는 옷들이 잔뜩 걸려 있었다. 사실, 옷이라기보다는 천 조각에 더 가까웠다. 둥그런 천 조각 두 개가 이어져 있는 옷이 반, 삼각형으로 생긴 옷이 반이었다. 색깔 역시 다양했다. 흰색, 검은색, 빨간색이 섞여 있었다.

어디에 쓰는 옷인지 몰라 손으로 만져볼 때였다.

"어맛!"

갑자기 비명을 지른 수연이 달려와 옷걸이에 걸려 있는 옷들을 황급히 치우기 시작했다. 수연의 다급한 모습에 살짝 당황한 우건은 그녀가 옷을 치울 수 있게 옆으로 비켜섰다.

옷을 다 챙긴 수연이 도망치듯 자기 방으로 달려갔다.

우건은 달려가는 수연에게 물었다.

"내가 만져서는 안 되는 물건을 만진 거요?"

방 안으로 들어간 수연이 머뭇거리며 대답했다.

"브, 브래지어와 팬티예요."

"그게 뭐요?"

"아이 참, 여자들이 입는 속옷이라고요."

"아."

우연은 계면쩍어 급히 창밖으로 시선을 돌렸다.

골목에 차 몇 대가 서 있었지만 사람의 모습은 보이지 않았다.

우건은 거실 안으로 들어와 장식장을 살펴보았다.

장식장 위에는 수연의 어린 시절 모습을 담은 사진이 있었다.

갓난아기였던 수연이 점차 성장해 마지막에는 어엿한 숙녀의 모습으로 바뀌는 사진이었다. 그런 수연 옆에는 인상 좋은 중년사내와 수연을 닮은 나이든 여자의 모습이 있었다.

한데 어느 순간부터 두 사람의 모습이 보이지 않았다.

그때, 발자국 소리가 들렸다.

고개를 돌렸더니 수연이 짐 가방을 든 채 서 있었다.

우건이 사진을 가리키며 물었다.

"소저 옆에 있는 이 두 분은 누구시오?"

"부모님이에요."

"같이 살지 않는 거요?"

"두 분 다 돌아가셨어요. 3년 전에 교통사고로."

"내가 괜한 질문을 했구려."

"아니에요."

고개를 저은 수연이 액자에 묻은 먼지를 닦아냈다.

"아버진 지금은 비어 있는 이 건물 1층에서 의원을 운영하셨어요. 어머니는 아버질 돕는 간호사였고요. 두 분은 제가 지금 일하는 영제병원에서 의사와 간호사로 처음 만나셨대요. 그리고 결혼한 후에는 병원에 남아달라는 청을 뿌리치셨대요. 그리곤 이곳에 정착해 수연의원(秀演醫院)을 여셨어요."

수연은 사진 하나를 가방에 넣었다.

"의대를 졸업했을 때 마지막으로 함께 찍은 가족사진이에요."

사진을 챙긴 수연은 집 안을 한 번 둘러보았다.

"이곳으로 다시 돌아올 수 있겠죠?"

"물론이오."

"이제 가요."

두 사람은 집을 나와 차를 세워둔 장소로 돌아갔다.

수연이 뒷좌석에 짐을 실으며 물었다.

"그들이 이 차를 찾으려들지 않을까요?"

"그럴 가능성이 높소."

"그럼 적당한 곳에 버려야겠네요."

대꾸한 수연이 어이없다는 듯 고개를 절레절레 저었다.

우건이 조수석에 타며 물었다.

"왜 그러시오?"

"점점 범죄자처럼 생각하는 것 같아서요."

"범죄자는 소저가 아니라, 놈들이오. 그 점을 절대 잊지 마시오."

"명심할게요."

운전석에 탄 수연은 차의 시동을 걸며 물었다.

"이젠 어디로 가죠?"

"내가 빌린 객잔으로 갑시다. 낮에 커피를 마셨던 곳에 있소."

"알았어요."

수연은 우건이 말한 장소로 차를 몰았다.

잠시 후, 두 사람은 영제병원 근처에 있는 카페에 도착했다.

낮에 두 사람이 커피를 마셨던 바로 그 카페였다.

수연은 카페 주위를 둘러보며 물었다.

"그 객잔은 어디에 있어요?"

우건은 카페 반대편 거리에 있는 5층 건물을 가리켰다.

건물을 확인한 수연이 당황해 말했다.

"저, 저긴 러브호텔이잖아요!"

"러브호텔이 무엇이요?"

수연이 얼굴을 붉히며 더듬거렸다.

"그러니까 러브호텔이 뭐냐면……. 아무튼 그런 곳이 있어요."

고개를 갸웃한 우건은 차에서 내려 러브호텔로 걸어갔다. 한숨을 내쉰 수연은 모자를 눌러쓴 후에야 우건을 쫓아갔다.

러브호텔을 모르는 우건은 당당한 반면, 수연은 와선 안될 곳에 온 사람처럼 어색하게 행동했다. 이 러브호텔은 영제병원 관계자가 자주 드나드는 곳이라, 그럴 수밖에 없었다.

주인에게 열쇠를 받아 빌려둔 방으로 들어갔다.

화려한 조명과 하트모양 침대를 본 수연의 얼굴이 더 붉어졌다. 우건은 침대 밑에 숨겨둔 가방을 꺼내 물건을 챙겼다.

수연은 안절부절 못하며 말했다.

"빨, 빨리 다른 숙소를 잡는 게 좋겠어요."

"그게 마음이 편하다면 그렇게 하도록 합시다."

우건은 꺼낸 물건을 다시 넣은 다음, 가방을 어깨에 짊어졌다.

수연이 우건의 묵직한 가방을 보며 물었다.

"엄청 무거워 보이는데 뭐가 들은 거예요?"

"무거워 보이는 게 맞을 거요. 안에 금과 무기가 들어 있으니까."

"금이요?"

우건은 금괴를 꺼내 보여주었다.

수연의 눈이 커졌다.

"맙소사, 이게 다 어디서 난 거예요?"

"사문이 보관하던 금괴를 몇 개 가져왔소."

"그 설악산에 있다는 태을문에서요?"

"그렇소."

수연은 고개를 절레절레 저었다.

"아무튼 빨리 이곳을 나가도록 해요. 병원 사람들이랑 마주치면 곤란해요. 병원만큼 소문이 잘 나는 직장이 없거든요."

두 사람은 방을 나와 1층 카운터로 내려갔다.

한데 두 사람이 계단으로 내려가려는 순간, 술에 취한 남자와 화장을 짙게 한 여자가 한 몸처럼 붙어 위로 올라왔다.

남자를 본 수연이 얼른 고개를 숙였다. 다행히 술에 취한 남자는 옆에 있는 여자 얼굴에 입술을 비비느라 정신없었다.

러브호텔을 나온 수연은 곧장 자동차 안으로 뛰어 들어갔다.

짐을 실은 우건이 조수석에 타며 물었다.

"아는 사내요?"

"계단에서 마주친 남자요?"

"그렇소."

"내과 과장님이에요."

수연은 곧장 차의 시동을 걸어 큰 도로로 나왔다.

"숙소는 어디에 잡는 게 좋을까요?"

"이럴 때는 등하불명(燈下不明)이라 했소."

"등잔 밑이 어둡다는 말인가요?"

"그렇소."

"그럼 월영루가 있다는 과천으로 가야겠군요."

두 사람은 새벽에 과천에 도착했다.

월영루 조직원들이 두 사람의 차를 알아볼 위험이 있어 으슥한 곳에 차를 세워둔 다음, 새 숙소를 잡으러 돌아다녔다. 마침 근처에 꽤 좋은 호텔이 하나 있어 체크인을 서둘렀다.

두 사람이 빌린 방은 트윈베드에 소파가 있는 거실과 욕실, 화장실이 딸린 스위트룸이었다. 하룻밤 가격이 만만치 않았지만 어차피 우건에겐 그 정도 액수는 문제가 아니었다.

방에 도착한 수연이 자기 침대에 걸터앉았다.

꽤 피곤해 보이는 얼굴이었다. 어제부터 지금까지 계속 깨어 있었으니까 거의 36시간 이상을 잠을 자지 않은 셈이었다.

우건은 가방을 열며 말했다.

"여기서부터는 나 혼자 할 테니까 소저는 쉬도록 하시오. 물론, 나 외에 다른 사람에게는 문을 열어주면 안 되오. 그리고 내일까지 돌아오지 않으면 경찰에 신고하도록 하시오."

수연이 다가왔다.

"어떻게 할 생각이에요?"

"놈들에게 두려움을 심어줄 생각이오."

대답한 우건은 천에 싼 검 등 도구 몇 가지를 챙겨 나왔다.

우건을 배웅 나온 수연이 걱정스런 표정으로 당부했다.

"조심하세요."

걱정하는 수연의 얼굴 위로 사매의 얼굴이 겹쳐졌다.

그가 중원으로 떠나던 날, 사매 역시 지금의 수연처럼 걱정스런 기색으로 그를 배웅 나왔었다. 사매는 조광이 귀계를 잘 쓰니까 조심하라 말했는데 우건은 그 말을 흘려들었다.

워낙 자신감이 넘치던 때라, 그가 부수지 못할 귀계는 없을 거라 믿었다. 그러나 우건은 조광의 귀계를 피하지 못했다.

우건은 세상에 존재하는 진법을 대부분 파훼할 수 있었다. 사부 천선자에게 진법을 상대하는 법을 배운 덕분이었다. 그러나 태을문의 진법, 즉 태을양의미진진을 상대하는 법은 배우지 못했다. 그 바람에 선천지기를 사용해야만 했었다.

"곧 돌아오겠소. 문단속 잘하시오."

수연에게 당부한 우건은 호텔을 나왔다.

우건의 당부대로 문단속을 철저히 한 수연은 먼저 샤워부터 했다. 밤새도록 씻지 못해 찝찝하기는 했지만 그게 샤워부터 한 이유는 아니었다. 수연은 사견조 두목의 손길이 닿았던 곳을 타월로 박박 밀었다. 마치 불결한 물건이 닿았던 곳인 양, 살이 빨갛게 부어오를 때까지 정신없이 닦았다.

다 씻은 후엔 침대에 누워 창밖을 보았다. 아직 잠들지 못한 도시의 불빛이 어둠 속에서 괴물의 눈동자처럼 번들거렸다

수연은 억지로 잠을 청했다.

머릿속이 복잡해 잠이 오지 않았지만 몸이 물먹은 솜처럼 가라앉아 있어 잠을 자지 않으면 이대로 기절해버릴 듯했다.

수연의 입에서 곧 고른 숨소리가 들려왔다.

한편, 호텔을 나온 우건은 택시를 찾았다. 지리를 잘 모르기 때문에, 택시를 이용하는 방법이 현재로선 가장 수월했다.

늦은 시간이라 그런지, 택시가 잡히지 않았다. 다른 방법을 찾아보는 게 좋겠단 생각을 할 때쯤, 운 좋게 택시가 잡혔다.

"연지암으로 가주시오."

기사가 고개를 갸웃거리며 말했다.

"연지암은 이제 운영을 안 할 텐데요."

"그냥 가주시오."

"알겠습니다. 손님이 원하시면 모셔다드려야지요."

택시기사는 우건을 연지암 근처에 내려주었다.

택시비를 치른 우건은 기사가 말해준 산길을 따라 올라갔다.

연지암은 과천 외곽에 있는 어느 산 중턱에 있었다. 원래는 큰 절에 딸려 있는 암자였는데 산사태가 나서 무너진 후엔 문을 닫아 버렸다. 샛길을 따라 10여분을 올라갔을 무렵, 녹슨 쇠막대 하나가 폭우에 무너진 고목처럼 길을 막았다.

쇠막대 밑에는 한문으로 출입금지(出入禁止)라 적혀 있었다.

"제대로 찾은 모양이군."

주머니에 넣어둔 복면을 꺼내 덮어쓴 다음, 가져온 검을 허리띠에 찬 우건은 천지조화인심공을 운기해 내력을 점검했다.

내력은 충분했다. 원래 내력에 비하면 형편없는 양이었지만 이런 조직 하나 상대하는 데는 많은 내력이 필요 없었다.

우건은 지청술을 펼치며 출입금지라 적힌 팻말을 뛰어넘었다.

팻말을 넘어 반 마장을 이동했을 무렵이었다. 길 왼쪽에 있는 참나무 위에서 미약한 호흡소리가 들려왔다. 적이 분명했다.

우건은 월광보(月光步)를 펼쳐 은밀히 접근했다. 그는 곧 적이 숨은 나무 뒤에 도착했다. 적이 있는 장소와의 거리를 가늠한 우건은 곧장 비응보(飛鷹步)를 펼쳐 위로 도약했다.

참나무 가지 사이에 앉아 있는 적의 등이 보였다. 적은 팻말이 있는 길 아래쪽을 뚫어져라 보는 중이었다. 우건은 태을십사수의 광호기경 초식으로 적의 뒷목을 단숨에 틀어쥐었다. 마혈을 제압당한 적은 이내 목이 졸려 천천히 죽어갔다.

우건은 생명의 불씨가 완전히 꺼진 후에야 목을 놓아주었다.

우건은 그런 식으로 길을 지키는 적 다섯 명을 처리하며 나아갔다. 잠시 후, 우건 앞에 건물 세 채가 품자(品字)형태로 모여 있는 암자가 나타났다. 사견조 두목이 말한 연지암이었다. 산사태에 무너졌단 말은 거짓인 듯 아주 멀쩡했다.

세 채 중 왼쪽 앞에 위치한 건물에만 조명이 환하게 들어와 있었는데 칼을 찬 무사 두 명이 문 앞을 지키는 중이었다.

우건은 월광보를 펼쳐 무사 앞 2장까지 접근했다. 월광보가 워낙 은밀해 무사는 우건의 존재를 전혀 알아채지 못했다.

월광보란 이름 그대로 마치 달빛이 스며드는 듯했다.

"어?"

기척을 감지한 무사 두 명이 반쯤 감긴 눈을 부릅뜰 무렵, 우건은 즉시 섬영보를 펼쳤다. 2장 거리에 위치한 우건이 눈을 한 번 깜빡거리는 순간, 무사 바로 앞에 모습을 드러냈다.

두 무사 중 한 명은 입을 크게 벌렸다. 안에 경고하려는 듯했다. 그리고 그 옆에 있는 무사는 허리에 찬 칼집으로 손을 뻗어갔다. 그는 쾌도수(快刀手)인 모양이었다. 칼자루를 잡는 순간, 칼날이 벌써 번쩍거리며 반 이상 빠져나와있었다.

그러나 둘 다 우건의 행동보다 빠르진 못했다.

우건의 손이 허공을 두 차례 찔러갔다.

먼저 안에 경고하려던 무사가 목을 부여잡으려 휘청거렸다. 목을 부여잡은 손가락 사이로 붉은 피가 점점이 떨어졌다.

뒤이어 칼을 뽑아가던 쾌도수가 눈을 부릅뜬 자세로 동작을 멈췄다. 쾌도수의 미간에는 콩알만 한 구멍이 뚫려 있었다.

쓰러지는 무사의 시체를 받아 기대놓은 우건은 잠시 멈춰 귀를 기울여보았다. 건물 안은 조용했다. 사람이 없진 않았지만 밖에 무슨 일이 생겼을 거라곤 생각하지 못하는 듯했다.

우건은 식도로 올라오는 비릿한 혈향(血香)에 쓴웃음을 지었다.

이는 내상을 입었단 증거였다.

우건이 방금 펼친 지법은 전광석화(電光石火), 금선지와 더불어 태을문 3대 지법에 꼽히는 무영무음지(無影無音智)였다.

무영무음지란 이름에서 알 수 있듯 형체와 소리가 없는 극상승의 지법이었다. 무영무음지의 특성상, 지금처럼 가까운 거리에서만 그 위력이 제대로 나온다는 단점이 존재했지만 지근거리에서는 그야말로 일격필살이 가능한 신공이었다.

그러나 그 위력만큼이나 막대한 내력이 필요해 내력이 약해진 현재 상태에서는 여러 번 펼치기가 어려운 지법이었다.

'습관이란 참 무섭군.'

우건은 평소처럼 태을혼원심공으로 축기한 내력이 단전에 가득 차 있을 거라 생각하며 무영무음지를 펼쳤다. 그러나 그건 우건의 착각이었다. 절세고수의 경지에 오른 우건 역시 몸에 한 번 밴 습관은 잊어버리기가 어려운 모양이었다.

'이래선 전광석화는 아예 펼쳐볼 생각을 못하겠군.'

태을문 최강 지법인 전광석화는 도문이 아니라, 불문에 내려오는 절세신공이었다. 우연한 기회에 전광석화를 배운 태을문 3대 장문인이 이를 도문에 맞게 변형시킨 지법이었는데 속도와 위력 둘 다 뛰어나 위명과 악명을 동시에 지녔다.

물론, 전광석화는 무영무음지보다 더 많은 내력이 필요했다.

우건은 문고리를 천천히 돌렸다.

철컥!

문은 닫혀 있지 않았다.

우건은 문을 열며 안으로 들어갔다.

둥그런 탁자에 앉아 있던 사내 일곱 명이 고개를 동시에 돌렸다.

그들의 나이와 외모, 복장은 제각각이었다. 그러나 모든 게 제각각은 아니었다. 그들에겐 공통점이 하나 있었는데 바로 표정이었다. 그들의 표정엔 긴장과 두려움이 떠올라 있었다.

우건은 기파를 퍼트려 건물을 살폈다.

이 건물엔 그들 일곱 명이 전부였다.

우건의 시선이 그들이 앉아 있는 둥그런 탁자로 향했다.

탁자 위에는 그들의 무기로 보이는 검과 칼, 도끼가 있었다.

지금은 인시(寅時) 초였다.

이곳 시간으론 새벽 3시였다.

한데 이 시간에 사내 일곱 명이 긴장과 두려움이 가득한 표정으로 깨어 있다는 말은 비상사태가 일어났다는 것을 의미했다. 비상사태가 아니면 탁자 위에 놓여 있는 물건은 무기가 아니라, 술이나 노름을 하는 데 사용하는 도구였을 터였다.

다만, 그 비상사태를 촉발한 게 무엇인지는 알지 못했다.

그들이 사견조의 실패를 보고 받은 것인지, 아니면 다른 이유로 새벽 3시에 깨어 있는 것인지 지금은 알 방법이 없었다.

끼익!

의자를 밀어젖히며 일어난 일곱 명은 무기부터 손에 쥐었다.

그중 머리가 벗겨진 대머리사내가 이죽이며 물었다.

"특무대(特務隊)가 보낸 버러지냐?"

우건은 그들에게 걸어가며 물었다.

"특무대가 뭐지?"

대머리사내는 대답 대신 우건 뒤를 돌아보았다.

그러나 우건 외에 다른 사람이 그곳에 있을 리 없었다.

긴장해있던 대머리사내의 표정이 점차 풀리기 시작했다.

"혼자 왔나보군."

"혼자 오면 안 되는 곳인가?"

"흥, 곧 알게 되겠지."

대머리사내의 눈짓을 받은 사내 여섯 명이 우건 주위를 재빨리 에워쌌다. 여섯 명 중 두 명은 검을, 두 명은 도를, 한 명은 도끼를 들었다. 그리고 남은 한 명은 적수공권이었다.

적수공권 사내가 자세를 잡는 순간, 소매 밑으로 뱀을 그린 문신이 드러났다. 문신을 본 우건은 떠오르는 게 있었다.

"뱀이면 사사조(四蛇組)인가?"

적수공권 사내가 움찔하며 되물었다.

"어떻게 알았지?"

옆에 있던 비쩍 마른 사내가 화들짝 놀라 제지했다.

"이봐!"

적수공권 사내는 동료의 제지를 받은 후에야 우건의 넘겨짚는 말에 넘어갔단 사실을 깨달았다. 이를 부드득 간 적수공권 사내가 내력을 끌어올리기 시작했다. 양 소매가 펄럭이기 시작했다. 10년 이상 심법을 수련한 자의 모습이었다.

대머리사내가 소리쳤다.

"쳐라!"

그 순간, 적수공권 사내가 가장 먼저 주먹을 찔러왔다. 정권(正拳)에 내력을 담은 듯 권풍(拳風)이 회오리처럼 회전했다.

우건은 오른 손바닥을 펼쳐 권풍에 맞서갔다.

파금장이었다.

장력은 금을 부순다는 이름처럼 권풍을 찢어발겼다.

"제길!"

적수공권 사내의 얼굴에 다급함이 떠오르는 순간, 권풍을 박살낸 날카로운 장력이 사내의 심장을 관통하며 지나갔다.

"빌어먹을!"

피를 폭포수처럼 쏟아내며 날아가는 적수공권 사내를 본 나머지 다섯 명이 거의 동시에 출수했다. 검 두 자루가 등 뒤에서 우건의 요혈을 찔러왔다. 그리고 도 두 자루는 우건의 머리와 다리를 동시에 베어왔다. 마지막으로 뚱뚱한 사내가 든 도끼는 나무를 자르듯 우건의 옆구리를 찍어왔다.

사전에 미리 말을 맞춰둔 모양이지만 완벽한 합격(合擊)은 아니었다. 우건은 이화접목(移花接木) 수법을 사용해 비응보로 1장을 솟구쳤다. 우건을 헛친 검과 도가 부딪치며 튕겨나갔다. 한데 튕겨나가는 각도가 아주 교묘했다. 검은 도를 든 자의 가슴을, 도는 검을 든 자의 아랫배를 찔러갔다.

"억!"

검과 도를 든 네 명은 동료를 찌르지 않기 위해 내력을 급히 거두며 무기를 옆으로 틀었다. 그때, 뚱뚱한 사내가 든 도끼가 휙 튀어나와 네 명의 무기를 찍어 누르기 시작했다.

싸움을 지켜보던 대머리사내가 경악을 터트렸다.

"이, 이화접목?"

공중에 뜬 우건은 피식 웃었다.

대머리사내가 이화접목을 알아본 게 용했다.

비응보로 솟구친 우건은 공중에서 한 바퀴 돌아 머리부터 떨어져 내렸다. 그리곤 비원휘비로 여섯 명을 동시에 공격해갔다. 사내들은 급히 반격하려했지만 뚱뚱한 사내의 도끼가 그들의 무기를 찍어 누르는 형세였기에 시간이 없었다.

반격이 힘들다면 피하는 수밖에 없었다.

"물러서라!"

한 명이 소리치는 순간, 다섯 명이 동시에 뒤로 몸을 날렸다.

그러나 비원휘비는 허초였다.

우건은 다시 몸을 회전하며 풍우각(風雨脚)을 펼쳤다.

태을문에 존재하는 유일한 각법인 선풍무류각 중의 절초였다.

퍽퍽퍽퍽퍽!

사방으로 날아간 예리한 경력이 사내들의 가슴을 찢어발겼다.

믿을 수 없다는 얼굴로 우건을 쳐다보던 사내들은 고목이 쓰러지듯 넘어갔다. 우건은 그중 한 명의 천령개를 걷어찼다.

콰직!

천령개가 박살난 사내가 쏘아진 화살처럼 벽으로 날아갔다.

우건은 사내의 천령개를 걷어찬 반탄력을 이용해 대머리사내를 짓쳐갔다. 사내들의 합공을 피해 공중으로 몸을 날린 우건은 지상을 전혀 밟지 않은 상태에서 다섯 명을 거의 동시에 없앴다. 그리곤 다시 대머리사내를 향해 날아갔다.

그야말로 신기에 가까운 움직임이었다.

"어림없다!"

대머리사내는 피하는 대신, 강렬한 기세를 쏟아내며 맞서왔다.

그는 오른손바닥을 펼쳐 앞으로 밀어왔다.

그 순간, 웅혼한 장력 한 줄기가 우건의 상체 전체를 덮어왔다.

우건은 씩 웃었다.

대머리사내는 확실히 지금까지 상대한 자들보다 한 수 위의 실력이었다. 그러나 우건을 상대하기에는 아직 무리였다.

우건은 손가락을 세워 장력을 향해 찔러갔다.

번쩍!

황금빛 광채가 장내를 뒤덮는 순간, 금광이 번쩍이는 빛줄기가 사내의 장력을 갈라갔다. 폭포를 거슬러 오르는 연어처럼 장력을 갈라가던 금광이 대머리사내의 오른팔을 휘감았다.

털썩!

어깻죽지부터 잘려나간 대머리사내의 오른팔이 바닥에 떨어졌다. 대머리사내는 잔뜩 일그러진 얼굴로 급히 몸을 돌려 도망치려했다. 그러나 우건의 섬영보를 떨쳐내진 못했다.

우건은 맹룡조옥의 수법으로 대머리사내의 맥문을 틀어쥐었다.

맥문을 제압당한 대머리사내가 갑자기 움직임을 멈췄다. 우건은 분근착골을 사용해 대머리사내가 가진 정보를 알아냈다.

대머리사내는 사랑조(四狼組) 조장이었다. 즉, 그가 없앤 일곱 명은 사랑조와 사사조의 조원들이었다. 이들은 사견조와 함께 월영루를 이끌어가는 핵심이었다. 우건이 건물에 진입하기 전에 제거했던 자들은 일종의 수련생이었다. 이곳에서 수련을 받다가 결원이 생긴 조에 들어가는 식이었다.

"또 누가 있지?"

사랑조 조장은 땀을 비 오듯 흘리며 대답했다.

"교, 교관 세 명과 루, 루주가 있다."

우건은 사혈을 짚어 사랑조 조장의 숨통을 끊으며 생각했다.

'소리가 꽤 컸을 텐데 왜 나와 보지 않는 걸까?'

뒷문을 이용해 나온 우건은 품자 형태의 건물 세 채 중 오른편에 있는 건물로 들어갔다. 루주가 있다는 꼭대기 건물로 가기 위해서는 오른편에 있는 건물을 반드시 통과해야했다.

'일종의 관문(關門)이군.'

적들이 나와 보지 않은 이유는 오른편 건물에서 밝혀졌다. 전엔 불상이 있었을 것 같은 대청에 사내 세 명이 서 있었다.

오른편 사내는 중년에 막 접어든 모습이었다. 그는 마치 잘 벼린 검 한 자루가 서 있는 듯했다. 실제로 손에 검을 들었다. 반면, 왼편에 있는 사내는 삼십대 후반으로 보였는데 근육이 옷 밖으로 튀어나올 거처럼 우락부락한 체형이었다.

가운데 서 있는 사내는 그 둘보다 약간 더 나이가 들어보였다. 그는 적수공권이었으며 안광에 녹색 기운이 일렁였다.

가운데 사내가 물었다.

"특무대에서 나왔느냐?"

오늘만 두 번째 듣는 질문이었다.

다시 말해 새벽에 이들이 깨어 있게 만든 비상상황은 사견조의 임무실패가 아니라, 특무대와 관련 있는 일이란 뜻이었다.

우건은 사내들의 무공수위를 가늠하며 되물었다.

"대체 그 특무대가 뭐지?"

가운데 서 있는 사내가 미간을 좁히며 물었다.

"그럼 특무대에서 나온 게 아니란 말이냐?"

"좋을 대로 생각해라."

가운데 서 있는 사내가 주먹을 틀어쥐었다.

"건방진 놈이군."

우건은 고개를 돌려 그들이 지키는 뒷문을 보았다.

저 뒷문은 월영루 루주의 집무실로 이어졌다.

적이 코앞에 당도할 때까지 루주가 모습을 드러내지 않는단 말은 이곳에 없거나, 아니면 다른 일로 바쁘단 뜻일 터였다.

"루주는 바쁜 모양이지?"

가운데 서 있는 사내가 이를 부드득 갈았다.

"네놈 정도는 우리만으로 충분하다."

우건은 피식 웃었다.

"대단한 자신감이군."

체구가 건장한 왼편 사내가 발끈해 소리쳤다.

"네놈에겐 월영루 사혈조(死血組)가 별것 아닌 모양이구나?"

우건은 사랑조 조장에게 얻은 정보를 떠올려보았다.

왼편 사내의 말대로 이들 세 명은 월영루주 혈독자(血毒子) 최혁권(崔赫勸)과 함께 사혈조라 불리던 암살조직이었다.

사혈조가 현업에서 은퇴해 양성한 후진이 바로 우건이 없앤 사랑조, 사견조, 사사조였다. 가운데 사내는 사혈조의 둘째 파풍권(破風拳) 서중일(徐中日), 검을 든 사내는 사혈조의 셋째 무흔검(無痕劍) 오재상(吳宰相), 체구가 건장한 사내는 사혈조의 막내인 철인(鐵人) 한대석(漢大石)이었다.

사랑조 조장에게 이들의 별호를 들은 우건은 쓴웃음을 지었다.

이들은 별호까지 소유한 어엿한 무림인이었다.

무공을 익힌 자들이 생각보다 많은 상황을 본 우건은 어쩌면 이곳에 무림이란 세계가 존재할지 모른단 의심을 했었다.

한데 이들의 별호와 이들의 조직체계를 보는 순간, 무림이 실제로 존재한단 사실을 알았다. 이곳은 또 다른 무림이었다.

사혈조의 막내 한대석이 먼저 공격해왔다.

그가 익힌 대표적인 무공은 철인벽(鐵人壁)이라 불리는 외공(外功)과 금강조(金剛爪)라 불리는 조공(爪功) 두 가지였다.

한대석이 철인벽을 끌어올리는 순간, 옷 밖으로 드러난 모든 부분이 새카맣게 변하며 철갑처럼 두른 근육이 꿈틀거렸다.

철인벽을 끌어올린 한대석이 육중한 몸과는 어울리지 않게 비호처럼 날아 우건의 오른쪽 어깨를 손가락으로 긁어왔다.

우건은 유수영풍보(柳樹迎風步)를 펼쳐 제자리에서 피해냈다. 허공을 친 한대석이 이번엔 양손을 동시에 휘둘러왔다.

우건은 다시 보법을 밟아 한대석의 금강조를 피해냈다. 금강조가 허공을 칠 때마다 거북살스러운 음향이 울려 퍼졌다.

우건이 두 차례의 공격을 손쉽게 피하는 모습을 본 한대석은 전력을 다하기 시작했다. 손 그림자가 사방을 뒤덮었다.

우건의 눈에서 새하얀 신광이 한차례 번쩍이는 순간, 수십 개의 팔이 튀어나와 한대석의 금강조가 만든 손 그림자를 차례차례 요격했다. 비원휘비를 극성으로 펼친 모습이었다.

타타타탕!

귀를 찢는 소성이 쉴 새 없이 울려 퍼졌다.

그리고 소성이 끝나는 순간, 금강조가 만든 손 그림자가 씻은 듯이 사라져 버렸다. 다섯 발자국을 물러선 한대석은 이내 검붉은 피를 한 사발 토했다. 내상을 크게 입었단 증거였다.

"아직 멀었다!"

소리친 한대석이 다시 날아올라 금강조를 펼쳤다. 그러나 내상을 입은 상태에서 펼친 금강조는 예전 위력이 아니었다.

우건은 왼손 장심을 앞으로 쭉 뻗으며 파금장을 펼쳤다.

그 순간, 장심에서 튀어나온 날카로운 장력 한 줄기가 한 대석의 심장으로 쏘아져갔다. 외공과 호신강기를 전문적으로 파훼하는 파금장이었다. 한대석이 피할 방법은 없어보였다.

그때, 옆구리 쪽이 시원해지며 살이 살짝 따끔거렸다.

고개를 돌리는 순간, 무흔검 오재상이 검을 뽑아 찔러왔다. 무흔검이라는 별호에서 알 수 있듯 그는 쾌검의 달인이었다.

벌써 검봉(劍鋒)이 허리 어림에 도달해 있었다.

6장. 특무대(特務隊)의 정체

　우건이 파금장을 계속 펼쳐 가면 한대석을 일 장에 죽일
수 있었다. 그러나 우건 역시 허리에 치명상을 피하지 못했
다.

　그때였다.

　쉬익!

　뱀이 풀숲을 헤치며 움직이는 듯한 소리가 들렸다.

　뒤이어 눈을 멀게 하는 새하얀 섬광이 번쩍하며 피어올
랐다.

　섬광은 나타날 때와 마찬가지로 순식간에 자취를 감추었
다.

"크아악!"

파금장을 가슴에 맞은 한대석이 피분수를 쏟아내며 뒤로 날아갔다. 여력이 대단해 한대석과 부딪힌 벽이 허물어졌다.

오재상은 검을 내뻗은 자세 그대로 멈춰 있었다. 오재상의 얼굴은 믿을 수 없다는 듯 경악으로 물들어 있었다. 그의 시선이 밑으로 내려갔다. 심장 부근에 작은 혈흔이 있었다.

혈흔은 순식간에 사발만 한 크기로 커지더니 등이 터져 나갔다.

고개를 든 오재상의 시선이 우건의 오른손으로 향했다. 우건의 오른손엔 어느새 차가운 검광을 뿌리는 검이 들려 있었다.

오재상이 낮게 가라앉은 목소리로 물었다.

"그, 그게 무, 무슨 검법이오?"

우건은 담담한 표정으로 대답했다.

"천지검의 생역광음(生逆光陰)이란 초식이오."

"믿, 믿을 수 없는 쾌, 쾌검……."

그 말을 남긴 오재상은 뒤로 천천히 넘어갔다.

쿵!

오재상이 쓰러지는 모습을 확인한 우건은 몸을 돌려 사혈조의 둘째인 파풍권 서중일을 향해 천천히 걸어갔다. 사실,

우건은 내상을 입어 회복할 시간이 약간 필요한 상태였다.

태을문 33종의 절예 중에 첫손가락에 꼽히는 천지검은 막대한 내력이 필요한 검법이었다. 우건의 지금 내력으론 천지검의 한 초식에 불과한 생역광음을 펼치기가 쉽지 않았다.

한데 상황이 너무나 급박했다. 쾌검의 정수라 불리는 생역광음이 아니면 오재상이 펼친 쾌검을 막을 방법이 거의 없었다.

우건의 눈빛이 착 가라앉았다.

우건은 솔직하게 인정했다.

'내가 이곳의 무인을 경시했구나.'

경적필패(輕敵必敗)란 말이 있었다.

적을 얕보면 반드시 패한다는 말이었다.

우건은 지고한 경지에 오른 절세고수였다.

그런 우건에게 이곳의 무인은 하류잡배처럼 보일 수밖에 없었다. 한데 모든 무인의 실력이 떨어지는 것은 아니었다.

지금처럼 우건이 깜짝 놀랄 만한 수를 보여준 무인이 있었다.

비록 내력이 형편없는 상태라고는 하지만 한때 무의 극(極)에 발을 들여놓았던 우건을 놀라게 만들기는 쉽지 않았다.

우건은 손에 쥔 검을 내려다보았다. 족히 수백 년이 흘렀지만 한상검(寒霜劍)은 여전히 차가운 예기(銳氣)를 뿜어냈다.

변절한 대제자 조광을 제거하기 위해 중원에 갔을 때는 태을조사가 남긴 유검을 사용해야했기 때문에 원래 쓰던 애검을 가져갈 이유가 없었다. 태을문에 입문한 후에 우건은 몇 개의 검을 돌아가며 사용했는데 사부 천선자에게 받은 용음검(龍吟劍), 중원 무림에서 3년 간 활동할 때 사용한 일로검(日露劍), 천지검을 완성하는 데 동반자역할을 해준 청성검(靑星劍), 그리고 지금 손에 쥔 한상검이 대표적이었다.

얼마 전, 설악산 비신암 동부를 다시 방문했다가 그 네 자루 검이 모두 무사히 있는 모습을 본 우건은 뛸 듯이 기뻤다.

특히, 우건이 중원으로 떠나기 1년 전에 완성한 한상검은 날이 거의 그대로였다. 중원이나, 새외의 무인들은 무기를 직접 제련하는 경우가 드물지만 한반도의 무인들은 까마득한 옛날부터 무기를 만들어 자기 혼을 집어넣으려 애썼다.

태을문이 대표적이었다.

검을 제련할 능력이 없는 초기엔 사부가 준 검을 사용하지만 능력을 갖춘 후엔 혼자 힘으로 무기를 제련해 사용했다.

우건은 도문 비전(祕傳)으로 꼽히는 철지개산대법(徹地開山大法)을 이용해 오금을 캐냈다. 오금은 금, 은, 구리,

철, 주석을 가리켰다. 오금을 캔 후에는 화로에 넣어 불이 아닌, 본신 내력으로 이를 녹여 순수한 정화(精華)를 추출했다.

정화를 추출한 후엔 각종 약초와 암석, 금석을 넣어 쇳물을 만들었다. 그리고 쇳물에 내력을 가하며 무기를 제련했다.

한상검은 우건이 만들어낸 가장 좋은 검이었다. 손에 쥐는 순간, 검이 공명하듯 서리와 같은 차가운 검광을 뿜어냈다.

한상검처럼 본신 내력으로 제련한 신검(神劍)에는 세 가지 장점이 있었다. 첫 번째는 다른 신검보도(神劍寶刀)처럼 금석을 두부처럼 잘라낸단 점이었다. 그리고 두 번째는 태을문의 내력을 주입해 만들었기 때문에 태을문의 문도가 이를 사용하면 무공의 위력이 더 강해진다는 점이었다. 그리고 세 번째 장점은 검에 들어 있는 기운을 이용해 내력의 흐름을 원활히 하거나, 내상을 치료할 수 있단 점이었다.

우건은 한상검을 이용해 내상을 천천히 치료했다.

"차앗!"

그때, 파풍권 서중일 기합을 지르며 우건을 향해 날아들었다.

1장 거리를 순식간에 좁힌 서중일이 주먹을 쉴 새 없이 뻗었다. 그 순간, 수십 개의 권풍이 우건의 전신을 난타해 왔다.

우건이 입은 옷자락이 강한 권풍에 휘말려 찢어질 듯 펄럭였다. 서중일은 나이가 많거나, 입문한 시기가 빨라 서열 2위에 오른 게 아니었다. 온전히 그가 지닌 실력 덕분이었다.

우건은 유수영풍보를 펼쳐 권풍 사이를 마치 곡예 하듯 빠져나갔다. 유수영풍보의 위력은 대단했다. 태을조사가 수령이 천 년에 이른 버드나무가 태풍에 휘말린 모습을 보며 창안했다는 고사가 전해지는 유수영풍보는 권풍에 대항하는 대신, 강맹한 기운을 포용하듯 부드럽게 안으며 흘려보냈다.

미간을 찌푸린 서중일은 권법의 형태를 바꿨다.

눈이 휘둥그레질 만큼 수많은 그림자를 만들어내며 빠르게 움직이던 주먹이 갑자기 느려지기 시작했다. 그러나 우건은 결코 태만하지 않았다. 오히려 위험하기로 따지면 지금이 더했다. 지금은 각 권에 치명적인 위력이 들어가 있었다.

우건은 유수영풍보 대신에 삼미보(三迷步)를 펼쳤다.

유수영풍보가 부드럽다면 삼미보는 빠르며 은밀했다. 삼미보는 각각 섬영보, 월광보, 비응보로 이루어져 있어 태을문 내에선 비응월광섬영보(飛鷹月光閃影步)라는 이름으로 불렸다.

빠르게 움직여야할 때는 섬영보를, 몸을 날려야할 때는

비응보를, 은밀하며 세밀한 움직임이 필요할 땐 월광보를 펼쳤다.

공격이 또다시 실패한 서중일의 얼굴이 달아오르기 시작했다.

그가 내력을 억지로 끌어올리는 중이란 증거였다.

펑펑펑펑!

서중일은 허공을 격하며 주먹을 연속 네 번 뻗었다.

그 즉시, 네 개의 권풍이 우건의 전후좌우로 뻗어왔다. 권풍이 이르기 전부터 살을 후벼 파는 듯한 통증을 먼저 느꼈다.

우건은 피하지 않았다.

오히려 권풍에 맞서가며 수중의 한상검을 어지럽게 찔러갔다.

그 모습을 본 서중일의 입가에 미소가 번졌다.

그가 이번에 펼친 수법은 파풍권의 최후초식 사풍사은(四風四隱)이었다. 눈에 보이는 권풍은 네 개지만 그 안에 또 다른 권풍 네 개가 숨겨져 있었다. 그래서 눈앞에 있는 권풍만 막다가는 어느새 숨어 있는 권풍에 당하는 일이 많았다.

그 순간, 우건의 검봉에서 새하얀 검광이 줄기차게 폭사되었다.

펑펑펑펑!

검광이 권풍을 막아내며 폭음이 울렸다.

우건이 거리를 좁히며 검을 휘두르려는 순간, 사풍사은에 숨어 있던 권풍 네 개가 우건의 요혈을 향해 곧장 날아들었다.

안색을 굳힌 우건이 검을 앞으로 찔러갔다.

파파파팟!

검봉에서 다섯 가닥의 검광이 튀어나와 사풍사은의 숨어 있는 권풍 네 개를 모두 박살냈다. 그리곤 나머지 한 가닥은 곧장 서중일의 미간으로 짓쳐갔다. 사풍사은이 성공할 거라 믿어 의심치 않았던 서중일은 깜짝 놀라 몸을 피했다.

그러나 우건이 발출한 검광은 보통 검광이 아니었다. 마치 살아 있는 생물처럼 도망치는 서중일을 따라가 기어코 몸을 꿰뚫었다. 서중일은 건물 뒷문으로 향하던 자세 그대로 쓰러졌다. 그리고 쓰러진 서중일의 뒷머리에서 피가 치솟았다.

검을 내린 우건은 숨을 크게 내쉬었다.

방금 펼친 검초는 천지검의 절초 유성추월(流星追月)이었다.

회복세에 접어든 내상을 다시 도지게 만든 초식이었지만 그 위력은 대단했다. 풍파권 서중일이 전력을 다해 펼친 사풍사은을 한순간에 무력화시킨 후에 숨통마저 같이 끊었다.

목으로 올라온 피를 다시 삼킨 우건은 오른쪽 건물을 나와 품자 형태의 꼭대기에 있는 마지막 건물을 목표로 걸어갔다.

우건은 건물에 들어가 안을 둘러보았다.

인기척이 없었다.

넓은 공간에 소파와 탁자, 장식장이 있었지만 사람의 모습은 보이지 않았다. 우건은 건물 안을 돌아다니며 지청술을 펼쳤다. 얼마 지나지 않아 두 사람이 내는 호흡소리를 찾았다.

한 명은 호흡이 강하며 길었다.

호흡의 주인이 고수란 의미였다.

그리고 다른 한 명은 호흡이 빠르며 미약했다.

'한 명은 부상을 입었군.'

우건은 소리가 들려오는 방향으로 걸어가 주변을 수색했다.

호흡소리는 나무 벽 뒤에서 들려오는 중이었다.

우건은 나무 벽을 슬쩍 밀어보았다.

벽 사이에 다른 장소로 통하는 문이 있는 모양이었다.

끼이익!

경첩이 비명을 지르는 순간, 낡은 문이 안으로 밀려들어갔다.

문 안에는 지하로 내려가는 계단이 있었다. 계단 끝에는 육중한 철문이 자리했다. 우건은 계단을 내려가 철문을 살폈다.

꽤 두꺼운 철문이었다.

내력의 1할을 실어 밀어보았지만 꿈쩍하지 않았다.

조금씩 움직이는 것을 보면 문을 잠그지는 않은 모양이었다.

우건은 5할의 내력을 투입해 철문을 밀었다.

끼이이익!

좀 전보다 큰 소리가 나며 철문이 반쯤 열렸다.

우건은 열린 문틈으로 들어가 지하실 안을 둘러보았다.

먼저 비릿한 피 냄새가 훅 풍겨왔다.

우건의 시선이 피 냄새를 쫓아 안으로 움직였다.

안쪽 벽에 사람인지, 고깃덩어리인지 모를 것이 걸려 있었다.

조금 전에 들었던 그 미약한 숨소리의 주인공일 터였다.

오히려 그런 상태로 살아 있다는 점이 더 놀라울 지경이었다.

그 앞엔 노인 하나가 등을 보인 상태로 앉아 있었다. 그리고 노인 왼편엔 카메라를 설치한 삼각대가 있었다. 또, 오른편엔 고문하는 데 사용하는 도구를 모아놓은 거치대가 있었다.

노인이 고개를 돌리며 짜증 섞인 목소리로 소리쳤다.

"내가 부르기 전까진 들어오지 말라 했을 텐데……."

그러나 노인은 말을 다 마치지 못했다.

지하 고문실에 들이닥친 사람은 그의 부하가 아니었다.

우건이었다.

우건을 흥미롭게 쳐다보던 노인이 천천히 일어섰다.

앉아 있을 때는 몰랐는데 노인이 천천히 일어서는 순간, 역한 비린내가 훅 풍겨왔다. 피 냄새는 아니었다. 피 냄새와 다른 냄새를 구분하지 못할 정도로 실전경험이 없진 않았다.

'독이군.'

그렇다면 저 노인이 월영루 루주 혈독자 최혁권이란 말이었다.

우건은 천지조화인심공을 끌어올려 심맥을 보호했다.

도문의 정종심법(正宗心法)은 사공(邪功), 마공(魔功), 독공(毒功) 모두에 내성을 가지지만 만독불침(萬毒不侵)의 상태로 만들어주지는 못했다. 미리 대비해두어 나쁠 일이 없었다.

최혁권의 눈에 녹광(綠光)이 어른거렸다.

독공이 일정 경지에 올랐다는 증거였다.

'이상하군. 이 근처에는 독공을 연마할 만한 독물이 없을 텐데.'

독공은 독을 함유한 독물을 이용해 수련하는 법이었다.

당연히 강한 독일수록 효과가 좋았다. 한데 우건이 알기로 한국에는 강한 독을 가진 독물이 없었다. 애초에 겨울이

긴 한국에선 독물이 살기 쉽지 않아 독공을 익히기 힘들었다.

한데 최혁권의 모습에선 독물이 많기로 유명한 중국 운남(雲南)에서 몇 십 년 수련한 독공고수의 기운을 풀풀 풍겼다.

그렇다면 최혁권이 다른 방법으로 독공을 연마했단 뜻이었다.

우건의 시선이 지하고문실 오른편 벽에 놓여 있는 커다란 무쇠 통으로 돌아갔다. 뚜껑이 닫혀 있어 내용물은 보이지 않았지만 뭐가 들었는지 알 것 같았다. 바로 사람의 시체였다.

시체는 시독(屍毒)을 뿜어냈다. 최혁권은 그런 시독을 모아 독공을 익혀왔던 것이다. 최혁권의 독공 수준에 이르려면 얼마나 많은 사람이 죽어야 했을지 감이 잘 잡히지 않았다.

재미있다는 듯 최혁권의 입가가 슬쩍 비틀렸다.

"시독을 아는 모양이군."

"독공을 익히기 위해 얼마나 많은 사람을 죽였지?"

최혁권은 어깨를 으쓱거렸다.

"네놈이 방금 상상한 숫자에 열을 곱하면 얼추 맞을 것이다."

이번엔 최혁권이 열린 철문을 보며 물었다.

"밖이 조용한 걸 보니까 네놈에게 모두 당한 모양이구나. 특무대에 있는 늙은이들 빼고 너 같은 실력자가 있을 거라고는 생각 못했는데 덕분에 큰 소득을 하나 챙겨가는구나."

최혁권 역시 우건을 특무대가 보낸 사람으로 여기는 듯했다.

우건은 그가 그렇게 생각하도록 놔둘 생각이었다.

그가 궁금한 건 사실 따로 있었다.

"독공은 누구에게 배웠나?"

최혁권이 혀를 찼다.

"쯧쯧, 너무 앞서가는구나."

말을 마친 최혁권은 비조처럼 날아올라 허공으로 손을 뻗었다.

소매 밑으로 드러난 손이 짙은 녹색으로 번들거렸다. 그리고 손톱 끝에는 녹색 불티가 맺혀 있었다. 우건은 급히 유수영풍보로 최혁권의 선공을 피했다. 그러나 피했다고 느낀 순간, 손톱 끝에 매달려 있던 녹색 불티가 허공을 갈랐다.

펑!

그 즉시, 매캐한 냄새가 강하게 풍기며 반경 1장이 폭발했다.

우건은 섬영보를 펼쳐 간신히 폭발 반경을 벗어났다. 녹색 화약을 터트린 거처럼 녹광(綠光)이 반짝이다가 모습을 감췄다.

우건은 중단으로 올린 검을 비스듬히 틀며 오른발을 내밀었다.

천지검의 기수식(起手式)인 인답장도(人踏壯途)의 자세였다.

우건이 자세를 잡는 순간, 기도가 안정되며 안광이 안으로 갈무리되었다. 그야말로 절정검객의 표상과 같은 모습이었다.

"제법 하는 모양이구나."

최혁권은 자신의 성명절기인 녹화수(綠花手)를 펼쳐 공격했다.

녹화수가 장내를 가를 때마다 녹색 불티가 점점이 풀려나와 폭발했다. 곧 사방 10여 장에 이르는 넓은 공간이 녹광에 휩싸였다. 적의 모습을 제대로 확인하기 어려울 지경이었다.

우건은 계속 천심조화인심공을 운기하며 천지검의 절초를 펼쳤다. 절초의 위력은 과연 대단해 녹광을 단숨에 갈랐지만 우건 역시 무사하지 못했다. 교관과 싸울 때 입은 내상이 점점 심해졌다. 문제는 그뿐만이 아니었다. 천지조화인심공으로 끌어 모은 내력 역시 빠르게 고갈되는 중이었다.

'시간을 끌면 불리해지는 쪽은 나다.'

우건은 앞으로 나아가며 일검단해(一劍斷海)를 펼쳤다.

검봉에서 뿜어져 나온 백광이 녹광을 가르며 상대를 찔러갔다.

그러나 최혁권 역시 나이를 허투루 먹은 게 아닌 모양이었다.

우건이 공세로 돌아선 이유를 눈치 챈 최혁권은 뒤로 물러서며 백광을 피했다. 최혁권의 신법 역시 상당한 수준이었다.

우건은 더 강하게 몰아붙이며 천지검의 절초를 연이어 펼쳤다.

그럴수록 단전이 찢어질 듯 아팠지만 멈출 수가 없었다. 내상이 꽤 깊은 모양이었다. 목으로 올라오는 피의 양이 늘었다.

문제는 그뿐만이 아니었다.

내력이 급속하게 줄어들며 천지조화인심공으로 만든 호신강기 역시 약해졌다. 그리고 호신강기가 약해진 틈을 타 최혁권이 익힌 녹화수의 독기가 살갗을 통해 침투하기 시작했다.

'기회는 한 번이다.'

우건은 수중의 한상검을 앞으로 힘껏 던졌다.

천지검의 구명절초(求命絕招) 비검만리(飛劍萬里)였다.

우건의 손을 떠난 한상검이 녹광을 가르며 최혁권의 단전을 향해 엄청나게 빠른 속도로 날아갔다. 경호성을 발한 최혁권은 손을 미친 듯이 휘둘러 짓쳐오는 한상검을 저지했다.

펑펑펑!

녹색 불티와 한상검이 부딪치며 폭발음이 연속 울렸다.

그러나 한상검은 끝내 녹색 불티가 만든 방어벽을 뚫지 못했다.

힘이 다한 한상검이 바닥에 떨어졌다.

그때였다.

한상검이 뿜어낸 백광이 녹색 불티에 막혀 사라짐과 동시에 그 자리에서 우건이 불쑥 튀어나와 오른손을 힘껏 내질렀다.

검광은장(劍光隱掌)이라는 고절한 수법이었다.

"어림없다!"

이것이 우건이 숨겨놓은 비장의 한수임을 직감한 최혁권은 녹화수에서 가장 강한 수법으로 우건의 장력에 맞서갔다.

쾅!

곧 우건의 장력과 최혁권의 녹색 불티가 허공에서 충돌했다.

쿠르릉!

번개가 치는 듯한 굉음이 울린 후, 최혁권이 뒤로 날아갔다.

우건 역시 그 자리에서 한쪽 무릎을 꿇으며 피를 게웠지만 쓰러지진 않았다. 소매로 피를 쓱 닦은 우건은 일어나서 바닥에 떨어져 있는 한상검을 주워들었다. 과연 신검이었다. 한상검을 주워 운기하는 순간, 탁했던 기혈이 조금 뚫렸다.

우건은 바닥에 쓰러진 최혁권에게 걸어갔다. 최혁권의 가슴에는 번개 모양으로 탄 흔적이 있었다. 주요 장기가 다 녹아내린 듯 최혁권은 눈을 뜬 자세 그대로 절명한 상태였다.

우건이 펼친 장력은 태을문 최강 장법인 태을진천뢰였다. 조광이 죽기 전에 우건의 단전을 박살낸 바로 그 장법이었다.

"실수했군."

우건은 최혁권을 제압해 누구에게 독공을 배웠는지, 그리고 수연을 죽이라 청부한 사람이 누군지 알아낼 계획이었다.

한데 최혁권이 생각보다 강해 살수를 쓸 수밖에 없었다.

그때였다.

"으으."

신음소리를 들은 우건은 고개를 돌렸다.

최혁권에게 고문을 당하던 사내가 아직 살아 있는 모양이었다.

방금 전에 들은 신음의 주인이 그였다.

최혁권과 우건이 벌인 대결의 여파 속에서 목숨이 경각에 달린 중상자가 살아남았단 것은 거의 기적에 가까운 일이었다.

우건은 눈살을 찌푸렸다.

사내의 모습은 처참하기 이를 데 없었다.

최혁권이 얇은 칼로 살점을 떼어내 가며 고문한 모양이었다. 팔과 허벅지, 가슴의 살이 거의 보이지 않았다. 밧줄을 잘라 사내를 풀어준 우건은 그를 받아 조심스레 바닥에 눕혔다.

사내가 잦아드는 목소리로 물었다.

"당, 당신은 대체 누굽니까?"

우건은 고개를 저었다.

"지금은 내 정체를 아는 게 중요한 일이 아닌 것 같소."

사내가 피식 웃었다.

입가에 피가 흘러내렸지만 사내는 개의치 않는 모습이었다.

"그, 그 말이 정답이군요. 그, 그건 별로 중요하지 않은 일이죠."

"병원에 가면 살 수 있을지 모르오."

사내가 고개를 저었다.

"제, 제 몸은 제가 더 잘 압니다. 이, 이미 틀렸습니다."

숨이 넘어가기 직전인 듯 사내의 호흡이 가빠지기 시작했다.

"전, 전 경찰 특, 특무대 3팀 소속 경위 이운영(李運英)입니다."

"경찰이 왜 월영루 놈들에게 잡힌 거요?"

"월, 월영루와 그, 그와의 관계를 알아내기 위해 잠입을……."

사내의 목소리가 급격히 잦아들었다.

우건은 급히 사내의 맥문에 내력을 불어넣으며 물었다.

"그가 누구요? 월영루의 배후에 있는 인물이오?"

"그, 그는……."

사내, 아니 자신을 경찰이라 소개한 이운영의 목이 푹 꺾였다.

우건은 사내의 맥문을 잡아보았다.

맥이 뛰지 않았다.

"죽었군."

우건은 낭패한 표정으로 일어나 한숨을 쉬었다.

이운영이 배후를 말하기 전에 숨을 거두는 바람에 수연을 살해하라 지시한 자들의 정체를 결국엔 알아내지 못했다. 일단은 놈들의 손발을 잘랐단 것에 안심하는 수밖에 없었다.

그때였다.

발길을 돌리려는 우건의 눈에 카메라가 들어왔다.

최혁권이 이운영을 고문하는 광경을 찍어둔 카메라로 보였다.

텔레비전에서 본 기억이 있어 카메라의 용도가 무엇인지는 이미 알았다. 우건은 카메라에 달려 있는 버튼을 있는 대로 다 눌러보았다. 어느 순간, 카메라 뒤에 있는 작은 뚜껑이 열리더니 안에 들어있는 네모난 물체가 위로 튀어나왔다.

우건이 카메라를 통째로 가져갈지, 아니면 네모난 물체만 따로 가져갈지 고민할 무렵이었다. 상당히 많은 사람들이 건물로 접근하는 기척을 느꼈다. 우건은 재빨리 네모난 물체를 빼내 주머니에 집어넣었다. 그는 자신의 직감을 믿었다.

카메라에 든 네모난 물체를 다른 영상기기에 집어넣어 영상을 확인한 장면을 봤던 기억이 어렴풋이 떠올랐던 것이다.

지하실을 나온 우건은 지청술을 펼쳐 접근 중인 사람들의 기척을 살폈다. 왼편 건물과 오른편 건물을 차례대로 통과한 그들은 우건이 있는 꼭대기 건물로 접근해오는 중이었다.

우건은 주위를 둘러보았다.

창문에 쇠창살이 있어 정문 외엔 빠져나갈 구멍이 없었다. 창살을 부수면 탈출은 가능하겠지만 추적당할 공산이 높았다.

천장으로 솟구친 우건은 대들보 위에 바짝 엎드려 기척을 죽였다. 월영루가 터를 잡은 연지암은 300년 전에 만들어진 전각을 바탕으로 했기 때문에 대들보가 천장을 가로질렀다.

우건이 기척을 죽임과 동시에 10여 명의 사람들이 안으로 뛰어 들어왔다. 검은색 상의와 같은 색의 하의를 입은 그들은 복면을 썼으며 손에 칼과 검, 창과 같은 무기를 소지했다.

그들 역시 무림인인 모양이었다.

건물을 수색하는 이들의 눈에서 정광이 번득였다.

다른 이들은 전부 건물 안을 수색하는 중이었지만 두 명은 건물 가운데에 서서 보고를 받거나, 아니면 지시를 내렸다.

한 명은 키는 작지만, 그 대신 몸이 차돌처럼 단단해 보이는 사내였다. 그리고 사내 옆에는 키가 큰 여인이 서 있었다. 그녀가 입은 야행복(夜行服)이 살갗에 찰싹 달라붙어 있어 눈이 휘둥그레질 만큼 미끈한 몸매가 그대로 드러났다.

그때였다.

그들이 우건이 열어놓은 지하실을 발견한 모양이었다.

"팀장님, 이쪽입니다!"

사내와 여자는 목소리가 들려온 방향으로 몸을 날렸다.

우건은 그 틈에 빠져나갈 생각이었다. 건물 정문 방향으로 고개를 돌렸다. 그러나 이내 마음을 바꿔먹어야 했다. 건장한 사내 두 명이 출입문을 통제하는 중이었다. 신법이 아무리 뛰어나도 살아 있는 사람을 그대로 통과할 방법은 없었다.

'좀 더 기다려야겠군.'

지하실 안에서 경악에 찬 사내의 목소리가 들려왔다.

"맙소사, 이 경위가 맞나?"

"맞는 것 같아요."

대답한 목소리는 여자였다.

여자가 남자보다 훨씬 더 냉정한 상태를 유지하는 중이었다.

다시 악독에 차 부르짖는 사내의 목소리가 들려왔다.

"개새끼들!"

"여긴 독이 뿌려져 있어요. 어서 시신을 위쪽으로 옮겨야겠어요."

"그렇게 하세."

잠시 후, 이운영의 시신을 안치한 가죽부대가 위로 올라왔다.

여자가 부하들에게 지시했다.

"모두 미리 나눠준 내독단(耐毒丹)을 복용해요!"

"알겠습니다!"

"내독단을 복용한 사람들은 죽은 최혁권의 시신 먼저 옮겨요!"

그로부터 얼마 지나지 않아 최혁권의 시신이 위로 올라왔다. 그러나 그의 시신은 시신을 담는 가죽부대에 담겨 있지 않았다. 그리고 얼굴과 몸 곳곳에 걷어찬 흔적이 역력했다.

분노한 사람들이 시체에 화를 대신 푼 모양이었다.

지하실에서 사내의 목소리가 다시 들려왔다.

"아무래도 저 통이 수상하군."

우건은 쓴웃음을 지었다.

'열어보지 않는 게 좋을 텐데.'

우건의 예상은 정확히 맞아떨어졌다.

쇠로 만든 무거운 물체가 움직이는 소리가 들린다 싶은 순간, 몇 명이 경악에 찬 목소리로 비명을 질러댔다. 그리고 먹은 것을 토하는 소리가 뒤따라 들려왔다. 정문을 통제하던 사내 두 명이 움찔하며 지하실이 있는 방향을 노려보았다.

그때, 지하실을 수색 중이던 사람들이 부리나케 뛰어올라왔다.

내독단이 통하지 않은 듯 몇 명은 이미 중독당한 상태였다. 그들은 급히 한쪽 구석에 앉아 독을 몰아내기 시작했다.

"이 악마보다 더한 새끼!"

지휘관으로 보이는 사내가 부하의 검을 가져와 최혁권의 시신에 칼질을 하기 시작했다. 이미 죽은 시체라 피가 많이 튀진 않았지만 살점이 뭉텅이로 잘려 사방으로 흩어졌다.

여자가 급히 사내를 말렸다.

"그만하세요."

"부팀장도 방금 통 안을 확인했지 않은가? 놈은 사람의 시신 수백 구를 독물에 절여 시독을 연성했네. 놈은 악마일세."

"벌어진 일은 벌어진 일이에요. 지금은 현장처리가 우선이에요."

냉정히 말한 여자는 허리에 차고 있던 검은색 비수를 뽑아 최혁권의 시체를 뒤졌다. 잠시 후, 최혁권의 품속에서 붉은색 종이로 만든 책 한 권과 검은색 주머니 세 개가 나왔다.

여자는 가죽봉투에 두 물건을 담아 부하에게 건넸다.

"독공서(毒功書)인 모양이에요. 어르신들에게 가져다드려요."

"알겠습니다."

부하가 떠난 후, 남자가 여자에게 물었다.

"부팀장은 누구 짓이라 보나?"

"우리가 들이닥치기 전에 놈을 먼저 없앤 사람을 말하는 건가요?"

"맞네."

"두 가지 중 하나로 보여요. 하나는 월영루에 특무대 대원을 잠입시킨 사실을 알아낸 그자가 부하들까지 한꺼번에 정리해 버린 것일 수 있어요. 두 번째는 다른 세력과의 알력다툼이 벌어졌을 가능성이에요. 어느 쪽이든 가능성은 있어요."

뭔가 곰곰이 생각하던 남자가 말했다.

"내기를 해야 한다면 그자가 부하들을 없앴다는 데 걸고 싶군."

"카메라의 메모리카드가 없어진 일 때문에 그런가요?"

"맞네. 이게 다른 세력과의 알력다툼이라면 놈이 이 경위를 고문한 광경을 촬영한 메모리카드를 굳이 가져갈 리 없겠지."

여인은 생각이 다르다는 듯 고개를 저었다.

"나중에 그 자료를 협박용으로 쓴다면요?"

"부팀장 말에 일리가 있군."

결론을 내리지 못한 두 사람은 이운영의 시신을 옮긴 다음, 연지암 내부를 청소하기 시작했다. 우건이 죽인 월영루

조직원을 한데 모아 그 위에 약품을 끼얹었다. 그 즉시, 독한 연기가 피어오르더니 시신이 서서히 녹아내리기 시작했다.

우건은 흠칫했다.

'화골산(化骨散)인가?'

화골산은 뼈를 녹이는 강력한 독액(毒液)이었다. 그들은 또 최혁권이 독공을 연성할 때 사용한 쇠 통에 중화제(中和劑) 역할을 하는 약품을 뿌려 나쁜 마음을 가진 다른 이들의 손에 들어가지 못하게 했다. 시독이 워낙 강해 다 중화하진 못하겠지만 독공에 쓰이지 못하도록 하는 데는 충분했다.

수색과 청소를 모두 마친 그들은 이내 연지암을 떠났다.

그들의 기척이 완전히 사라질 때까지 기다린 우건은 연지암을 빠져나와 하늘을 올려다보았다. 어느새 날이 밝아 있었다.

우건은 수연이 있는 호텔로 걸어가며 생각했다.

'이곳에도 악행을 일삼는 무림인을 전문적으로 쫓는 조직이 있었군. 특무대라 했었나? 생각보다 꽤 조직적인 곳이었다.'

한반도에는 사실 무림이라 부를 만한 세계가 없었다. 도문과 불문을 합쳐 무인을 양성하는 문파가 다섯 개에 불과했다.

더구나 제자를 가려받았기 때문에 다섯 개 문파에 속한

무인을 다 합쳐도 100명이 채 넘지 않았다. 이를 테면 소수정예를 추구하는 성향이라 할 수 있었다. 그러나 중원무림은 규모가 엄청났다. 그들은 제자가 많으면 세력이 커진다고 믿는 경향이 강해 닥치는 대로 제자를 받아들였다. 그 바람에 족히 몇 만에 이르는 무림인이 활발히 활동했다.

사실, 그 몇 만 역시 겉으로 드러난 숫자일 따름이었다. 은거했거나, 비밀리에 활동하는 무림인을 합치면 몇 만은 우습게 넘었다.

그러다보니 무인 중에 악행을 저지르는 자들 역시 많았다. 무인들은 그런 자들을 잡기 위해 조직을 만들어 운용했다.

한데 이곳에선 그 일을 관청이 하는 모양이었다. 이운영은 자신을 경찰 특무대 소속이라 밝혔으니 방금 보았던 자들 역시 경찰에 속한 공무원일 터였다. 그리고 그 경찰들 또한 무공을 익힌 상태였다. 점점 더 모르겠단 생각이 들었다.

'도대체 누가 그들에게 무공을 가르친 걸까? 설마 무림 문파들이 몇 백 년 동안 명맥을 유지해 현재에 이르렀단 말인가?'

우건은 병원에 있을 때 텔레비전을 보며 소일한 적 있었다.

그때, 시청한 프로그램 중 하나가 소림사(少林寺), 무당파(武當派), 아미파(峨嵋派) 등을 방문해 거기서 수련하는 수도자를 만나는 내용이었다. 한데 그들은 절대 무림인이 아니었다. 무림인처럼 흉내만 낼 뿐, 상승무공을 익히지 못했다. 오히려 옛 명성을 이용해 장사하는 장사꾼에 더 가까웠다.

그 프로그램을 본 우건은 이 시대엔 무림이 존재하지 않는다는 확신을 가졌다. 한데 그 확신은 요 며칠 동안의 경험으로 인해 산산이 깨어진 상태였다. 무림은 실제로 존재했다.

우건은 고개를 저었다.

지금은 놈들이 수연을 노리는 이유를 밝혀내는 게 먼저였다.

호텔에 돌아온 우건은 열쇠를 대신하는 카드키를 사용할 줄 몰라 잠시 곤란을 겪었지만 어쨌든 들어가는 덴 성공했다.

수연은 방의 불을 켜둔 상태로 곯아떨어져 있었다.

피곤했던 모양이었다.

얕게 코를 고는 소리가 들려왔다.

우건은 거실 소파 앞에 가부좌를 틀었다.

지금까진 멀쩡한 척했지만 내상이 생각보다 심했다.

지금 내력으론 무리인 천지검의 절초를 연이어 펼쳤다.

또, 최혁권의 독공에 당해 내력에 독 기운이 침습한 상태였다.

우건은 급히 천지조화인심공을 운기했다.

백회혈 부근이 뜨거워지며 정순한 기운이 쏟아져 들어왔다.

우건은 기운을 이용해 내상을 치료하는 한편, 텅텅 빈 단전에 새 내력을 채워 넣었다. 천지조화인심공은 태을조사가 말년의 심득을 담아 창안한 심법다웠다. 며칠 걸릴 거라 예상한 내상의 치료가 빠른 속도로 이루어지기 시작했다.

다만, 흡수하는 기운의 양이 너무 적었다.

자연이 가진 기운을 흡수해 내력을 연성하는 것은 맞았다. 그러나 흡수한 기운 전부가 내력으로 만들어지지는 않았다.

그 기운 중 일부만 내력으로 변해 단전에 쌓였다.

한데 이곳은 그가 살았던 시대처럼 자연의 기운이 풍부한 편이 아니었다. 그리고 정순한 편 역시 아니었다. 이런 환경에서는 몇 백 년 동안 끊임없이 심공을 수련해야 기존 내력을 다 회복할 수 있을 듯했다. 그러나 걱정과는 다르게 심신은 서서히 무아지경(無我之境) 상태에 접어들기 시작했다.

한편, 오전 일찍 눈을 뜬 수연은 기지개를 펴다가 깜짝 놀랐다.

우건이 거실 한가운데에 불상처럼 앉아 있었다.

흐트러진 옷매무새와 머리카락을 서둘러 정리한 수연은 입김을 맡아보았다. 냄새는 나지 않았다. 침대 밖으로 나온 수연은 가부좌한 상태에서 전혀 움직이지 않는 우건에게 향했다.

우건의 겉모습만 봐서는 자는 사람처럼 보이지 않았다. 수연은 저런 자세로 잠을 자는 사람이 있다는 말을 들어본 적이 없었다. 그렇다고 깨어 있는 상태 역시 아닌 듯했다. 수연은 마음이 점점 불안해졌다. 그때였다. 잘 생각이라면 침대에 누워 편히 자라는 말을 해야겠단 생각이 갑자기 들었다.

우건을 건드리려는 순간, 수연은 왠지 모를 불안감이 엄습하는 느낌을 받았다. 이유는 모르겠지만 우건을 건드리면 불길한 일이 일어날 것 같았다. 수연은 자기 전에 주문한 커피포트에서 커피를 따라 마시며 우건이 깨어나길 기다렸다.

우건은 그날 오후 늦게 깨어났다.

호위하듯 우건의 옆을 지켜주던 수연은 그제야 미소를 지었다.

7장. 드러난 배후(背後)

'으음.'

수연의 미소를 본 우건은 그동안 수련해온 부동심(不動心)이 흔들리는 느낌을 받았다. 우건이 중원 무림에서 활동할 적에는 말 지어내기 좋아하는 이들에게 불용선(不容仙)이라 불린 과거가 있었다. 이는 악인에게 자비를 보여주지 않은 잔혹한 손속을 비꼬는 별호였다. 그러나 우건은 불용선이란 별호가 싫지 않았다. 그 외에 몇 개의 별호가 더 있었지만 불용선보다 더 강렬한 인상을 주는 별호는 없었다.

우건 역시 처음부터 손속이 잔혹한 사람은 아니었다.

그러나 그가 악인에게 한 용서가 다른 사람들에게 재앙으로 돌아가는 상황을 몇 차례 겪은 후엔 손속이 점차 잔혹해져갔다.

그리고 손속이 잔혹해지기 위해선 냉정함이 필수였다.

우건이 심신을 냉정한 상태로 유지할 수 있는 힘은 바로 부동심에서 나왔다. 한데 세상에는 그의 부동심이 유일하게 통하지 않는 상대가 있었다. 바로 사매였다. 아니, 이젠 유일하지 않았다. 수연까지 합치면 이제 두 명인 셈이니까.

그러나 차이는 있었다.

사매를 대할 때는 부동심이 필요치 않았다.

이미 서로가 서로를 마음 속 깊이 사랑하는 상태였다.

그러나 수연은 아니었다.

그녀는 아직 타인일 뿐이었다.

우건이 부동심을 지키기 위해 필사적이라는 사실을 알리 없는 수연은 커피포트로 끓인 원두커피를 컵에 담아 가져왔다.

"커피 드세요."

커피는 수연과 카페란 데서 대화를 나눌 때 처음 마셔보았다. 시커먼 색깔과는 달리, 입맛에 꽤 맞았던 기억이 났다.

우건은 소파에 앉으며 컵을 받았다.

"고맙소."

"설탕 드릴까요?"

"아니오. 이대로 마시겠소."

"블랙커피를 좋아하시나 봐요."

"이게 블랙커피요?"

커피가 든 컵을 두 손으로 잡은 수연이 반대편 소파에 앉았다.

"설탕을 넣지 않은 커피를 블랙커피라 불러요."

고개를 끄덕인 우건은 향을 음미하며 커피를 한 모금 마셨다.

커피에는 각성작용이 있는 듯했다.

격전으로 헝클어졌던 머릿속이 조금 맑아진 기분이었다.

수연이 반쯤 빈 컵을 내려놓으며 조심스레 물었다.

"그런데 방금 뭐한 거예요? 그 무공이란 것을 수련했던 건가요?"

우건은 대수롭지 않다는 듯 대답했다.

"맞소. 좌공(坐攻)으로 심법을 수련하던 중이었소."

"누가 업어 가도 모를 정도로 흠뻑 빠져 있던데요."

"입정(入定)에 든 상태라 그렇소."

수연은 손으로 가슴을 내리누르며 안도의 숨을 쉬었다.

"휴, 다행이에요."

"뭐가 다행이오?"

"하마터면 잠이 든 줄 알고 깨울 뻔했거든요."

우건은 그녀의 직감에 감탄했다.

사실, 그녀가 입정에 든 우건을 건드렸다고 해서 큰일이 벌어지진 않았다. 위험한 상황은 무공을 익힌 무림인이 암습하는 상황이지, 그녀와 같은 양민이 건드리는 것은 상관없었다.

한데 수연은 직감을 발휘해 입정 중이던 우건을 건드리지 않았다. 직감이 뛰어나지 않으면 쉽게 할 수 없는 일이었다.

어쩌면 수연 역시 사매처럼 선근(仙根)을 가진 선재(仙才)일지 모른단 생각이 들었다. 사매는 신법, 지법, 암기 세 분야에 걸쳐 사형제 중 가장 뛰어난 성취를 보인 고수였다.

화제는 이내 월영루로 넘어갔다.

우건은 상황을 대충 얼버무려 대답했다.

월영루에 쳐들어가 월영루 루주를 막 제압했을 무렵, 경찰로 보이는 자들이 대거 나타났다는 말을 수연에게 해주었다.

수연은 불안한 눈빛으로 물었다.

"혹시 경찰이 사견조가 죽은 일로 우 소협을 쫓아왔던 걸까요?"

우건은 고개를 저었다.

"그들은 월영루를 일찍부터 감시해오는 중이었소. 월영루 루주에게 고문당해 죽은 이운영이라는 경찰이 명백한 증거요."

"그럼 이운영이라는 경찰은 월영루 안에 잠입해 있었던 걸까요?"

"그럴 가능성이 높소. 월영루 배후에 있는 자를 알아내기 위해 잠입했다가 발각돼 루주에게 고문을 당했을 것이오."

수연은 누구보다 총명한 여인이었다.

곧 그 사이의 인과관계를 바로 알아냈다.

"자신이 발각됐다는 사실을 눈치 챈 이운영이 자기 동료들에게 급히 구조를 요청했겠군요. 하지만 동료들은 구조 요청을 제때 듣지 못해 한발 늦게 현장에 도착했던 거고요."

"내 생각과 일치하오."

수연이 한숨을 내쉬며 물었다.

"그들은 대체 어떤 사람의 지시를 받아 저를 죽이려 했던 걸까요? 그리고 대체 무슨 이유로 저를 죽이려 하는 걸까요?"

우건은 주머니에 든 사각형 물체를 꺼내 수연에게 보여주었다.

"그중 한 가지는 어쩌면 이 안에 해답이 들어 있을지 모르오."

수연은 깜짝 놀라 물었다.

"이건 디지털카메라에 쓰는 메모리카드잖아요?"

"어떻게 쓰는지 아시오?"

"잠시만요."

자기 방으로 돌아간 수연이 네모난 물건과 도구 몇 가지를 가지고 나왔다. 우건은 네모난 물건의 정체가 뭔지 알았다.

노트북이라 부르는 전자장비였다.

우건이 이곳에 와서 가장 신기하게 생각한 물건이 텔레비전과 휴대전화라면, 가장 크게 놀란 물건은 역시 컴퓨터였다.

우건은 컴퓨터에 전원을 넣을 줄 모르는 컴맹이지만 쟁반 크기의 물건에 수만 권의 책을 저장할 수 있단 사실은 알았다.

또, 인터넷이라 불리는 도구를 적절히 이용하면 세계 각지에 사는 사람들과 연락을 주고받을 수 있으며, 거의 무한대에 가까운 정보에 접근할 수 있다는 사실 역시 알고 있었다.

수연은 능숙한 솜씨로 노트북과 우건이 가져온 메모리카드를 연결했다. 그리곤 노트북의 전원을 켜서 큰 창을 띠웠다.

잠시 치익하는 소리가 들리더니 노트북 모니터 안에서 한 사람이 모습을 드러냈다. 바로 고문을 받는 이운영이었다. 우건은 노트북 모니터의 방향을 자기 쪽으로 슬며시 돌렸다.

수연은 고개를 갸웃거리며 물었다.

"제가 봐선 안 되는 건가요?"

"그렇게 보기 좋은 광경이 아니라 그렇소."

수연이 웃으며 모니터의 방향을 다시 돌렸다.

"전 외과의사예요. 끔찍한 광경을 매일 보며 사는 사람⋯⋯."

그러나 그녀는 말을 다 잇지 못했다.

노트북 화면은 사람이 얼마나 잔혹해질 수 있는지를 여과 없이 보여주는 중이었다. 주름이 많은 손에 사견조가 가지고 다니는 고문도구보다 훨씬 더 지독한 도구들이 들려 있었다. 그리고 그 도구들이 움직일 때마다 살점이 떨어졌다.

입을 가린 수연이 고개를 돌렸다.

우건은 모니터의 방향을 다시 자기 쪽으로 돌려놓았다.

"소저는 방으로 돌아가시오. 이걸 두 명이 다 볼 필욘 없소."

수연은 단호한 표정으로 고개를 저었다.

"지금 저를 죽이려는 사람이 누구인지 알아내려는 거잖

아요. 이 일을 우 소협에게만 맡겨둘 순 없어요. 같이 보게
해줘요."

우건은 수연에 대해 잘 몰랐다.

그녀와 함께 한 시간이 길지 않았기 때문에 당연한 일이
었다.

그러나 한 가지는 확실히 알 수 있었다.

그녀의 고집이 쇠심줄보다 더 질기단 점이었다.

확실히 성격적인 면에서는 사매와 수연이 다른 면을 드
러냈다.

우건은 하는 수 없이 고개를 끄덕였다.

"소리를 높여줄 수 있겠소?"

수연은 손가락으로 노트북 자판 아래쪽을 건드렸다.

곧 영상의 말소리가 커지기 시작했다.

우건은 고문 장면보다는 말소리에 더 집중했다.

그가 원하는 장면은 두 사람의 대화에 있을 확률이 높았
다.

처음 내용은 대부분 최혁권이 이운영의 정확한 신분을
알아내는 데 집중되어 있었다. 최혁권에 따르면 이운영은
원래 사사조의 조원 중 한 명이었다. 사사조는 월영루가 가
장 마지막에 만든 독립조직이었다. 우건은 연지암 왼편 건
물에 들어가 적과 처음 싸웠을 때의 기억을 다시 떠올려보
았다.

왼쪽 건물에 있던 자는 모두 일곱 명으로 사랑조와 사사조에 속해 있는 자들이었다. 당시엔 여덟 명이 아닌 점에 별로 의문을 품지 않았지만 지금 보니 그중 한 명이 이운영이었던 모양이었다. 이운영이 최혁권에게 고문당하는 중이었기 때문에 왼쪽 건물에 있던 인원이 일곱 명이었던 것이다.

이운영은 무려 5년 동안 월영루에 잠입해 조직의 실무부대에 해당하는 사사조 조원으로 들어갈 수 있었다. 경찰 소속이라는 특무대가 범상치 않은 조직임이 드러난 순간이었다.

5년 동안 작전을 진행한다는 것은 결코 쉽지 않은 일이었다.

그런 그가 최혁권에게 발각당한 것은 자그마한 실수 하나 때문이었다. 이운영은 최혁권이 외출할 때마다 그가 혼자 쓰는 꼭대기 전각에 잠입해 필요한 정보를 찾았는데 하루는 거의 마주치기 직전까지 가는 위험천만한 순간을 맞았다.

이운영은 최혁권이 보던 서류를 급히 정리한 후에 빠져나왔는데 노회한 최혁권은 바로 뭔가 이상하단 점을 눈치챘다.

그러나 최혁권은 모른다는 듯 평소처럼 행동해 이운영을 안심하게 만들었다. 그리고 몰래 보던 서류에 흔적이 남지 않는 추종향(追蹤香)을 뿌려 간세가 누군지 밝혀내려 했다.

결국 이운영은 최혁권의 마수에 걸려들었다.

매질 앞에 장사 없다는 말은 역시 틀리지 않은 모양이었다. 최혁권의 고문에 굴복한 이운영이 자기 정체를 털어놓았다.

그가 죽기 전에 우건에게 털어놓은 대로 이운영은 경찰 특무대 3팀 소속 팀원이었다. 또, 특무대가 총 네 개의 실무 팀으로 이루어져 있으며 팀 위에 제로팀이라 불리는 정예조직이 있음을 털어놓았다. 최혁권은 제로팀에 대해 계속 물었지만 워낙 비밀스런 조직이라 이운영 역시 아는 게 없었다.

포기한 최혁권은 다른 질문을 던지기 시작했다.

고개를 약간 돌린 채 최혁권의 심문을 듣던 수연이 소리쳤다.

"거기에요!"

수연은 급히 노트북 키보드를 조작했다.

"잘 들어보세요."

우건은 시키는 대로 최혁권의 말소리에 집중했다.

최혁권의 목소리가 크지 않아 자세히 들리진 않았지만 한 가지 단어는 확실하게 들을 수 있었다. 바로 한 회장(漢會長)이라는 단어였다. 한 회장 다음엔 제약회사란 단어가 들렸다.

최혁권은 이운영이 제약회사의 한 회장이란 자를 아는지

집요하게 캐물었다. 그때, 갑자기 문이 열리는 소리가 들려왔다.

그리곤 최혁권이 문을 연 사람에게 하는 말이 들려왔다.

'내가 부르기 전까진 들어오지 말라 했을 텐데…….'

영상은 그걸로 끝이었다. 최혁권이 껐는지, 아니면 카메라가 부서졌는지는 알 수 없지만 그 다음 영상은 들어 있지 않았다.

물론, 그 후에 일어난 일은 우건이 가장 잘 알았다.

수연은 정신이 나간 사람처럼 제약회사와 한 회장이란 단어가 나온 영상 속 부분을 계속 반복해 들었다. 그녀가 뭔가를 감지했다는 사실을 깨달은 우건은 조용히 기다려주었다.

탁!

노트북 모니터를 소리 나게 덮은 수연이 팔로 어깨를 감싸며 몸을 부르르 떨었다. 그녀의 표정엔 두려움이 가득했다.

우건은 그녀의 표정을 살피며 물었다.

"그 한 회장이란 사람을 아시오?"

"들어본 적 있어요."

"그가 누구요?"

수연은 대답대신 노트북을 다시 열어 인터넷으로 들어갔다. 그리곤 검색사이트에 들어가 키보드로 무언가를 적었다.

노트북 모니터에 명진제약(溟珍製藥) 홈페이지가 나타났다.

"이 명진제약이라는 회사의 회장이 한 씨에요. 한명진(漢溟珍)."

"명진제약은 어떤 회사요?"

"3, 4년 전부터 매출이 급격히 올라간 제약회사로 유명해요. 지금은 국내 제약회사 중 다섯 손가락 안에 들어갈 거예요."

"명진제약과 얽힌 적이 있소?"

벌떡 일어난 수연이 거실을 서성이며 대답했다.

"요즘 명진제약에서 주력으로 미는 진통제가 하나 있어요. 자이덴이라는 약인데 곧 식약처와 미국 FDA의 승인이 떨어질 거라는 소문이 업계에 도는 바람에 주식이 엄청 올랐어요."

"그 자이덴이라는 약과 관련 있는 거요?"

"관련까지는 아니지만 그 제품을 우리 병원에서 임상시험 중인 건 맞아요. 외과 지도교수님이 명진제약의 로비를 받아 암환자들을 대상으로 임상시험 중인데 우리 레지던트들에게 그에 관한 논문을 쓰게 하셨어요. 자이덴이 중증 환자들의 통증 경감에 아주 우수한 효과가 있다는 내용으로요."

"소저의 생각은 달랐소?"

"예, 달랐어요. 자이덴이 통증 경감에 아주 우수한 것은 맞아요. 그러나 부작용이 있었어요. 원래 진통제는 중독성이 있지만 이 자이덴이라는 약은 아주 심해요. 그리고 환각이나, 환청에 시달리는 환자가 한 명 있었어요. 저는 지도교수님께 한 명의 환자라도 부작용이 발생했다면 논문에 적어야한다고 말씀드렸어요. 지도교수님은 계속 절 설득하려 했지만 저는 끝까지 뜻을 굽히지 않았어요. 만약, 논문에서 절 뺀다면 다른 방법으로 이를 알릴 거라는 말을……."

수연이 얼굴을 감싸 안았다.

"맙소사."

그녀는 월영루 살수들이 자신을 노리는 이유를 알고는 망연자실했다. 고작 그런 이유 때문에 한 사람의 목숨을 앗아가려 한 것이다. 수연은 여전히 믿지 못하겠단 얼굴이었다.

우건은 고개를 저었다.

"돈 몇 푼에 사람을 죽이는 일이 다반사로 일어나는 게 우리가 살아가는 세상이오. 더욱이 소저의 말처럼 주식이 올라 막대한 이득을 볼 수 있다면 거리낌 없이 해치울 것이오."

다시 소파에 앉은 수연이 물었다.

"이젠 어떻게 하죠? 상대는 개인이 아니라, 거대한 기업이에요."

"뱀은 크면 클수록 무섭다지만 다른 만물(萬物)과 마찬가지로 머리를 잘라내면 그 큰 몸뚱이는 별로 소용없는 법이오."

"머리, 즉 한 회장을 직접 친다는 말이군요."

대꾸한 수연은 정보의 바다라는 인터넷에서 명진제약 한 회장에 대한 정보를 찾아보려 했다. 그러나 별 소용이 없었다.

한 회장은 신비한 사람이었다.

홈페이지엔 조직도는 물론이거니와 흔히 있을 법한 회장의 인사말조차 적혀 있지 않았다. 수연은 그녀가 알고 있는 모든 방법을 동원해 한 회장에 대해 알아보려 했지만 허사였다.

수연은 결국 노트북을 다시 닫았다.

"휴, 이름 석 자 외엔 밝혀진 게 없어요."

창밖으로 지는 해를 바라보던 우건이 고개를 돌리며 물었다.

"회사의 주소는 있지 않겠소?"

"강남 역삼동 테헤란로에 본사가 있어요."

"거처를 서울로 옮겨야겠소."

호텔을 체크아웃 한 두 사람은 셔터를 내리기 직전인 렌터카회사를 방문해 작년에 나온 최신형 자동차를 한 대 빌렸다.

물론, 수연의 이름으로 빌린 차였다.

두 사람은 임대한 차를 타고 서울로 돌아가 역삼동 근처 호텔에 짐을 풀었다. 우건은 시간을 끌 생각이 없었다. 화급한 성격은 아니지만 일을 미뤄두는 성격은 더더욱 아니었다.

호텔을 나가려는 우건을 수연이 얼른 붙잡았다.

"이번엔 함께 가요."

"위험하오."

수연은 다시 한 번 단호한 표정으로 고개를 저었다.

"우 소협은 서울 지리를 잘 모르잖아요. 제가 있으면 차로 움직일 수 있어요. 혼자 움직이는 것보단 훨씬 편할 거예요."

그녀의 고집을 잘 아는 우건은 고개를 절레절레 저었다.

"대신, 차 안에만 있어야 하오."

수연은 방긋 웃으며 대답했다.

"물론이에요."

한 번 더 고개를 절레절레 저은 우건은 수연과 함께 명진제약 본사를 찾았다. 명진제약 본사가 위치한 역삼동에는 관청과 대기업 본사가 모여 있어 유동인구가 많은 편이었다.

수연은 차를 역삼동에 있는 유료주차장에 주차했다.

"역시 강남이네요. 주차비가 기름 값보다 더 비싼 것 같아요."

주차를 마친 수연이 불평을 터트렸다.

이곳의 물가에 대해 잘 알지는 못하지만 시간당 주차비가 적혀 있는 표지판에는 확실히 적지 않은 가격이 적혀 있었다.

우건의 한글 실력은 걸음마 단계에 불과했다. 그러나 숫자는 어느 정도 깨우친 상태라, 많은지, 적은지는 금방 알았다.

우건은 차에서 내리기 전에 주차장 안을 둘러보았다.

벽과 벽이 만나는 지점에 감시하듯 하얀색 통이 매달려 있었다.

시동을 끈 수연이 우건의 시선을 따라가며 물었다.

"감시카메라가 마음에 걸려요?"

"전에 살던 곳에선 사람이 다른 사람을 감시했소. 그러나 이곳에선 저 감시카메라란 놈이 그 일을 대신하는 모양이오."

우건의 말대로 그가 살던 시대에는 사람이 다른 사람을 감시했다. 그러나 이곳에선 사람만 감시하는 것이 아니었다. 감시카메라를 비롯한 각종 장비가 도처에 깔려 있어 사람만 신경 쓰다간 정체가 고스란히 드러날 위험이 있었다.

가장 큰 문제는 기파를 퍼트리거나, 지청술을 사용하는 기존 방법으론 카메라의 존재나, 위치를 알아내지 못한단 점이었다. 무생물인 카메라는 두 가지 방법이 다 통하지 않았다.

수연은 고개를 저었다.

"감시카메라가 완벽한 건 아니에요."

"그게 무슨 말이오?"

"사각(死角), 즉 보이지 않는 각도가 있단 말을 들은 적 있어요."

"그렇소?"

수연이 뱅어처럼 매끄러운 손가락으로 감시카메라를 가리켰다.

"가령 저 감시카메라는 왼편을 비추고 있잖아요. 그리고 반대편에 있는 저 감시카메라는 우리 앞쪽을 비추고 있고요. 만약, 저 두 카메라가 교차하지 않는 각도를 알아낼 수만 있으면 우린 발각당하지 않은 상태로 오갈 수 있을 거예요."

우건은 고개를 끄덕였다.

그녀의 말에 일리가 있었다.

그때, 한 가지 의문이 생겼다.

"카메라를 지금보다 더 많이 설치하면 사각이 없어질 게 아니오?"

수연은 웃으며 대답했다.

"카메라를 다는 데 돈이 들잖아요. 제 생각이지만 건축 비용이 올라가는 일을 반길 건물주는 이 세상에 거의 없을 거예요."

대답한 수연은 휴대전화를 꺼내 어딘가로 전화했다.

병원인 모양이었다.

젊은 여자의 목소리가 들려왔다.

목소리를 낮춰 통화한 수연이 휴대전화를 다시 가방에 넣었다.

"후배와 당직을 바꿨어요. 2, 3일은 뺄 수 있을 거예요."

"그렇게 쉽게 바꿀 수 있는 거요?"

"그럴 수밖에 없어요. 그동안 제가 당직을 대신 서준 날이 많았거든요. 명절이나, 집안 행사가 있을 때마다 바꿔주었으니까 앞으로 저에게 갚아야 할 게 보름치는 있을 거예요."

우건은 말없이 고개를 끄덕였다.

그와 그녀는 모든 점에서 달랐다.

그러나 한 가지는 같았다.

바로 사고무친(四顧無親)의 고아라는 점이었다.

물론, 가족처럼 친하게 지내는 사람은 있을지 모르지만 피를 나눈 가족은 없었다. 그 후배라는 여의사가 명절이나,

집안에 꼭 참석해야 하는 행사가 있어 당직을 빠져야 할 때마다 수연이 대신 서준 모양이었다. 수연의 말처럼 보름치를 대신 서주었으니까 2, 3일 대신 서주는 거야 당연한 일이었다.

차에서 내린 두 사람은 감시카메라의 사각을 찾아 움직였다.

안력이 뛰어난 우건과 수술을 자주하는 외과 의사답게 머릿속에서 3차원 영상을 구성할 줄 아는 수연은 감시카메라가 비추지 못하는 사각을 찾아 주차장이 있는 건물을 나왔다.

8차선 도로와 도로 양옆에 솟아 있는 거대한 빌딩이 먼저 눈에 들어왔다. 하늘에 닿을 듯 솟은 빌딩의 유리창이 햇빛을 받아 은어비늘처럼 반짝였다. 갑자기 열기가 훅 덮쳐왔다.

우건은 숨을 잠시 멈췄다.

코를 찌르는 매캐한 냄새는 적응이 쉽지 않았다.

미간을 찌푸린 우건을 본 수연이 물었다.

"왜 그래요?"

"소저는 이 악취가 느껴지지 않소?"

"악취요?"

반문한 수연은 코를 킁킁거리며 거리의 냄새를 맡았다.

"아, 매연냄새와 쓰레기냄새를 말하는 거군요. 여기 오래 살아 그런지 잘 모르겠어요. 공기는 확실히 별로인 것 같지만요."

손바닥으로 해 가리개를 만들어 거리를 살피던 수연이 말했다.

"내비에 따르면 명진제약 본사는 저 왼편에 있어요."

"그럼 그리로 갑시다."

두 사람은 늦게 출근한 직장인들을 지나쳐 명진제약 본사를 찾아갔다. 남자들의 복장은 거의 다 비슷했다. 양복이라 불리는 어두운 색 옷에 하얀색 와이셔츠와 넥타이를 걸쳤다.

반면, 여자들의 복장은 눈을 어디에 둬야 할지 모를 만큼 화려했다. 허벅지가 드러나는 치마와 소매가 없어 팔이 다 드러난 민소매, 앞이 파여 있는 옷을 보는 일이 어렵지 않았다.

우건은 여자들의 맨살을 쳐다보지 않기 위해 노력했다.

수연은 눈치가 빠른 여인이었다.

"그러면 더 어색해 보인다는 거 알아요?"

"뭐가 말이오?"

"지금 여자들의 다리를 쳐다보지 않으려는 거잖아요."

우건은 할 말이 없어 침묵했다.

어느 시대에서나 침묵은 긍정을 의미하는 모양이었다.

수연은 웃으며 말했다.

"자연스럽게 보세요. 그게 입는 사람이나, 보는 사람이나 더 편할 거예요. 물론, 음흉한 시선으로 훑어보는 건 싫지만요."

우건은 고개를 돌려 수연을 보았다.

"소저는 저런 옷을 좋아하오?"

"저런 옷이라면 노출이 많은 옷 말인가요?"

"그렇소."

수연은 방긋 웃었다.

"좋아하진 않지만 그렇다고 싫어하는 건 더더욱 아니에요. 저도 가끔 저런 노출 있는 옷을 입고 싶을 때가 있거든요."

두 사람이 대화를 나누며 걷는 동안, 우건은 사람들의 시선이 달라붙는 것을 자주 느꼈다. 그 대상은 당연히 수연이었다. 수연을 본 남자들은 마치 자석에 이끌린 거처럼 시선을 떼지 못했다. 힐끔거리며 뒤를 돌아보는 남자들 역시 적지 않았다. 한데 신기한 점은 여자들 역시 그런단 점이었다. 여자들이 수연을 보는 눈빛은 질투라기보다는 감탄이나, 선망에 가까웠다. 아무튼 대단한 미모가 아닐 수 없었다.

참다못한 수연은 결국 모자를 꺼내 눌러썼다.

우건은 모자를 쓴 수연을 보며 물었다.

"불편하오?"

"익숙하다고 해서 불편하지 않은 것은 아니니까요."

다행히 불편한 상황은 곧 끝났다.

명진제약 본사 건물이 모습을 드러낸 것이다. 30층 높이 빌딩이 거울로 만든 육중한 산처럼 거리 한편을 온통 차지했다.

수연이 빌딩 옆에 위치한 3층 건물을 가리켰다.

"2층을 카페로 사용하는 것 같아요."

우건은 그녀가 가리킨 카페를 보았다.

전면이 다 유리창이어서 빌딩을 감시하는 데 안성맞춤이었다.

두 사람은 2층에 있는 카페에 들어가 전면 유리창 근처 테이블에 앉았다. 수연은 주문을 받으러온 웨이트리스에게 아메리카노 두 잔과 요기가 가능한 샌드위치 등을 몇 개 시켰다.

우건은 고개를 돌려 명진제약 본사 정문방향을 보았다.

과연 수연의 안목은 대단했다.

이보다 더 좋은 감시 장소를 찾기 어려울 듯했다.

웨이트리스가 가져온 커피와 샌드위치로 빈속을 달래며 본격적인 감시에 들어갔다. 그러나 감시는 주로 우건이 했다. 대신, 수연은 심심하지 않도록 세상 돌아가는 이야기를 해줬다.

수연은 티슈로 입을 닦으며 물었다.

"그런데 우린 뭘 알아내기 위해 여기로 온 거죠?"

"뭘 알아낸다기보다는 누굴 찾으러왔다는 표현이 맞을 것이오."

"누굴 찾는 중인데요?"

"무공을 익힌 사람을 찾는 중이오."

"우 소협은 한명진 회장이 무공을 익혔을 거라 생각하는 거예요?"

우건은 고개를 끄덕였다.

"그렇소."

수연은 고개를 갸웃거렸다.

"한명진 회장은 자기를 철저히 감추려는 사람인데 그가 본사에 출근하는 걸 좋아할까요? 왠지 그건 아닐 것 같은데요."

우건 역시 동의했다.

"소저의 말이 맞소. 한명진은 외부에 자신이 드러나는 일을 좋아하지 않는 사람이오. 하지만 이런 큰 회사를 꾸려나가기 위해선 어떤 방식으로든 그 존재가 밖으로 드러날 수밖에 없소. 더욱이 지저분한 일을 처리해주던 월영루가 사라진 지금은 통제와 감시를 강화할 필요가 있어 드러나는 빈도가 전보다 늘어났을 것이오. 우린 그 틈을 찔러야 하오."

수연은 테이블 위에 턱을 괸 자세로 곰곰이 생각하며 물었다.

"그런 일은 전화나, 메일로 할 수 있지 않을까요?"

"전화는 도청당할 위험이 있소. 그리고 메일은 해킹당할 위험이 있고. 둘 다 그렇게 썩 안전한 방법은 아닐 것이오. 더구나 특무대가 자신을 쫓는단 사실을 아는 한명진은 보다 확실한 방법을 통해 자신의 의사를 전달하려들 확률이 높소."

수연은 깜짝 놀라 물었다.

"전화를 도청한다거나, 메일을 해킹한다는 건 어떻게 알았어요?"

"병원에 있을 때 텔레비전 뉴스에서 본 기억이 있소."

수연은 고개를 끄덕였다.

"그런 건 용케 잘 기억하는군요."

우건이 그 뉴스를 기억하는 건 휴대전화가 천리전음과 같다는 선입견을 부숴주었기 때문이었다. 전음은 다른 사람이 엿듣는 게 불가능한 수단이었다. 그러나 전화는 그렇지 않았다. 전화는 간단한 장비만 있으면 엿듣는 일이 가능했다.

또, 메일 역시 마찬가지였다.

우건은 인터넷을 이용하면 세상 반대편에 있는 사람에게 서찰을 보낼 수 있다는 말을 처음 들었을 때 정말 깜짝 놀랐다.

전설속의 선인이 몇 천 리 떨어진 곳에 사는 도우(道友)에게 소식을 전할 목적으로 사용했다는 비검전서(飛劍傳書)를 애들 놀잇감처럼 보이게 하는 과학기술의 일대 쾌거였다.

비검전서는 검광에 서찰을 실어 보낸다는 전설상의 경지였다.

한데 그 메일 역시 전화처럼 안전하지 않았다.

비검전서는 수신자가 아니면 절대 다른 사람이 받아보거나, 열어볼 수 없다. 그러나 메일은 해킹이란 방법으로 엿보는 일이 가능했다. 우건이 병원에 있을 때가 마침 해킹사건으로 나라 안팎이 떠들썩할 때라 인상에 깊이 남아 있었다.

수연이 이번에는 양손으로 턱을 괸 자세로 생각에 잠겼다. 우건은 그녀의 얼굴을 정면에서 바라볼 용기가 나지 않아 빌딩 정문을 감시하는 척하며 그녀의 시선을 애써 피했다.

수연은 중요한 일을 말하려는 사람처럼 목소리를 낮춰 물었다.

"한명진 회장이 자기 대신 부하를 보낼 거라 생각하는 건가요?"

"그렇소."

수연이 알았다는 듯 고개를 끄덕였다.

"우 소협이 무공을 익힌 사람을 찾는단 말은 결국 한명진 회장을 찾는 게 아니라, 그가 보낸 부하를 찾는단 말이었군요."

"그 말대로요."

대답을 들은 수연은 고개를 돌려 빌딩 정문을 보았다.

정장을 입은 남녀 수십 명이 빌딩 정문을 출입하는 중이었다.

"무공을 익힌 사람은 찾았어요?"

우건은 고개를 저었다.

"아직 나타나지 않았소."

수연은 오렌지주스를 두 잔 시켜 한 잔을 우건 앞에 내밀었다.

"드시면서 하세요."

"고맙소."

고개를 돌린 우건은 유리컵에 담긴 담황색 액체를 보며 물었다.

"한데 이게 무엇이오?"

수연은 어이없다는 듯 웃었다.

"메일이 해킹가능하단 사실을 아는 분이 이걸 몰라요?"

"정말 모르오. 관심이 없었으니까."

수연은 한숨을 쉬며 설명했다.

"주스란 건데 오렌지라는 과일을 짜서 나온 즙으로 만든 음료예요. 안에 비타민이 많이 들어 있으니까 마셔두면 좋아요."

수연의 권유에 오렌지주스란 놈을 처음 마셔보았다.

처음엔 시큼했지만 나중에는 달콤한 향이 입안을 가득 채웠다. 그러나 커피처럼 입맛에 아주 잘 맞는 음료는 아니었다.

수연은 의사답게 영양소의 균형섭취에 대해 한바탕 설교를 늘어놓았다. 우건은 빌딩 정문을 주시하며 수연의 말에 귀를 기울였다. 한 번에 두 가지 일을 하는 분심공(分心功)은 도문의 기본적인 공부로 그렇게 어려운 일이 아니었다.

다시 심심해진 수연이 물었다.

"무공을 익힌 사람은 어떻게 찾죠?"

"무공을 익히면 몸 주위에 기세란 게 생기기 마련이오. 기세는 무공이 강할수록 강해지오. 살수처럼 기세를 죽이는 무공을 익히지 않은 다음에야 반드시 티가 날 수밖에 없소."

"그럼 기세가 전혀 없는 무인은 없는 건가요?"

"물론, 있소. 무공이 반박귀진(返璞歸眞)에 이를 정도로 강해지면 평범한 양민과 구별이 어려울 정도로 기세가 약해지오. 하지만 난 지금까지 그런 무인을 딱 세 명 보았을 뿐이오. 한 분은 나의 사부님이신 천선자 어른이시오. 그리고 다른 두 명은 소림의 고승 천관대사(天關大師)와 검성(劍聖) 상관(上官) 대협이오. 난 이곳에 그런 경지에 오른 무인은 없을 거라 장담하오. 그런 경지는 도달 자체가 힘드오."

수연은 이해했다는 얼굴로 고개를 끄덕였다.

"그럼 우선 기세를 풍기는 사람을 찾아야겠군요."

"무인을 찾을 수 있는 방법은 사실 한 가지 더 있소. 바로 보법이오. 양민은 자신이 어떻게 걷는지 신경 쓰지 않기 때문에 규칙을 찾기가 어렵소. 그러나 무공을 익힌 무인은 무의식적으로 자기가 익힌 보법을 이용해 걸으려는 습성이 있소. 만약, 기세를 풍기는 사람이 규칙적인 걸음걸이까지 가졌다면, 그는 틀림없이 무공을 익힌 무림인일 것이오."

우건의 설명을 듣던 수연이 멈칫하며 물었다.

"그런데 그가 꼭 본사 정문을 이용하란 법은 없잖아요. 혹시 우리가 모르는 뒷문이 있지 않을까요? 아니면 아예 우리가 모르는 장소에서 회사 관계자와 만날 가능성은 없을까요?"

우건은 고개를 저었다.

"아니오. 한명진은 반드시 정문으로 자기 부하를 보낼 거요."

수연은 우건이 장담하는 이유를 몰랐다.

그러나 그가 그렇다면 그런 거였다. 그와 보낸 시간이 그리 길지는 않지만 그는 이런 일에 천부적인 재능을 드러냈다.

의사가 환자를 치료하듯 이런 일엔 그가 적격이었다.

우건은 감시하던 정문을 벗어나 다른 방향을 살펴보았다. 명진제약 정문을 바라보는 반대편 건물 3층 유리창 뒤에 사람의 그림자가 얼핏 보였다. 우건의 시선이 거리 오른편으로 이동했다. 길가 골목에 주차해둔 차들 사이로 창문이 짙어 안이 잘 보이지 않는 검은색 승합차가 한 대 서있었다.

우건의 시선이 이번엔 왼편으로 돌아갔다. 왼편에는 유료주차장 앞에서 차들을 인도하는 주차장 직원 두 명이 서있었다.

'모두 일곱이군.'

우건 외에 명진제약 본사를 감시하는 자들은 모두 일곱이었다.

그들의 정체 역시 파악한 지 오래였다.

그들은 바로 경찰 특무대 소속 대원들이었다.

우건은 한명진이 부하를 정문으로 들여보낼 거라 확신하는 이유는 저 특무대 때문이었다. 지금 우건과 특무대는 한명진을 추적하는 중이었다. 한데 한명진 역시 특무대를 찾는 중이었다. 아니, 정확히 말하면 특무대를 유인 중에 있었다.

특무대가 동료의 복수를 위해 명진제약 본사 건물을 감시하듯, 한명진은 월영루의 혈채(血債)를 갚기 위해 특무대를 자신이 있는 장소로 유인하는 중이었다. 물론, 한명진은 월영루를 박살낸 장본인이 우건이란 사실을 전혀 모를 터였다.

그때였다. 검은색 대형 승용차 한 대가 미끄러지듯 명진제약 본사 건물로 들어섰다. 정문 앞에 있는 진입로를 따라 천천히 회전한 승용차가 문과 가장 가까운 도로에 정차했다.

문 앞에는 정장을 입은 중년사내들이 도열해 있었다.

머리가 벗겨진 중년사내가 달려가 차 문을 조심스레 열었다.

차 문이 열리며 안경을 쓴 사내가 모습을 드러냈다. 양복 단추를 잠그며 자연스러운 시선으로 주위를 둘러보던 사내는 곧 중년사내들에게 둘러싸여 본사 건물 안으로 모습을 감췄다.

그는 기세를 풍기지 않았다.

그리고 보법을 익힌 흔적 역시 없었다.

그렇다면 방금 그자는 한명진이 보낸 부하가 아닐 터였다.

그러나 우건은 빙그레 미소를 지었다.

차 뒷좌석에는 사람이 한 명 더 있었다.

그가 고개를 돌려 창밖을 볼 때마다 눈에서 정광이 번득였다.

'왔군.'

우건은 감시하던 특무대 대원들의 동요하는 모습을 통해 자신의 생각이 틀리지 않았음을 다시 한 번 확인했다.

우건은 천천히 일어나 수연에게 말했다.

"주차장으로 갑시다."

수연이 긴장한 표정으로 일어섰다.

8장. 꼬리를 무는 추격전

　우건과 수연이 차가 있는 주차장으로 가기 위해선 특무
대가 동원한 것으로 보이는 검은색 승합차 뒤를 지나가야
했다.

　우건은 턱짓으로 승합차를 가리키며 물었다.

　"저런 차는 뭐라 부르오?"

　검은색 승합차를 힐끔 본 수연이 대답했다.

　"SUV에요. 레저용인데 인기가 많아요."

　우건은 멀찍이 돌아가며 승합차에 달린 거울의 위치를 빠
르게 살폈다. 운전석과 조수석, 그리고 앞좌석에 달려 있는
거울로 뒤에 있는 차나, 사람의 움직임을 감시할 수 있었다.

거울이 비추지 못하는 각도에 이르는 순간, 우건은 엄지손가락을 입으로 살짝 깨물었다. 해연히 놀란 수연이 뭐라 말하려는 것을 고개를 저어 말린 우건이 엄지손가락을 빼냈다.

우건의 엄지손가락은 예리한 칼로 잘라낸 것처럼 살이 벌어져 있었다. 고개를 돌려 검은색 SUV 차량을 본 우건은 입에 머금은 피를 힘껏 뿜어냈다. 우건의 입에서 뿜어져 나온 실처럼 가는 붉은 선 한 가닥이 2, 3장에 이르는 공간을 단숨에 가로지르더니 SUV 뒷바퀴 안으로 모습을 감추었다.

작업을 마친 우건은 수연과 함께 주차장으로 돌아갔다.

수연은 주차장으로 가는 동안, 계속 물어보려했지만 우건은 고개를 저었다. 두 사람은 나올 때 사용했던 방법대로 감시카메라가 비추지 못하는 사각지대를 찾아 차로 돌아갔다.

차 문을 닫은 수연이 뒷좌석에 둔 자기 가방을 꺼내며 물었다.

"이제는 무슨 일인지 물어봐도 괜찮은 거죠?"

우건은 특무대가 본사 근처에 매복 중이란 사실을 털어놓았다.

수연은 가방을 뒤지며 다시 물었다.

"그럼 방금 본 검은색 SUV가?"

"그렇소. 특무대가 감시하는 용도로 쓰는 차량이었소."

수연은 가방 안에서 하얀색 상자를 꺼내 무릎 위에 올려놓았다. 수연의 손가락이 상자 아래에 있는 단추를 누르는 순간, 상자 뚜껑이 휙 소리를 내며 열렸다. 구급상자인 모양이었다. 안에는 각종 약과 붕대, 가위, 핀셋이 들어 있었다.

수연은 우건에게 손을 내밀었다.

"아까 물어뜯은 손가락 좀 보여주세요."

"괜찮소. 금방 아물 거요."

"괜찮은 상처는 없어요. 의사가 하는 말이니까 좀 믿어봐요."

수연은 우건의 대답을 기다리지 않았다. 우건의 손을 덥석 잡아 상처를 살펴보았다. 피가 나진 않았지만 면도칼에 베인 거처럼 살이 얇게 벌어져 있었다. 알코올을 묻힌 솜으로 상처 주위를 소독한 수연은 약을 바른 다음, 붕대를 감았다.

구급상자를 가방에 넣은 수연이 시동을 걸며 물었다.

"그런데 왜 그런 거예요?"

"도문엔 은종혈연술(隱從血煙術)이라 불리는 잡술이 있소. 시전자의 피를 상대에게 묻혀두면 최소 세 시진 동안은 피의 흔적이 사라지지 않소. 원래는 도망친 마두를 추적할 때 사용하는 방법이었는데 대상이야 고르기 나름 아니겠소."

수연은 주차장을 빠져나가며 다시 물었다.

"원래 계획은 한명진의 부하를 추격하기로 한 거 아니었어요?"

"꼭 사슴을 추적할 필욘 없소. 사슴을 추적하는 다른 사냥꾼을 쫓다보면 언젠가는 사슴과 맞닥뜨리는 상황이 올 거요."

"특무대가 사용하는 SUV가 사냥꾼이란 말이군요. 그리고 우린 지금 은종혈연술을 이용해 사냥꾼을 추격하는 중이고요. 사냥꾼이 우리에게 사슴을 데려다주기를 기대하면서요."

"맞소."

"그럼 그 사냥꾼은 사슴을 발견한 건가요?"

"발견했소. 그 차가 사라진 것이 그 증거요."

우건은 턱짓으로 왼편을 가리켰다.

그의 말대로였다.

특무대가 잠복하는 데 사용하던 검은색 SUV가 보이지 않았다.

우건은 은종혈연술의 구결에 따라 내력을 운기하기 시작했다.

잠시 후, 전엔 보이지 않던 붉은 연기가 드러났다.

물에 핏물을 푼 거처럼 붉은 연기가 공중에 번져 있었다.

"왼편으로 가시오."

수연은 시키는 대로 차를 왼편으로 몰았다.

"이번엔 직진하시오."

수연은 차들이 바삐 오가는 대로를 두리번거렸다.

그러나 그들이 쫓던 검은색 SUV는 보이지 않았다.

"차가 안 보이는데 어떻게 그들이 직진했단 사실을 아는 거죠?"

"방금 전에 말한 은종혈연술을 사용하는 중이오. 해서 차가 아니라, 차에 묻어 있는 내 피의 흔적을 쫓아가는 중이오."

"그럼 제 눈엔 당연히 안 보이겠군요."

"그렇소."

수긍한 수연은 우건이 지시하는 대로 차를 운전했다.

우건은 손에서 황금색 레이저를 쏠 수 있는 사람이었다. 눈에 보이지 않는 핏자국을 따라가는 일쯤은 이상할 게 없었다.

도심을 벗어난 차는 강원도로 가는 고속도로를 타기 시작했다.

그러나 강원도로 들어가진 않았다.

흔적은 경기도 중부 내륙지역으로 이어져 있었다.

교차로 신호등에 잠시 멈췄을 때, 수연이 이정표를 가리켰다.

"남양주(南楊州)예요."

그녀 말대로 흔적은 남양주 안으로 이어져 있었다. 천마산(天摩山) 국립공원과 송라산(松羅山)을 지나 은두산(銀頭山)에 이르렀을 무렵, 붉은 연기가 한곳에 멈춰 움직이지 않았다.

즉, 목적지에 도착했단 뜻이었다.

우건은 사람들이 잘 다니지 않는 한적한 장소에 차를 세우게 했다.

차의 시동을 끈 수연이 주변을 둘러보았다.

풀과 나무가 가득해 산 어디쯤에 있는지 알 방법이 없었다.

"여기가 대체 어디람?"

그때였다.

수연이 갑자기 자기 머리를 한 대 콕 쥐어박았다.

안전벨트를 풀던 우건이 어리둥절한 표정으로 물었다.

"왜 그러시오?"

"문명의 이기를 사용할 줄 알아야 현대인 자격이 있지 않겠어요? 우 소협에게 은종혈연술이 있다면 제겐 이게 있거든요."

씩 웃은 수연은 휴대전화를 꺼내 몇 번 조작했다.

원하는 정보를 찾은 수연이 휴대전화 액정화면을 보여주었다.

"우린 지금 은두산 수리박골이란 곳에 있어요."

우건은 적잖이 감탄했다. 수연이 보여준 휴대전화 액정 화면에는 그들이 있는 은두산 지형이 아주 상세히 나와 있었다.

"양민이 지도를 소유하면 관부에서 뭐라 하지 않소?"

"관부요? 아, 정부기관을 말하는 거라면 상관없어요. 이미 대중에게 공개된 정보니까요. 그리고 애초에 군사기지나, 중요한 기관 같은 데는 이런 공개된 지도에 나오지 않아요."

우건은 은두산 지형을 머릿속에 집어넣었다. 그는 태을문 역사를 통틀어 손가락에 꼽힐 만큼 오성(悟性)이 뛰어난 천재였다. 지형 하나 외우는 거야 그리 어려운 일이 아니었다.

"잠시 차에 계시오."

밖으로 나온 우건은 근처에 있는 나뭇가지를 몇 개 잘라 자동차 주위에 꽂았다. 그 순간, 마치 아지랑이가 피어오르듯 주변 지형이 흐릿해지며 자동차가 순식간에 모습을 감췄다.

작업을 마친 우건은 자동차 뒷좌석에 들어가 가방을 열었다.

수연은 아지랑이처럼 흔들리는 풍경을 보며 당황해 물었다.

"지, 지금 대, 대체 뭘 한 거죠?"

"장안진(障眼陳)을 펼쳐두었소."

"그게 뭔데요?"

"사람의 눈을 현혹시켜 물건이 보이지 않게 해주는 진법이오."

"그걸 펼치면 자동차가 다른 사람 눈에 안 보인단 말인가요?"

"그렇소."

"말도 안 돼요!"

믿지 못하겠다는 듯 차 밖으로 나와 몇 걸음 걸어간 수연이 고개를 갑자기 돌려 차를 주차해놓은 장소를 바라보았다.

우건의 말은 사실이었다.

방금 전까지 있던 자동차가 허공으로 솟았는지, 땅으로 꺼졌는지 온데간데없이 사라져 버렸다. 수연은 눈을 비벼보았다.

한데 그대로였다.

여전히 풀과 나무밖에 없었다.

고개를 절레절레 저은 수연은 자동차가 있는 장소로 걸어갔다. 어느 순간, 자동차가 다시 나타났다. 수연은 그 경계에 서서 몸을 앞뒤로 움직여보았다. 몸이 뒤에 있을 때는 자동차가 보이지 않았다. 그러나 앞으로 숙이면 다시 보였다.

실로 귀신이 곡할 노릇이었다.

수연은 자동차 주위를 둘러보았다.

평범한 나뭇가지 몇 개가 제멋대로 꽂혀 있을 뿐이었다.

아마 저 나뭇가지들이 이런 묘용을 부린 모양이었다.

자동차로 돌아온 수연이 뒷좌석에 있는 우건을 돌아보았다.

"뭐하는 거예요?"

우건은 새카만 목곽 하나를 손에 쥔 상태였다.

"내 몸에 어떤 변화가 일어나도 놀라지 마시오."

수연은 당황해 물었다.

"뭘, 뭘 하기에 그런 무서운 말을 하는 거예요?"

"난 지금부터 영약(靈藥)을 복용해 내력을 끌어올릴 생각이오."

"내력을 끌어올려요?"

"그런 게 있소."

수연이 뾰루퉁한 표정을 지었다.

"우린 이미 같은 배를 탄 사이잖아요. 전 숨기는 게 없는데 우 소협은 숨길 게 있나보군요. 제가 아직 미덥지 않은가요?"

우건은 한숨을 내쉬며 대답했다.

"내 말을 잘 따라준다는 약속을 해주면 대답하겠소."

"좋아요. 약속할게요."

"좋소. 전에 말했다시피 난 지금 원래 가진 내력을 회복하지 못한 상태요. 처음엔 지금 있는 내력으로 이곳의 무인들을 상대할 수 있을 거라 생각했소. 한데 그건 내 착각이었소. 초식은 별 볼 일 없었지만 내력은 내 예상을 뛰어넘었소. 한명진이란 자가 월영루주 최혁권을 가르쳤다면 그보다 월등히 강하단 뜻일 거요. 해서 내력을 높여주는 영단을 복용해 미리 대비해두려는 것이오. 이제 이해가 되었소?"

"사실 반밖에 못 알아들었지만 무슨 말을 하는지는 알겠어요."

"좋소. 이제 시작하겠소. 장안진으로 자동차를 숨겨 호법을 설 필요는 없지만 혹시 모르니까 차 안에만 있도록 하시오."

자동차 뒷좌석에 가부좌를 튼 우건은 목곽의 뚜껑을 열었다.

알싸한 향기가 차 안을 가득 채웠다.

우건은 목곽에 든 황금색 단약을 살펴보았다.

태을문 비전인 금룡등천단(金龍登天丹)이었다.

우건이 태을문 비고에서 가져온 목곽 중 반은 내상과 외상을 치료하는 영단이었다. 그리고 반은 양기나, 음기를 채워주거나, 이 금룡등천단처럼 내력을 끌어올려주는 영단이었다.

금룡등천단은 태을문이 만든 영단 중에 가장 좋은 영단은 아니었지만 최소 30년에서 40년 가까운 내력을 한 번에 올려주는 공능이 있었다. 금룡등천단을 제조하기 위해서는 무려 13종류의 영초(靈草)와 5종류의 영실(靈實), 7종류의 영목(靈木), 3종류의 영물(靈物)이 필요했다. 그리고 필요한 재료를 다 모은 후에는 태을문 단로에 넣어 본신 내력으로 99일을 가열해야 금룡등천단을 제조할 수 있었다.

　영초와 영실이 열리는 계절과 시기가 다르기 때문에 문도 한 명이 평생에 걸쳐 작업해야 금룡등천단 하나를 제조할 수 있었다. 우건이 손에 쥔 이 금룡등천단은 원래 막내 사제 송아가 복용할 영단이었다. 천선자의 명을 받은 한엽과 우건, 그리고 설린 세 명이 10년에 가까운 세월 동안 조선과 중원, 새외 각지를 돌며 채집한 재료로 만든 영단이었다.

　'송 사제에겐 미안하지만 지금은 이 방법 외엔 없다.'

　눈을 질끈 감은 우건은 엄지손톱만 한 크기의 영단을 입에 집어넣었다. 코끝에 알싸한 향이 스쳤다. 혀를 댈 필요가 없었다. 입에 넣는 순간, 걸쭉한 액체로 변해 스르륵 넘어갔다.

　묵직한 무언가가 식도를 지나 뱃속으로 들어갔다.

　뒤이어 군불을 잔뜩 땐 방의 아랫목처럼 단전이 뜨거워지기 시작했다. 영단이 공능을 뿜어내기 시작했다는 증거였다.

눈을 감은 우건은 재빨리 천지조화인심공을 운기했다.

천지조화인심공의 흡자결을 운기해 단전을 달군 영단의 영기(靈氣)를 모두 흡수해 이를 본신 내력과 합치기 시작했다.

태을문은 도문 정종을 대표하는 문파였다.

도문이 처음 문을 연 장소는 원래 중원이었다.

한반도에 퍼진 도교 역시 중원에서 건너온 종교였다.

그러나 중원에 있는 도문들은 세월이 흐르는 동안, 수백 개가 넘는 분파가 생겨 원류를 찾아보기 어려운 실정으로 변했다.

자연히 도문에 전해지던 무공 역시 많은 변화를 겪었다. 그러나 대부분 원래 위력을 반감시키는 좋지 않은 쪽의 변화였다.

선인들이 만든 도문의 정종 무공들은 여러 갈래로 찢어져 원래 형태를 알아보기 어려운 상태로 변했다. 후대로 갈수록 도문 정종 무공에 불문(佛門), 유문(儒門) 등의 무공이 더해지기 시작했다. 심지어 사파(邪派)의 사공(邪功)이나, 마인(魔人)의 마공(魔功)과 합쳐진 경우마저 더러 있었다.

그러나 태을문은 달랐다.

삼국과 고려, 조선을 거치는 동안, 태을문과 조의문(皁衣門) 등 몇 문파가 도맥을 꾸준히 계승해왔다. 그리고 마지막에는 태을문만이 남아 해동 도맥의 정종을 제대로 계승했다.

태을문이 만든 영약이 바로 정종 도맥을 계승했단 강력한 증거였다. 수백 년의 세월이 흐른지라, 약효가 많이 떨어졌을 거라 생각했지만 이는 우건의 착각이었다. 웅혼한 기운이 천지조화인심공으로 만든 내력을 북돋우며 힘차게 날갯짓을 하였다. 우건은 영약의 기운이 빠져나가는 상황을 막기 위해 정신을 집중하며 천지조화인심공 구결을 운기했다.

한편, 앞좌석에 앉아 우건을 지켜보던 수연은 벌어진 입을 다물지 못했다. 지금 우건은 10cm 가까이 공중에 뜬 상태에서 황금색 광채에 둘러싸여 있었다. 처음에는 광채가 희미해서 안에 있는 우건의 모습을 선명히 볼 수 있었다.

그러나 시간이 좀 더 흐른 후엔 황금빛 서기(瑞氣)가 폭발하듯 뻗어 나와 우건의 전신을 가려 버렸다. 수연은 우건 대신, 황금색으로 빛나는 커다란 구체(球體)와 맞닥뜨렸다.

날이 어둑해졌을 무렵, 황금색 빛이 마치 소용돌이처럼 우건의 정수리 쪽으로 빨려 들어가기 시작했다. 그리고 어느 순간, 눈을 멀게 할 정도의 강렬한 빛이 차 안을 가득 채웠다.

얼른 눈을 감은 수연은 한참 후에 눈을 살짝 떠보았다.

빛은 이미 씻은 듯이 사라진 후였다.

대신, 눈에 금광이 어린 우건이 평온한 모습으로 앉아 있었다.

우건이 눈을 감았다가 뜨는 순간, 금광 역시 자취를 감췄다.

수연은 급히 물었다.

"성공한 건가요?"

"다행히 약효가 그대로 남아 있어서 대공을 성취할 수 있었소."

"정말 다행이에요."

창밖을 본 우건이 물었다.

"시간은 얼마나 지났소?"

휴대전화 시간을 확인한 수연이 대답했다.

"네 시간 가량 지났어요."

"그럼 이제 슬슬 움직여야겠군."

"사냥꾼을 쫓아갈 생각인가요?"

"그렇소. 사냥꾼은 아마 날이 어두워지기를 기다리며 사슴의 동태를 지켜보는 중일 거요. 물론, 그들이 지켜보는 짐승이 사슴이 아니라, 노회한 곰일 가능성 역시 있지만."

수연은 흠칫해 물었다.

"한명진이 노회한 곰일지 모른단 말인가요?"

우건은 무거운 표정으로 대답했다.

"그렇소. 오히려 늙은 곰이 사냥꾼을 유인하는 중일지 모르오."

"그럼 어떻게 하죠?"

"사냥꾼을 도와서 곰부터 먼저 막다른 길로 몰아야할 것 같소."

우건은 몇 가지 물건을 챙겨 앞자리로 넘어왔다.

"장안진은 나뭇가지의 생령이 다하는 내일 새벽쯤엔 저절로 해체될 것이오. 이 자리에 있다간 한명진이나, 경찰 특무대의 감시에 걸려들 수 있으니까 내가 새벽까지 돌아오지 않을 경우, 소저 먼저 서울 숙소에 돌아가 있도록 하시오."

이미 우건에게 앞으로 그의 말을 잘 따르겠노라 약속한 터였다. 수연은 별다른 대꾸 없이 그 말대로 하겠노라 대답했다.

수연의 확답을 받은 우건은 차에서 내려 북동방향으로 이동했다. 북동방향은 은종혈연술의 붉은 연기를 마지막으로 목격했던 지점이었다. 우건은 지청술을 펼치며 이동했다. 얼마 지나지 않아 3, 40명 규모의 무리를 발견할 수 있었다.

우건은 삼미보 중 월광보를 펼쳐 조심스레 접근했다. 빽빽하게 자란 관목 숲을 지나는 순간, 무리의 정체가 드러났다.

'제대로 찾아왔군.'

특무대였다.

특무대는 월영루를 칠 때 보았던 복장과 비슷한 복장을

착용한 상태였다. 검은색 복면에 신축성이 좋아 보이는 검은색 상하의를 착용한 남녀 37명이 한창 장비를 점검 중이었다.

월영루 때의 복장과 다른 점을 몇 개 찾아보라면 그들이 허리에 착용한 가죽 허리띠였다. 허리띠에 튼튼한 고리를 달아 자신이 주로 사용하는 무기를 패용(佩用)해두었다. 그리고 그 외에 작은 가방 등 자잘한 물건들이 허리띠에 잔뜩 달려 있었는데 우건이 알아볼 수 있는 물건은 거의 없었다.

또, 한 가지 특이한 점은 두꺼운 방패가 있다는 점이었다. 원래 무인들은 방패를 잘 사용하지 않았다. 군대에선 방패가 자신의 몸을 보호해주는 좋은 방어수단이지만 무인에게는 무겁기만 하지, 효과는 별로 없는 애물단지에 가까웠다.

그때, 전에 들어본 적 있는 여자 목소리가 들려왔다.

"각자 완전무장한 상태에서 다음 지시를 기다리세요."

"예."

대답한 특무대 대원들은 검은색 조끼를 꺼내 상의 위에 덧대 입었다. 적의 무기를 막아주는 방검복(防劍服)인 모양이었다. 그리고 팔뚝과 정강이를 보호하는 장구를 착용했다.

특무대의 무장은 거기서 끝나지 않았다.

검은색 장갑을 착용한 그들은 얇은 투구를 머리에 덮어썼다. 투구에는 원뿔 모양으로 생긴 물건 두 개가 더듬이처럼 붙어 있었다. 또, 귀와 입을 이어주는 막대기가 나와 있었다.

우건은 방금 전 대원들에게 지시를 내린 여자의 목소리를 전에 들어본 적이 있었다. 그녀는 바로 월영루 꼭대기 건물에서 부하들에게 지시를 내리던 특무대 3팀 부팀장이었다.

우건의 시선이 그녀 옆으로 향했다.

부팀장 옆에는 월영루 꼭대기 건물에서 본 적 있는 3팀의 팀장이 서 있었다. 이번 작전을 3팀이 전담하는 모양이었다.

두 사람은 목소리를 낮춰 이야기를 나누는 중이었다.

우건은 지청술을 펼쳤지만 두 사람의 대화가 잘 들리지 않았다.

'늙은 곰을 잡으려면 사냥꾼 무리에 끼어드는 수밖에 없겠군.'

어둠 속에 신형을 감춘 우건은 기회가 오길 조용히 기다렸다.

다행히 오래 기다릴 필요는 없었다.

언제나 무리에서 떨어져 나오는 사람이 있기 마련인 법이었다.

지금 우건의 시야에 걸려든 사내가 그 좋은 예였다.

용변이 급한 듯 초조한 눈빛으로 주위를 둘러보던 사내는 이내 우건이 숨어 있는 소나무 뒤로 급히 걸어오기 시작했다.

우건은 바로 기습하지 않았다.

실수할 가능성은 희박했다.

그러나 조심해서 나쁠 일 역시 전혀 없었다.

신축성이 좋은 바지춤을 얼른 내린 사내가 이내 볼일을 보기 시작했다. 꽤 오래 참은 모양이었다. 오줌발이 아주 시원했다. 은밀히 접근한 우건은 오줌발이 약해지길 기다렸다.

참았던 용변을 시원하게 배출할 때만큼 긴장이 풀리는 순간은 드물었다. 우건은 사내가 바지춤을 추켜올리는 순간, 재빨리 수혈을 짚었다. 사내는 바지춤을 추켜올리는 자세 그대로 쓰러졌다. 우건은 사내를 재빨리 받아 안으로 옮겼다.

'운이 좋군.'

사내는 우건과 체격이 비슷했다. 복면을 쓴 상태였기 때문에, 행동거지와 목소리만 조심하면 들키지 않을 자신이 있었다.

우건은 사내의 옷과 장비를 착용했다. 그리고 원래 입었던 옷은 사내에게 입혀 눈에 잘 띄지 않는 장소에 눕혀두었다.

우건은 가지런한 자세로 누워 있는 사내를 내려다보았다.

산속이라 기온이 쌀쌀했다. 얼어 죽는 불상사가 생기지 않도록 마른 낙엽을 덮어 체온이 떨어지지 않게 만들어주었다.

지금부턴 특무대 대원처럼 행동해야 했다.

우건은 삼삼오오 모여 있는 특무대 대원들 틈에 적당히 들어가 휴식을 취했다. 대원들은 앞으로 있을 전투에 대비해 각자 선호하는 방식으로 휴식을 취하는 중이었다. 무기를 손질하거나, 아니면 나무나 바위에 기대 잠시 눈을 붙였다. 대화하는 사람은 없었다. 우건에게는 다행스러운 일이었다.

복면으로 얼굴을 가릴 순 있지만 목소리는 가리지 못했다. 누가 말을 걸면 낭패였다. 우건은 자는 척 고개를 푹 숙였다.

고개를 숙인 우건의 눈에 상의 가슴 부위에 달린 명찰이 보였다. 우건이 읽는 데 어려움을 겪었던 영어 머리글자이었다. 우건은 고개를 돌려 다른 대원들의 복장을 살펴보았다. 그들 역시 상의 가슴 부위에 명찰이 하나씩 달려있었다.

'이 명찰로 서로의 신분을 확인하나보군.'

우건은 오감을 활짝 열었다.

팀장과 부팀장이 대화를 나누는 소리가 점점 크게 들려왔다.

부팀장을 맡은 여자의 목소리가 먼저 들려왔다.

"상부의 승인은 아직인가요?"

뒤이어 대답하는 팀장의 목소리가 들려왔다.

"그런 듯하군."

"결정하는 데 고민이 많나보군요."

"고민이 없을 수가 없겠지. 상대가 재계 67위의 거물이니까."

부팀장은 한숨을 내쉬었다.

"죽은 이 경위를 위해서라도 오늘 밤 안으로 작전승인이 내려왔으면 좋겠군요. 이 경위의 숭고한 희생 덕분에 우리가 월영루와 명진제약 한명진의 연결고리를 찾아낼 수 있었으니까요."

"마침 전화가 오는군."

팀장이 휴대전화를 꺼내 누군가와 통화했다.

사실 통화라기보단 일방적으로 지시를 듣는 상황이었다.

"알겠습니다."

통화를 마친 팀장이 부팀장에게 말했다.

"승인이 떨어졌네."

고개를 끄덕인 부팀장이 대원들에게 걸어가 지시했다.

"상부의 승인이 떨어졌어요. 지금부터 작전 제독(制毒)을 시작할 테니까 지급한 내독단과 피독주(避毒珠)를 장비하세요."

"예."

대답한 대원들은 허리띠에 달린 가죽 주머니를 열어 녹색 포장지에 싸인 환(丸)을 꺼냈다. 녹색 포장지를 벗기는 순간, 매캐한 약향(藥香)이 퍼져 나왔다. 우건은 옆에 있는 대원이 하는 대로 녹색 포장지를 벗겨 환을 입안에 집어넣었다.

딱딱한 환이 침과 섞이는 순간, 걸쭉한 액체로 녹아 목을 넘어갔다. 마치 박하를 통째로 씹은 거처럼 목이 시원했다.

'독을 막아주는 내독단인 모양이군.'

내단을 복용한 대원들은 손톱크기만 한 청록색 구슬을 혀 밑에 집어넣었다. 이 역시 내독단처럼 독을 막아주는 피독주였다. 내단에 피독주의 효과를 더한다면 웬만한 독은 무서워할 필요가 없었다. 특무대가 한명진에 대해 얼마나 아는지는 모르겠지만 그가 독공의 고수라는 데에는 이견의 여지가 없는 듯했다. 우건은 대원들처럼 피독주를 물었다.

대원들이 독에 대한 대비를 막 마쳤을 무렵.

부팀장의 목소리가 다시 들렸다.

"각 조의 조장들은 여기로 집합하세요."

"예."

그 즉시, 대원 몇 명이 앞으로 나왔다.

우건이 그 모습을 지켜볼 때였다.

옆에 있는 대원이 그의 옆구리를 툭 치며 물었다.

"조장님은 안 가십니까?"

우건은 속으로 아차 싶었다.

그가 위장한 대원이 조를 지휘하는 조장이었던 모양이었다.

우건은 다른 조장들과 함께 부팀장의 호출에 응했다.

팀장이 바닥에 지도를 펼쳤다.

지도는 두 종류였다. 하나는 선과 수치로 거대한 저택을 묘사한 설계용 지도였다. 그리고 다른 하나는 하늘 위에서 정밀한 카메라로 저택의 전경을 담아낸 것 같은 사진지도였다.

팀장이 키가 큰 조장을 보며 설명했다.

"전에 말했던 대로 1조는 저택 왼편 담을 빙 돌아 주방으로 보이는 이 지점을 먼저 점거하게. 그리고 점거에 성공한 후에는 1층 거실을 거점삼아 팀의 주력을 엄호하도록 하게."

1조 조장이 고개를 끄덕였다.

팀장이 이번에는 키가 작은 여자 조장에게 지시했다.

"2조는 저택 오른편 담을 우회해 주력의 측면방향을 엄호하게."

"알겠어요."

2조 조장이 잠겨 있는 목소리로 대답했다.

팀장의 시선이 마지막으로 우건과 그 옆에 있는 듬직한 체격을 가진 사내에게 향했다. 이번에는 우건 차례인 모양이었다.

팀장은 듬직한 체격을 가진 사내에게 먼저 지시했다.

"3조는 나와 함께 현관 왼편을 돌아 진입할 것이네."

"알겠습니다."

3조 조장이 선 굵은 목소리로 대답했다.

만족한 듯 그와 시선을 맞춘 팀장이 마지막으로 우건을 보았다.

"5조는 부팀장과 함께 현관 오른편을 돌아 진입하게."

우건은 목소리를 낼 수 없었기 때문에 고개를 끄덕이는 것으로 자신의 의사를 전달했다. 작전 지시가 끝난 후, 부팀장이 우건을 한쪽으로 불러냈다. 우건은 5조 조장을 맡아 그녀와 함께 현관 오른편을 도는 주력을 형성할 예정이었다.

부팀장이 물었다.

"5조 대원들의 상태는 어떤가요?"

지금은 대답하지 않을 도리가 없었다.

우건은 감기가 심하게 걸린 사람처럼 목소리를 잔뜩 긁었다.

"다들 좋습니다."

부팀장의 눈빛이 살짝 흔들렸다.

"감기에 걸렸나요?"

"그렇습니다."

"작전을 펼치기 어려운 상태인가요? 어렵다면 지금 말하 도록 하세요. 난 부하를 사지로 이끌 조장은 필요 없으니까 요."

우건은 꽤 까다로운 상관이라 생각하며 고개를 저었다.

"할 수 있습니다."

"좋아요. 대신, 실수하면 대가가 따른단 사실을 잊지 말 아요."

"물론입니다."

돌아서는 부팀장을 보며 우건은 안도의 숨을 내쉬었다.

그로부터 일각(一刻) 후, 특무대 3팀은 작전 제독에 돌입 했다.

선공을 책임진 1조와 2조 10여 명이 먼저 신법을 펼쳐 남서쪽 산기슭으로 내려갔다. 잠시 후, 그들의 뒤를 3조와 5조가 따라갔다. 우건은 대원들과 보폭을 맞추며 전진했 다. 쓸데없는 실력발휘로 다른 대원들의 의심을 살 필요가 없었다.

산기슭을 다 내려왔을 무렵, 지도에서 보았던 저택이 모습 을 드러냈다. 산기슭 한쪽 면 전체를 통째로 차지한 저택은 저택이라 부르기에 손색이 없는 규모였다. 1장 높이의 벽돌 담이 마치 성벽처럼 산기슭 한쪽 면에 우뚝 솟아 있었다.

담 너머에는 3층 높이의 본채 건물과 나무를 양쪽에 심은 출입로가 있었다. 거대한 저택은 모든 조명을 꺼둔 탓에 괴괴한 어둠 속에 앉아있는 거인처럼 으스스한 느낌을 주었다.

담 위를 지키는 병력은 보이지 않았다.

팀장의 손짓을 받은 1조와 2조가 저택 좌우로 이동했다.

그때였다.

귀에 찬 막대기에서 팀장의 목소리가 들려왔다.

-1조 도착했나?

우건은 흠칫했지만 최대한 티를 내지 않으려 노력했다.

귀에 찬 막대기는 다른 사람의 말을 대신 전해주는 기계였다.

뒤이어 1조 조장의 목소리가 들려왔다.

-1조 도착했습니다.

-2조는?

-도착했습니다.

우건은 입 옆에 붙어 있는 검은색 솜뭉치를 보았다.

2조 다음은 3조가 보고할 차례였다. 그리고 3조 다음은 우건이 맡은 5조였다. 5조 조장의 목소리를 아는 30여 명의 사람들 앞에서 팀장의 질문에 대답해야 하는 순간이었다.

부팀장은 속여 넘겼을지 모르지만 30여 명을 다 속이긴 어려웠다. 그중에는 그가 위장한 조장과 친하게 지내는 대원들이 있을 터였다. 감기가 걸렸단 변명이 통하기 쉽지 않았다.

한데 웬걸 이는 우건의 터무니없는 기우(杞憂)였다.

말 그대로 쓸데없는 걱정이었다.

3조는 현재 팀장이 지휘하는 중이었다. 마찬가지로 그가 조장을 맡은 5조는 부팀장이 지휘하는 중이었다. 팀장의 질문은 3조를 건너뛰어 5조를 지휘하는 부팀장에게 바로 향했다.

-부팀장은?

우건은 바로 앞 벽에 붙어 있는 부팀장을 보았다.

상의와 하의가 몸에 찰싹 달라붙어 있어 미끈한 몸매가 달빛을 받아 요염한 빛을 뿌렸다. 우건은 시선을 옆으로 돌렸다.

-도착했어요.

부팀장이 막 대답하는 순간, 팀장의 목소리가 다시 들려왔다.

-경계는 어떤가?

-조용합니다.

-마찬가지에요.

조장들이 대답하는 목소리가 뒤섞여 들려왔다.

우건은 기파를 퍼트려보았다.

그들 말대로 담 주위에는 지키는 병력이 없었다.

팀장이 다시 물었다.

-부팀장의 생각은 어떤가?

-예상대로 함정인 것 같아요.

부팀장의 대답을 들은 우건은 적잖이 감탄했다.

이들 역시 한명진의 유인계를 이미 파악한 상태였다.

그럼에도 작전을 강행했다는 말은 자신이 있단 뜻일 터였다.

팀장의 목소리가 들려왔다.

-다들 조심하며 진행하게.

-예.

대답한 1조와 2조가 먼저 움직였다.

그 다음엔 팀장이 이끄는 3조가 현관 왼쪽 담을 넘었다. 그리고 마지막으로 부팀장이 지휘하는 5조가 오른쪽 담을 넘었다.

부팀장의 신법은 날렵했다.

앉은 자세에서 무릎을 곧게 펴는 순간, 몸은 이미 담을 넘어갔다. 우건은 조원들과 함께 그녀의 뒤를 따라 담을 넘었다.

가장 먼저 담을 넘은 부팀장은 검은색 비수 두 자루를 양손에 쥐더니 날카로운 시선으로 사방을 수색하기 시작했다.

우건을 포함한 5조 조원들 역시 각자 맡은 방향을 수색했다.

고개를 돌린 부팀장이 가죽장갑 낀 손가락으로 귀에 꽂은 막대기를 손가락으로 툭툭 치더니 손가락 두 개를 펴보였다.

신호를 본 조원들은 즉시 막대기에 달린 단추를 조정했다. 조원들의 행동을 지켜본 우건 역시 막대기 단추를 조정했다.

잠시 잡음이 이어지다가 부팀장의 나직한 목소리가 들려왔다.

─지금부턴 이어셋의 5조 채널을 이용해 통신할게요.

우건은 그제야 검은색 막대기의 이름이 이어셋임을 알았다.

부팀장의 지시가 이어졌다.

─야간투시경을 착용해요.

우건은 조원들이 하는 대로 투구 위에 있는 더듬이처럼 생긴 장비를 끌어내려 눈에 썼다. 처음엔 시커맸는데 더듬이 옆에 달린 단추를 누르는 순간, 눈앞이 밝아지며 짙은 녹색으로 물든 풍경이 드러났다. 이 더듬이의 이름이 야간투시경인 모양이었다. 어둠 속에서 이런 밝기로 주변 풍경을 보려면 안력에 꽤 많은 내력을 사용해야했는데 야간투시경을 사용하면 그럴 필요가 없었다. 생각보다 괜찮은 장비였다.

그들은 정원을 가꾸는 데 쓴 나무와 꽃을 지나 현관 방향으로 이동했다. 지금까지는 야간투시경에 걸려든 적이 없었다.

왼쪽으로 진입한 팀장의 3조 역시 마찬가지인 듯했다.

우건 일행은 정원을 통과해 현관 바로 앞에 이르렀다.

우건의 5조가 현관 오른편에 다닥다닥 붙어 서는 사이, 팀장의 3조는 현관 왼편에 도달해 자리를 잡았다. 팀장이 3조 조장에게 뭐라 속삭이는 순간, 조장이 앞으로 나와 문을 조사했다. 문에 함정 같은 것을 설치해두었는지 찾는 듯했다.

3조 조장은 손가락으로 동그라미를 만들었다.

안전하단 신호였다.

부팀장의 지시가 이어셋을 통해 전해졌다.

—방패팀이 앞을 맡아요.

그 즉시, 방패를 든 조원 네 명이 문 앞에 늘어섰다.

부팀장의 지시가 조용히 이어졌다.

—문이 부서지면 나머지 조원들은 진입하기 전에 섬광탄과 연막탄을 던져 넣어요. 그리고 노파심에서 하는 말인데 투시경을 섬광대응모드로 바꿔놓아야 눈이 아프지 않을 거예요.

다른 조원들은 부팀장의 지시를 다 알아들은 모양이었다. 허리띠에 매달아놓은 섬광탄을 꺼내 고리를 손가락에 끼웠다. 그리고 투시경 단추를 조정해 섬광대응모드로 변환했다.

그러나 우건은 무슨 말인지 전혀 알아듣지 못했다.

우건이 단추를 이리저리 돌리며 섬광대응모드를 찾을 때, 3팀 팀장이 현관 앞에서 양손 장심을 붙였다가 떼더니 문을 향해 힘껏 밀어갔다. 그 순간, 노도와 같은 장력이 일어나 고급 원목으로 만든 현관문을 경첩째 날려버렸다.

9장. 암묵적인 공조(共助)

쾅!

문이 박살남과 동시에 방패를 든 방패팀 네 명이 안으로 뛰어들었다. 그리고 그 뒤를 이어 조원들이 안으로 돌입하며 섬광탄과 연막탄의 고리를 빼서 집 안으로 던져 넣었다.

펑펑펑펑!

섬광탄이 폭발하며 새하얀 섬광이 연속해 터졌다.

뒤이어 매캐한 연기가 피어오르며 시야를 온통 가려버렸다.

'이런.'

부팀장을 따라 집 안으로 뛰어 들어간 우건은 그제야 섬광대응모드로 바꾸라 한 이유를 깨달을 수 있었다. 동공이 타는 듯한 통증에 눈을 얼른 감아버렸다. 우건이 연성한 선령안(仙靈眼)이 전혀 소용없을 정도의 강렬한 섬광이었다.

사실, 우건이 투시경을 벗었으면 이렇게 큰 통증은 느끼지 않았을 것이다. 선령안은 태을문 비전으로 칠흑 같은 어둠 속에서 사물을 꿰뚫어볼 수 있을 뿐 아니라, 눈 자체를 보호해주는 공능이 있어 섬광탄의 섬광이 아무리 매서워도 전투 중에 눈을 감아야 하는 일은 일어나지 않았을지 몰랐다.

그러나 야간투시경은 어둠 속에서 미세한 빛을 증폭시켜 사물을 보는 장비였다. 섬광탄의 강렬한 빛이 몇 배로 증폭되어 덮쳐왔으니 눈을 감는 방법 외엔 피할 수단이 없었다.

우건은 오른손으로 요처를 방어하며 왼손으로 야간투시경을 위로 들어올렸다. 여전히 섬광탄이 만들어낸 잔광(殘光)이 남아 있었지만 투시경을 착용했을 때보다는 훨씬 나았다.

한데 섬광탄에는 한 가지 효과가 더 있었다.

바로 귀청을 찢는 굉음이었다.

급히 내력을 운기해 청력을 보호했다. 그러나 귓속이 한동안 윙윙 거려 누가 무슨 말을 하는지 전혀 알아듣지 못했다.

섬광탄의 빛과 굉음이 사라진 자리를 연막탄이 뿜어낸 회색 연기가 채워갔다. 그러나 연막탄의 연기는 선령안으로 꿰뚫어볼 수 있었다. 우건은 급히 집 안 구조를 살펴보았다.

집 안은 텅 비어 있었다.

처음부터 텅 비어 있진 않았던 모양이었다.

원래 있던 가구를 옮긴 흔적이 집 안 곳곳에 남아 있었다. 집 안, 정확히 말하면 저택 1층은 거대한 대청에 가까웠다.

가장 안쪽에 2층으로 올라가는 대리석 계단이 있었다. 그리고 계단은 다시 2층 양쪽으로 이어져 있었다. 우건은 고개를 들어 2층을 보았다. 2층 난간 너머에 적들이 모여 있었다.

적은 숫자는 아니었다.

거의 50여 명에 가까운 적이 2층 위에 매복해 있었다.

그러나 그들은 매복의 이점을 전혀 살리지 못했다. 특무대가 진입 전에 터트린 섬광탄에 눈과 고막이 충격을 받은 탓에, 신음을 흘리며 젖은 빨랫감처럼 난간에 널브러져 있었다.

우건의 눈에 정광이 번쩍였다.

적 일부는 주머니가 달린 병을 소지한 상태였다.

병에 뭐가 들었는지는 모르겠지만 독일 가능성이 가장 높았다.

특무대가 섬광탄을 터트리지 않은 상태로 진입했으면 2층에 매복한 적들이 하독(下毒)한 독에 필시 중독됐을 터였다.

피독주와 내단을 복용해 전부 중독되지는 않겠지만 기세 싸움에서 밀린 상태로 시작하면 고전을 면치 못할 터였다.

우건은 새삼스러운 눈으로 특무대 대원들을 돌아보았다.

그들은 전문가였다.

이곳 사람들이 자주 쓰는 말을 빌리자면 프로였다.

그때였다.

우건 앞에 있는 부팀장이 이어셋을 통해 급히 지시를 내렸다.

-5조는 나를 따라와요.

지시를 마친 부팀장은 일학충천(一鶴冲天)의 수법으로 2층을 향해 날아올랐다. 신법을 펼치는 동작이 아주 깔끔했다. 그리고 우아했다. 대가(大家)의 지도를 받았음이 분명했다.

우건은 비응보를 펼쳐 부팀장을 쫓았다.

1층에 있는 나머지 조원들 역시 두 사람을 쫓아 2층 난간을 향해 몸을 날렸다. 다들 1장이 훌쩍 넘는 높이를 호흡 한 번에 뛰어넘을 수 있는 신법과 내력을 구비한 상태였다.

쉭!

2층 난간에 가볍게 내려선 부팀장이 채찍을 휘두르듯 양손을 튕겼다. 그 순간, 그녀가 들고 있던 검은색 비수 두 자루가 허공을 가르며 날아가 이제 막 정신을 차리려는 적의 몸에 박혔다. 일수탈명(一手奪命)이란 말은 이런 때를 위해 만들어진 말처럼 보였다. 그녀의 비수는 사정을 봐주는 법이 없었다. 정확히 사혈을 관통해 숨통을 단번에 끊었다.

휘릭!

부팀장이 손목을 살짝 튕기는 순간, 적의 몸에 박혀 있던 비수 두 자루가 그녀의 손으로 되돌아왔다. 내력으로 물건을 끌어당기는 격공섭물(隔空攝物)은 아니었다. 자세히 보면 비수 자루에 은색 실이 묶여 있는 모습을 확인할 수 있었다.

물론, 선령안을 발휘한 우건의 눈에 보인다는 말이지, 조명이 없는 어둠 속에서는 비수가 마치 알아서 돌아가는 거처럼 보일 터였다. 비수 자루에 묶여 있는 실은 그냥 실이 아닌 모양이었다. 실이 지나가는 자리에 있는 적들의 몸뚱이가 잘 벼려진 칼에 잘려나가는 거처럼 싹둑싹둑 잘렸다.

뒤에서 나직이 감탄하는 소리가 들려왔다.

"역시 부팀장님의 은사탈명비도술(銀絲奪命飛刀術)은 대단하군."

조원 중 한 명이 일어서는 적의 가슴에 단창을 박아 넣으며 한 소리였다. 우건은 고개를 끄덕였다. 은사탈명비도술이란 무공은 처음 듣지만 그녀의 수법과 어울리는 이름이었다.

이어셋에서 부팀장의 질책이 들려왔다.

-뭣들 하는 거예요? 잡담할 시간이 있으면 독병(毒甁)을 든 놈부터 빨리 제거해요. 적의 공격은 아직 끝나지 않았어요.

-옛!

조원들은 난간을 따라 달리며 적들을 해치웠다.

특히, 독병을 소지한 적은 확인사살을 통해 확실히 제거했다.

계단과 이어진 부분에 이르렀을 때는 전처럼 파죽지세의 기세로 적을 몰아붙이지 못했다. 섬광탄에 당한 적들이 그제야 오감을 회복한 듯 본격적으로 격렬한 저항을 시도했다.

시야를 제한하는 투시경을 투구 위로 올린 5조 조원들은 각자 자신 있는 수법을 펼쳐 앞을 막아선 적들을 공격했다.

부팀장의 실력은 조원에 비해 확실히 뛰어났다.

제법 강해보이는 적 두 명을 상대하는 와중에 위기에 처한 조원에게 비수 한 자루를 날려 보내 도와주는 여유를 보였다.

우건은 5조 조장이 가진 직도(直刀)로 적을 적당히 요리했다. 괜히 조장의 수준을 뛰어넘는 실력을 보여 의심을 살 필요는 없었다. 물론, 우건의 도법은 평범한 도법이 아니었다.

태을문에는 뛰어난 도법(刀法)과 뛰어난 창법(槍法)이 한 가지씩 있었다. 차기 장문으로 꼽히던 대사형 조광이 변절했음을 직감한 천선자는 태을문 33종 절예가 절전(絶傳)되는 상황을 우려해 우건에게 33종 절예를 모두 익히게 했다.

우건으로서는 지옥과 같은 나날이었다. 그러나 만류귀종(萬流歸宗)이란 말이 괜히 나온 말은 아닌 듯했다. 주력으로 연성하던 태을혼원심공과 천지검에 적지 않은 깨달음을 얻었다.

태을문은 고려가 한반도를 지배하던 시절까진 관부, 군부와 약간의 왕래가 있었다. 그러나 조선이 들어선 후에는 관계가 틀어져 왕래가 전혀 없었다. 아니, 박해나 받지 않으면 다행이었다. 조선을 세운 건국공신들은 유교가 지배하는 폐쇄성이 짙은 사회체제를 구축해 불교와 도교를 탄압했다.

당시 고려의 국교로 민간에 널리 퍼져있던 불교처럼 엄청난 박해를 받진 않았지만 도맥 종정을 자처하는 태을문 역시 피해가 없진 않았다. 평양 근처에 있던 태을문이 설악산으로 본산을 아예 옮긴 이유 역시 그 이유가 크게 작용했다.

한데 태을문은 고구려 말에 위정자(爲政者)들의 부탁을 받아 장수와 병사에게 가르칠 무공을 몇 가지 만들었는데 십자도법(十字刀法)과 십자창법(十字槍法)이 바로 그것이었다.

두 무공은 내력이 전혀 없는, 그리고 오성이 태을문 제자에 비해 많이 떨어지는 일반 병사를 위해 만든 도법과 창법이었다. 해서 아주 단순한 초식 몇 가지로 이루어져 있었다.

고구려가 망한 후엔 십자도법과 십자창법 역시 자취를 감췄다. 그러나 원본 무공을 만든 태을문은 오히려 이 도법과 창법을 보완해 하나의 완벽한 상승무공으로 다시 만들었다.

우건은 십자도법의 일초식인 일도횡단(一刀橫斷)으로 적의 허리께를 베어갔다. 철곤(鐵棍)을 든 적은 뒤로 물러서며 일도횡단을 막아왔다. 도와 철곤이 부딪치며 불똥이 튀었다.

손이 저린 듯 미간을 한껏 찌푸린 적이 반격하기 위해 옆으로 돌아가는 철곤을 움켜잡았을 때였다. 우건의 도가 갑자기 두 개로 늘어난 듯, 적의 목과 가슴을 동시에 베어갔다. 십자도법의 이초식에 해당하는 이도개심(二刀開心)이었다.

적이 화들짝 놀라 눈을 크게 떴을 때는 이미 이도개심으로 펼친 도광 두 가닥이 스쳐간 후였다. 적은 목과 가슴에서 피를 뿌리며 쓰러졌다. 적은 일도횡단에서 이도개심으로 이어지는 연환공격을 막아낼 정도로 공부가 심후하지 않았다.

"넌 내 차지다!"

적이 쓰러진 자리에 중년사내가 고함을 지르며 튀어나왔다.

그는 권장에 자신이 있는 듯 적수공권이었다.

과연 우건의 심장을 향해 찌른 주먹에서 날카로운 경력(勁力)이 줄기차게 쏟아졌다. 초식의 고절함은 보이지 않지만 내력 자체는 심후했다. 거의 1갑자에 가까운 듯 보였다.

우건은 권풍을 피하며 의아함을 감추지 못했다.

어렸을 때 벌모세수(伐毛洗髓)를 받거나, 영약을 복용하면 수련한 햇수보다 많은 내력을 보유하는 일이 어렵지 않았다.

그러나 그건 우건이 살았던 시대의 이야기였다.

우건은 태을혼원심공보다 축기하는 양과 속도가 월등한 천지조화인심공으로 심공을 수련했지만 그가 얻은 내력은 전에 비해 3분의 1에 불과했다. 심지어 서울로 돌아온 후에는 10분의 1에 가까웠다. 이런 상황에선 내력을 1갑자 이상 쌓으려면 그보다 훨씬 많은 세월을 심공에 전념해야 했다.

한데 이 중년사내는 벌모세수를 받은 흔적이 전혀 없는, 그리고 영약의 기운이 전혀 느껴지지 않는 순수한 내력을 미친 듯이 뿜어내는 중이었다. 우건은 그 점이 이해가지 않았다.

물론, 그 생각이 우건의 손발을 느리게 만들지는 못했다.

우건은 방금 전에 적을 쓰러트린 방법대로 일도횡단과 이도개심을 연달아 펼쳤다. 과연 적은 좀 전에 쓰러트린 적보다 실력이 월등히 뛰어나 이도개심 초식을 가볍게 피해냈다.

피식 웃은 우건은 십자도법의 삼초식 삼도포월(三刀包月)을 연이어 전개했다. 우건이 칼을 거꾸로 잡아 위로 올려치는 순간, 도광 세 가닥이 유선형을 그리며 중년사내의 얼굴을 휘감았다. 놀란 중년사내는 권장을 어지럽게 휘둘러 삼도포월을 막아갔다. 확실히 초식은 내력에 비해 떨어졌다.

탕탕탕!

쇳소리가 연속 세 번 울리는 순간, 중년사내가 피를 토하며 뒤로 물러섰다. 가까스로 십자도법의 삼도포월을 막아냈지만 내력을 너무 급하게 운용한 탓에 내상을 입은 것이다.

우건은 기다려줄 생각이 전혀 없었다.

섬영보로 물러서는 중년사내를 쫓아가며 사도추뢰(四刀追雷)를 펼쳤다. 도광 네 가닥이 서로 다투듯 긴 꼬리를

만들어내며 중년사내에게 몰려갔다. 이를 악문 중년사내
는 뒤로 뺀 왼발을 바닥에 단단히 디딘 다음, 양손을 빠르
게 휘둘렀다. 웅혼한 장력이 이어지며 허공에 방어막이
만들어졌다.

펑펑펑!

폭음이 세 차례 울리는 순간, 도광 세 가닥이 사라졌다.
그러나 중년사내가 장력으로 만든 방어막 역시 같이 사라
졌다.

촤아악!

사도추뢰의 마지막 남은 도광이 중년사내의 가슴을 비스
듬히 갈랐다. 즉시, 옷자락이 잘리며 피가 일자로 뿜어져
나왔다.

우건은 핏물을 피하기 위해 뒤로 훌쩍 물러섰다.

그 순간, 부팀장의 시선과 마주쳤다.

크고 또렷한 눈동자에는 놀란 기색이 역력했다. 감춘다
고 감췄는데 부팀장과 같은 고수에겐 통하지 않은 모양이
었다.

부팀장이 다가오는 모습을 보며 대응을 잠시 고민할 때
였다.

"돌입하라!"

5조에 이어 안으로 들어온 팀장의 3조가 반대편 2층을 향
해 몸을 날렸다. 우건은 그중 팀장의 모습을 눈으로 쫓았다.

3팀 팀장이 현관문을 박살날 때 사용한 장법은 강맹한 양강(陽剛)장력이었다. 처음에는 경황이 없어 제대로 볼 기회가 없었는데 지금은 마침 시야가 훤히 뚫려 있어 다 보였다.

팀장은 좌장과 우장을 합장하듯 위로 밀어갔다.

콰앙!

웅혼한 장력이 2층 난간을 통째로 박살냈다.

2층 난간에 있던 적 10여 명이 바닥으로 떨어졌다.

바닥에 떨어진 적들이 자세를 채 잡기 전에 검광과 도광이 날아들었다. 적들은 피를 뿌리며 갈가리 찢겨져 날아갔다.

팀장이 이끄는 3조에 이어 좌우측으로 전개한 1조와 2조가 모습을 드러냈다. 버티던 적들은 갑자기 늘어난 숫자에 당황한 듯 우왕좌왕하다가 계단 중앙에 뚫린 문으로 도망쳤다.

부팀장이 우건에게 걸어와 뭔가를 물어보려는 순간, 재빠른 신법으로 접근한 팀장이 우건의 곤란한 상황을 해결해줬다.

"놈들이 도망친 문이 어디와 이어져 있는지 아는가?"

우건을 힐끔 본 부팀장은 고개를 저었다.

"설계도에는 나와 있지 않은 문이에요."

고개를 끄덕인 팀장은 저택 1층의 넓이를 가늠해보며 물었다.

"우리가 밖에서 본 저택과 이 공간을 비교하면 어떤 것 같은가?"

"넓이 말인가요?"

"그렇네."

"제 눈엔 비슷하게 보이는군요."

"그럼 저 문과 이어진 곳은 우리가 모르는 장소란 말이 겠군."

부팀장은 조명이 꺼져 있어 으스스해 보이는 문을 바라 봤다.

"놈이 산중턱을 파서 안에 공간을 만들어둔 모양이군 요."

팀장은 열려 있는 문을 보며 말했다.

"여기까지 와서 빈손으로 돌아갈 순 없지. 부팀장이 5조 와 함께 길을 열어주게. 우리가 따라가며 5조를 엄호해주 겠네."

"알겠어요."

대답한 부팀장은 5조 조원들과 함께 불이 꺼진 문 안으 로 들어갔다. 다른 조원들은 야간투시경을 다시 썼지만 우 건은 그냥 그대로 두었다. 부팀장 역시 투시경을 쓰지 않 다.

공력이 일정 수준에 달한 고수에게 투시경은 오히려 시 야를 좁게 만들 뿐이었다. 어차피 들킨 상황이었다. 굳이 투시경을 쓴 상태로 함정일지 모르는 곳에 들어갈 생각이 없었다.

부팀장은 그 이후로 우건에게 보이던 관심을 끊었다. 우건의 정체를 의심하는 것은 틀림없는 사실이었다. 그러나 놈들이 특무대에 집어넣은 첩자로 생각하지는 않는 모양이었다.

부팀장의 온 정신은 눈앞에 있는 어둠 속을 향해 있었다.

기관 장치에 조예가 있는 듯 벽과 천장을 끊임없이 조사했다.

칠흑 같은 통로를 백여 보 지나갔을 때였다.

걸음을 멈춘 부팀장이 한쪽 무릎을 꿇은 자세로 눈을 감았다. 청력을 집중하는 듯했다. 우건은 몰래 지청술을 펼쳤다.

그녀가 왜 청력을 집중하는지 알 것 같았다.

그리 멀지 않은 장소에 수십 명이 모여 있었다.

눈을 뜬 부팀장이 고개를 돌렸다.

─야간투시경을 벗어요.

그 말에 조원들은 말없이 투시경을 투구 위로 올렸다.

부팀장의 지시가 이어졌다.

─조장이 방패팀과 선두를 맡아요.

우건은 시키는 대로 방패를 든 조원 네 명과 맨 앞에 섰다.

-뭐가 날아올지 모르니까 조심해요.

부팀장의 마지막 지시를 들은 우건은 방패팀과 함께 통로를 통과했다. 통로를 통과하는 순간, 갑자기 조명이 환하게 들어오며 주변 경관이 드러났다. 천장이 높은 원형 광장이었다. 그리고 광장 반대편에는 시커먼 무기를 든 30여명이 일렬로 서 있었다. 우건은 그들이 든 무기를 텔레비전에서 본 기억이 있었다. 텔레비전에선 그 무기를 권총이라불렀다.

뒤이어 그들이 권총의 방아쇠를 당기는 모습이 보였다.

"방패 뒤에 숨어!"

방패팀에 지시하며 허리를 숙였다.

탕탕탕탕탕!

총성이 쉼 없이 울렸다.

마치 센 불에 콩을 달달 볶는 듯한 소리처럼 들렸다.

우건은 방패 안을 살펴보았다. 권총 탄환 수십 발이 방패 바깥에 박힐 때마다 기포가 일 듯 안이 볼록볼록 튀어나왔다.

그러나 그게 다였다.

탄환은 방패를 뚫지 못했다.

방패팀 네 명은 왼다리를 뒤로 길게 빼서 바닥을 단단히 지지했다. 탄환이 방패에 박힐 때마다 몸이 같이 출렁였다.

우건은 뒤로 밀려나는 조원을 끌어당기며 생각했다.

'부팀장이라는 여자의 선견지명이 대단하군.'

우건의 감상에 의하면 3팀 최고수는 당연히 3팀 팀장이었다. 그러나 머리를 쓰는 분야에선 부팀장이 3팀의 최고였다.

부팀장이 방패팀을 먼저 보내지 않았으면 좁은 통로에서 광장으로 나오다가 저 권총부대의 집중사격에 당했을 것이다.

우건은 자신의 선입견 하나를 또 수정해야 할 것 같았다.

그가 본 권총은 분명히 위협적이었다. 그러나 일정 수준 이상의 뛰어난 무인을 상대로는 별 효과가 없을 거라 생각했다.

그가 그렇게 생각한 이유에는 조준과 격발에 시간이 걸린다는 점이 크게 작용했다. 누군가를 쏘기 위해서는 먼저 조준을 해야 했다. 그리고 조준을 마친 후에는 방아쇠를 당기는 격발과정이 필요했다. 그러나 신법을 펼치는 무인을 상대로 조준과 격발을 동시에 하기에는 불편한 점이 많았다.

조준할 때마다 신법을 펼쳐 이동한다면 상대를 맞출 방법이 없었다. 그리고 탄환은 무한정 있지 않았다. 또, 조준을 피해가며 권총을 든 사수에게 접근한다면 반격이 가능했다.

한데 권총 한 자루는 위협적이지 않을지 모르지만 수십
명이 동시에 발사하는 권총부대는 확실히 위협적이었다.

우건은 머릿속으로 호신강기를 극도로 끌어올린 상태에
서 탄환에 맞는 상황을 가정해보았다. 그러나 결론이 나지
않았다. 가정은 가정일 뿐이었다. 호신강기가 뚫릴지, 탄환
에 머리가 뚫릴지는 직접 경험해보지 않은 이상에야 알 방
법이 없었다.

우건은 현대 무기들이 예상보다 더 위협적일 수 있단 느
낌을 받았다. 그가 알기론 권총이 가장 약한 무기였다. 당
연히 권총 상위에 해당하는 무기들은 대처하기 더 힘들 터
였다.

우건이 살던 시절엔 양민 100명이 절정에 이른 고수 한
명을 이기는 일이 불가능했다. 물론, 적절한 상황에서 적절
한 무기를 이용한 상황이면 다를지 모르지만 보통은 힘들
었다.

그러나 이곳에선 총을 비롯한 각종 첨단무기를 소지한
양민 100명이 절정고수 한 명을 충분히 상대할 수 있을 듯
했다. 아니, 상대를 넘어 제압이나, 제거가 가능할 듯 보였
다.

그때, 부팀장의 목소리가 이어셋을 통해 들려왔다.

-5조장, 놈들의 저항을 뚫을 수 있을 것 같아요?

우건은 총성을 들어보았다.

지금은 간헐적으로 들려오는 중이었다.

권총 탄환이 다 떨어져 그런 건지, 아니면 5조가 돌파하길 기다리며 탄환을 아껴두는 건지는 지금은 알 방법이 없었다.

우건은 이어셋의 마이크에 말했다.

-예.

-좋아요. 5조장을 한번 믿어보죠.

부팀장의 대답을 들은 우건은 마이크를 손으로 감쌌다.

"내가 방패를 앞세워 돌진하면 섬광탄을 던지시오."

방패팀을 구성하는 조원들이 우건을 힐끔 돌아보았다.

우건의 목소리가 이상했던 모양이었다. 그리고 5조장이 평소에 쓰지 않는 말을 쓴 모양이었다. 방패팀 조원들의 눈에 의혹의 불씨가 커져갈 무렵, 우건은 방패팀이 가진 네 개의 방패 중 하나를 빼앗듯 받아 앞으로 달리기 시작했다.

갑작스러운 상황에 놀란 조원들은 의혹을 잠시 접어두었다.

지금은 시키는 대로 해야 했다.

우건은 삼미보의 섬영보를 펼쳐 마치 공간을 단축하듯 거리를 좁혀갔다. 깜짝 놀란 적들이 다시 권총을 쏘기 시작했다.

놈들은 탄환이 떨어져서 권총 사격을 그만둔 것이 아니었다. 5조가 돌파할 때를 기다리며 탄환을 아껴둔 상황이었다.

탕탕탕!

권총 탄환이 우박처럼 방패를 가격했다.

방패가 약간 안쪽으로 휘어진 상태가 아니었다면 눈먼 탄환에 옆구리나, 어깨가 맞았을지 몰랐다. 적들의 시야에 우건의 측면이 드러나기 직전, 조원들이 섬광탄을 공중에 던졌다.

빙글빙글 돌며 날아든 섬광탄이 바닥에 떨어지는 순간.

콰콰쾅!

섬광이 폭죽처럼 폭발하며 사방을 빛의 그물로 덮어버렸다.

눈치 빠른 적들은 섬광탄이 폭발하기 직전, 얼른 눈을 감았다. 그러나 눈을 감는 행동이 위기를 모면하게 해주진 않았다.

섬광탄에 고통을 겪진 않았지만 대신 장님신세를 면치 못했다.

부웅!

선령안을 펼친 우건은 그들 틈에 파고들어 방패를 휘둘렀다.

섬광탄이 뭔지 몰랐을 때는 멍청하게 당했지만 지금은

아니었다. 지금은 투시경을 착용하지 않았다. 덕분에 눈이 잠깐 따끔거리는 선에서 섬광탄의 강렬한 빛을 견딜 수 있었다.

"으악."

"큭!"

방패가 허공을 가를 때마다 적 서너 명이 바닥을 뒹굴었다. 전투불능에 빠지게 하진 못했지만 사실 큰 상관은 없었다.

지금은 권총부대가 만든 방어진을 흐트러트리는 것이 목적이었다. 개중에는 안력이 강한 고수가 몇 명 있었다. 그들은 우건이 움직이는 곳을 향해 권총의 총구를 들이밀었다.

거리가 있을 때라면 모르겠지만 이렇게 가까운 거리에서는 전혀 두렵지 않았다. 우건은 그에게 겨눈 총구를 옆으로 살짝 틀었다. 총구가 틀리며 우건 대신 그의 어깨 너머에 있던 적 중 하나가 가슴에 탄환을 맞아 바닥에 쓰러졌다.

-지금이오!

우건의 지시에 대기하던 방패팀이 가장 먼저 앞으로 달려와 합세했다. 뒤이어 나머지 조원들을 이끌던 부팀장이 통로를 나와 지원했다. 5조 다음에는 팀장의 3조가 들어왔다. 나머지 1조와 2조는 뒤에 남아 퇴로를 사수하는 모양이었다.

팽팽한 대치를 이루던 상황은 우건의 돌발적인 돌파로 인해 균형이 무너지기 시작했다. 팀장의 장력에 맞은 적이 가죽 북이 찢어지는 것 같은 소리를 내며 날아가 벽과 충돌했다.

또, 부팀장의 비수 두 자루가 허공을 가를 때마다 그 근처에 있는 적들의 머리와 팔다리가 싹둑싹둑 잘려나갔다. 오히려 비수 자체의 위력보다 비수를 조종하는 은사의 위력이 더 강했다. 적 몇 명이 검과 도로 은사를 잘라내려 해보았지만 특수한 재료로 만든 듯 오히려 무기가 튕겨 나왔다.

특무대는 폭풍처럼 적을 몰아붙이기 시작했다. 조금 더 강하게 몰아붙이면 적들의 항복을 받아낼 수 있는 상황이었다.

그러나 적들 역시 이대로 물러날 생각은 없는 듯했다.

광장 뒷문이 열림과 동시에 10여 명의 적이 새로 합류했다.

그들은 한 명, 한 명이 모두 실력자였다.

특무대로 비유하면 각 조의 조장급에 해당하는 실력이었다.

새로 나타난 적들 중 네 명이 팀장을 상대했다. 그리고 세 명은 부팀장의 은사비도탈명술을 저지했다. 나머지 적들은 부하들과 함께 3조와 5조 조원들을 공격해 균형을 맞췄다.

펑!

팀장이 날린 장력에 맞은 적 하나가 뒤로 물러섰다. 그러나 타격은 크지 않은 듯 물러설 때보다 빠른 속도로 다시 덤벼들었다. 팀장은 장력을 폭풍처럼 날려 적의 진격을 막았다. 그러나 그 틈에 날아든 암기가 팀장의 허벅지에 박혔다.

독을 바른 암기인 듯했다.

미간을 찌푸린 팀장이 역시 적에게 둘러싸인 부팀장을 돌아보았다. 두 사람 사이에 눈빛이 빠르게 오갔다. 고개를 끄덕인 부팀장이 은사가 달린 비도를 풍차처럼 휘둘러 포위한 적들을 물러서게 만들었다. 은사의 재질이 보통이 아님을 눈치 챈 적들은 재빠른 신법으로 전권(戰圈)을 벗어났다.

부팀장은 그 틈에 재빨리 이어셋으로 지시를 내렸다.

-1조와 2조는 어서 우리를 지원해요!

강적과 대치한 상황에서 말을 하는 행동은 내력이 흐트러질 위험이 있어 웬만큼 강한 고수가 아니면 시도하지 않았다.

지금처럼 적을 먼저 물러서게 한 다음에 지시를 내려야 했다.

-알겠습니다!

-바로 가겠습니다!

대답하는 1조와 2조 조장의 목소리가 들렸다.

그러나 적들 중에 귀가 밝은 자가 있는 모양이었다.

부팀장이 지시를 내리기 무섭게 팔을 크게 흔들었다.

그 순간, 그들이 들어왔던 통로가 쿵 소리를 내며 닫혔다. 특무대 대원들은 깜짝 놀라 뒤를 돌아보았다. 통로 위에 원래 철문이 있었던 모양이었다. 뭔가를 조작하기 무섭게 철문이 밑으로 내려와 광장 안과 밖을 완벽히 차단시켜 버렸다.

퇴로가 막혔다는 불안감은 곧 사기저하로 이어졌다.

"아아악!"

비명을 지르는 특무대 대원이 늘어나기 시작했다.

우건은 특무대 대원들에게 호감이 있지는 않았다.

그러나 지금은 같은 목적으로 움직이는 동반자의 관계였다.

이를 테면 암묵적인 공조(共助)였다.

특무대 대원들이 활약해주지 않으면 목적을 이루기 어려웠다. 아니, 어렵다기보다는 수고를 더 들여야 했다. 그런 우건에게 특무대가 밀리는 지금 상황은 썩 좋아 보이지 않았다.

'하는 수 없지.'

우건은 내력을 도에 집어넣었다.

즉시, 도신 주위에 푸르스름한 도광이 맺히기 시작했다.

"뭐, 뭐야?"

기세 좋게 달려들던 적 두 명이 헉하는 경호성을 지르며 물러섰다. 그러나 일도횡단 초식으로 펼친 도광이 장내를 가르는 순간, 적 두 명이 피분수를 쏟아내며 뒤로 날아갔다. 그들이 막기엔 우건이 펼친 도법의 위력이 너무 가공했다.

한 초식으로 두 명을 제거한 우건은 부팀장을 상대로 기세를 올려가는 적에게 뛰어가 일도양단과 이도개심, 삼도 포월을 연속해 펼쳤다. 처음엔 하나였던 도광이 순식간에 두 개, 세 개로 늘어났다. 도광이 스치는 곳마다 핏물이 튀었다.

"놈부터 막앗!"

소리를 지른 적들이 우건 쪽으로 몸을 돌리는 순간, 우건은 십자도의 사초식 사도추뢰를 펼쳤다. 꼬리가 길게 늘어진 네 가닥 도광이 속도를 달리하며 적들의 요처를 베어갔다.

탕탕!

도광 두 개는 막혔다.

그러나 막힌 도광에 감춰져 있던 나머지 도광 두 개가 적의 가슴을 온통 헤집었다. 부팀장을 공격하던 적들은 실력이 꽤 괜찮았지만 사도추뢰의 고명한 수법엔 제대로 대항하지 못했다. 그들이 언제 이런 교묘한 변화를 경험해봤겠는가.

옷과 살이 통째로 갈라지며 허연 뼈가 드러났다.

우건은 왼손으로 파금장을 펼쳐 주변을 쓸어갔다.

펑!

갈비뼈를 드러낸 적이 폭음과 함께 비명을 지르며 날아갔다.

우건은 눈 깜짝할 사이에 부팀장을 포위망에서 구해주었다. 그리고 그중 한 명은 영원히 일어서지 못하게 만들었다.

거친 숨을 몰아쉬던 부팀장이 우건을 돌아보았다.

부팀장의 왼쪽 허벅지 부분이 길게 찢어져 있었다.

여유가 생긴 부팀장은 허벅지의 혈도를 눌러 급히 지혈했다.

우건은 그녀를 공격하던 적들을 몰아붙이며 담담히 말했다.

"이들은 나에게 맡기고 당신은 부하들을 도와주시오."

이미 더 이상 위장할 생각이 없던 차였다.

그리고 특무대 역시 더 이상 속아주기가 어려운 상황이었다.

"당, 당신은……."

부팀장이 뭐라 말하려는 듯 입술을 달싹였다.

우건은 얼른 채근했다.

"서두르시오! 그러다 다 죽겠소!"

그 말에 고개를 돌린 부팀장의 시선에 비틀거리는 대원들이 들어왔다. 입술을 깨문 부팀장은 그쪽으로 몸을 휙 날렸다. 목숨이 경각에 처한 대원이 부팀장의 도움으로 살아났다.

고수 한 명의 가세는 생각보다 큰 효과를 가져다주었다. 부팀장이 날랜 몸놀림으로 동에 번쩍, 서에 번쩍 하는 사이, 어느새 밀리던 전세가 다시 뒤집혀 특무대가 승기를 잡았다.

우건은 눈앞에 서 있는 세 명을 보았다.

그들은 우건의 십자도법에 당해 혈인(血人)으로 변해 있었다.

"내 도를 십 초씩이나 막다니 그 근성은 칭찬해주마. 그러나 지금부턴 더 강하게 나갈 테니까 각오하는 게 좋을 거다."

우건의 말을 들은 세 명의 얼굴에 암담한 빛이 떠올랐다. 그러나 우건은 봐줄 생각이 없었다. 십자도법의 일초식 일도횡단부터 사초식 사도추뢰까지 연환해 펼쳐갔다. 연환을 특기로 하는 무공들이 으레 그렇듯 십자도법 역시 초식의 변화보다는 연환할 때 생긴 힘을 극대화시키는 도법이었다.

적 세 명이 사도추뢰를 간신히 막아냈을 때는 이미 기진맥진한 상태라 들고 있는 무기를 휘두를 힘이 남아 있지 않았다.

우건의 얼굴에 서리가 한 겹 내려앉는 듯한 느낌이 드는 순간, 날카로운 도광 다섯 가닥이 곡선을 그리며 날아갔다.

십자도의 오초식 오도집궁(五刀輯宮)이었다.

가운데 있는 사내의 상체가 거의 반이 잘려 날아갔다. 그리고 좌우에 있는 두 사내는 각각 목과 옆구리에 혈선이 생겼다.

우건은 사내들의 상태를 확인하지 못했다.

등 뒤에서 날카로운 경풍이 일었던 것이다.

연환퇴의 수법으로 경풍을 갈라낸 우건이 왼손가락을 튕겼다.

날이 넓은 도로 등을 베어오던 적의 이마에 구멍이 뻥 뚫렸다.

무영무음지였다.

적과의 거리가 멀수록 별로 쓸모없는 지법이지만 지금처럼 무기를 맞댈 수 있는 짧은 거리에선 치명적인 수법이었다.

적은 자신이 뭐에 당했는지 깨닫기 전에 이미 이마를 관통하며 들려온 무영무음지의 지력에 뇌수가 박살나 즉사했다.

암습을 가해온 적까지 처리한 우건은 통로를 막은 철문으로 달려갔다. 그리고 달려가던 기세 그대로 파금장을 펼쳤다.

파금장이란 명칭에서 알 수 있듯 외문기공을 익힌 고수를 막기 위해 창안한 장법이었다. 외문기공이나, 철문이나 단단하긴 마찬가지였다. 파금장에 맞은 철문에 금이 쩌억 갔다.

우건은 철문 뒤에 있을 1조와 2조 조원에게 소리쳤다.

"물러서시오!"

우건의 말을 들은 듯 금이 간 철문 뒤에서 신발이 바닥을 스치는 소리가 어지럽게 들렸다. 그들이 다 피하길 기다린 우건은 금이 간 철문을 향해 십자도의 일도횡단을 펼쳤다.

좀 더 선명한 도광이 철문을 가르며 지나갔다.

도광이 사라진 후, 철문이 좌우로 크게 벌어져 있었다. 이쯤이면 밖에 있는 1조와 2조가 자력으로 돌파가 가능해 보였다.

돌아선 우건은 공격해오는 적을 향해 수중의 도를 집어 던졌다. 천지검의 비검만리를 도를 이용해 펼친 것이다. 빗살처럼 허공을 가른 도가 적의 가슴을 꿰뚫었다. 여력이 대단해 적은 가슴에 도가 박힌 상태로 3장을 더 날아가 쓰러졌다.

어차피 버릴 도였다.

별로 아깝지 않았다.

철문을 가를 때 날이 잔뜩 상해 도보다는 톱에 더 가까웠다.

섬영보와 비응보를 번갈아 사용해 광장 뒷문에 이른 우건은 바닥에 떨어진 검 한 자루를 집어 들어 앞을 곧장 찔러갔다.

문을 막아선 적과 그가 지키던 문이 통째로 날아갔다.

통로가 꽤 깊어보였다.

우건은 통로 안으로 뛰어들며 파금장을 사방에 날렸다.

혹시 기관이 있을지 몰라 미리 대비하는 차원이었다.

우건은 그런 식으로 파금장을 발출해 안전한 장소를 찾았다. 그리고 안전한 장소가 보이면 그곳에 착지해 다시 금리도천파(金鯉倒穿波)의 신법으로 날아가며 파금장을 펼쳤다.

10여 장에 이르는 어두운 통로를 순식간에 돌파한 우건은 뒤를 돌아보며 눈살을 찌푸렸다. 비릿한 피 냄새를 온몸에 머금은 여인의 신형이 통로를 막 통과해 그 옆에 내려섰다.

바로 부팀장이었다.

"당신 정체가 뭐죠? 5팀장은 어디에 있나요? 그를 죽인 건가요?"

그녀는 폭풍 같은 질문을 쏟아냈다.

우건은 쓴웃음을 지으며 그녀의 질문에 답했다.

"5팀장은 멀쩡히 잘 살아 있소. 그의 안위는 걱정하지 마시오."

부팀장은 우건 앞을 막아섰다.

"아직 내 질문에 다 대답하지 않았어요."

"다른 질문에 대한 대답은 영원히 듣지 못할 거요."

우건은 그녀를 밀치며 앞으로 걸어갔다.

"이제 그만 나오는 게 어떤가!"

우건의 말이 다 끝나기 전에 다섯 명이 걸어 나왔다.

그리고 그중 한 명은 한명진이 특무대를 유인하기 위해 명진제약 본사에 보냈던 사내였다. 비록 당시 차 안에 남아 있어 얼굴을 정확히 보지는 못했지만 번쩍이는 안광을 통해 꽤 고수란 사실을 이미 출발하기 전에 인지한 상황이었다.

사내의 붉은 입술이 비틀렸다.

"네놈들의 행운은 여기까지다!"

말을 마친 사내가 손짓하는 순간, 다른 네 명이 그들을 덮쳤다.

10장. 진실의 순간

우건은 내력을 끌어올리며 공격에 대비했다.

한데 그들을 공격해오는 적 네 명은 상대의 전력을 파악하지 못한 듯했다. 세 명이 부팀장을 상대했다. 그리고 남은 한 명이 우건을 상대했다. 우건은 자신의 상대를 관찰했다.

30대 후반으로 보이는 강퍅한 인상의 사내였다. 외가기공을 연마한 듯 태양혈(太陽穴)이 혹처럼 볼록 튀어나와 있었다.

사내는 대뜸 손가락을 구부려 우건의 왼쪽 어깨를 찍어왔다. 조법(爪法)이었다. 구부린 손가락 끝에서 경력이 뻗어왔다.

우건은 유수영풍보로 사내의 조공을 가볍게 피했다.

허공을 친 사내의 입술 끝이 바르르 떨렸다.

'화가 난 모양이군.'

사내는 조법에 각법을 더해 폭풍처럼 공격해왔다. 수영 (手影)이 눈을 현혹시킨 다음, 양발로 하체를 맹렬히 찔러 왔다.

우건은 제자리에서 거의 움직이지 않은 채 유수영풍보의 현묘함을 한껏 살려 사내의 폭풍과 같은 연환공격을 파훼 했다.

허리를 두 번 연속 쳐오는 사내의 각법 공격을 비원휘비 로 막아낸 우건은 고개를 힐끔 돌려 부팀장의 상태를 살펴 보았다. 그녀는 지금 고전을 면치 못하는 중이었다. 강적 세 명에게 둘러싸인 그녀는 바람 앞의 등불처럼 위태로워 보였다.

우건은 맹룡조옥의 수법으로 사내의 조공에 맞서갔다.

카앙!

손과 손이 부딪쳤지만 들려온 소리는 맑은 쇳소리였 다.

"크으."

사내는 팔이 부서지는 것 같은 통증에 당황해 급히 후퇴 했다.

한 수로 사내를 밀어낸 우건은 몸을 돌려 금선지를 발출했다.

우건의 왼손 검지 끝에 황금색 광채가 번쩍이는 순간.

쉬익!

금색 선 하나가 허공을 단숨에 갈라 부팀장을 공격하던 적의 마혈을 제압했다. 마혈을 점혈당한 사내가 움찔하며 동착을 멈출 때였다. 수세에 몰려 있던 부팀장의 눈에는 그 모습이 사막을 헤매다가 가까스로 발견한 녹주(綠洲)처럼 보였다.

부팀장은 지체 없이 은사 끝에 달린 검은색 비수를 날렸다.

"안 돼!"

부팀장을 공격하던 나머지 두 명이 급히 검과 도를 날려 동료를 구했다. 두 사람이 전력을 다해 뿌린 공격은 위력이 대단해 부팀장이 날린 비수를 중간에 요격하는 데 성공했다.

탕탕!

비수가 요란한 쇳소리를 내며 허공으로 솟구쳤다.

그때였다.

부팀장이 은사를 잡은 손가락을 가볍게 흔들었다.

그 순간, 허공으로 솟구치던 비수가 빙글 돌아 마혈이 제압당한 적의 목을 한 바퀴 감았다. 자연히 비수 끝에 달린 은사 역시 마혈이 제압당한 사내의 목을 같이 한 바퀴 감았다.

부팀장은 노련한 낚시꾼처럼 손가락에 감은 은사를 당겼다.

마혈이 제압당한 사내의 목에 느슨하게 감겨 있던 은사가 즉시 조여졌다. 은사가 살갗을 파고들어가는 순간, 더운 피가 360도 사방으로 솟구쳤다. 그리고 그게 끝이었다. 은사는 두부 자르듯 마혈이 제압당한 사내의 목을 단숨에 잘라냈다.

우건의 도움으로 강적 한 명을 제거한 부팀장은 들끓는 내기(內氣)를 진정시키며 비수를 급히 회수했다. 방금 적의 목을 자른 은사에는 핏방울이 전혀 묻어 있지 않았다. 무엇으로 만들었는지 모르겠지만 평범한 재료는 아닌 모양이었다.

동료를 잃은 적들은 욕을 하며 다시 그녀를 공격해왔다.

"이 개 같은 년이!"

부팀장은 남은 두 명의 협공을 받는 바람에 다시 수세에 처했지만 고개를 돌려 우건에게 감사하단 표현을 잊지 않았다.

그건 그녀가 전보다 여유가 생겼단 확실한 증거였다. 그녀가 적 세 명에게 둘러싸여 있을 때는 한눈 팔 생각을 못했다.

우건의 행동은 적들을 분노하게 만들었다.

특히, 우건을 상대하는 사내를 분노하게 만들었다.

그가 태을십사수의 위력을 해소하기 위해 잠깐 뒤로 물러난 사이, 우건은 등을 완전히 돌린 자세로 금선지를 발출했다.

사내는 동료가 죽어서 분노한 것이 아니었다. 그는 우건이 마치 그가 안중에 없다는 듯 행동하는 태도에 화가 나있었다.

적을 상대할 때 냉철함을 잃어버리는 행동은 반드시 피해야 하는 일이었다. 그러나 가끔은 분노가 공격의 위력을 강하게 만들어주는 경우가 존재하는데 지금이 바로 그런 때였다.

"넌 오늘 내 손에 죽는다!"

이를 부드득 간 사내는 그가 아는 모든 절초를 총동원해 우건을 거세게 몰아붙였다. 사내가 만들어낸 조법의 날카로운 경풍 수십 가닥이 면도칼처럼 우건의 신형을 갈라왔다.

우건은 시간을 끌어봐야 좋을 게 없다는 생각이 들었다.

그는 한명진의 부하들과 투덕거리기 위해 온 것이 아니었다.

그의 최종목표는 한명진을 잡는 것이었다.

그는 한명진의 부하들에게 발목이 잡혀 시간이 끌리는 상황을 원하지 않았다. 여기서 시간이 끌리면 한명진이 도망치거나, 아니면 특무대가 광장에 있는 적을 제거한 후에 이쪽으로 넘어올 수 있었다. 둘 다 우건에겐 최악의 결과였다.

결심을 굳힌 우건은 허리춤에 꽂아둔 검을 뽑아 곧장 찔렀다.

검봉에서 새하얀 검광이 번쩍인다 싶은 순간, 열심히 손을 놀리던 사내의 이마에 구멍이 뚫렸다. 사내는 조법을 펼치던 자세 그대로 멈춰 있었다. 마치 무슨 일이 일어났는지 전혀 모르겠다는 표정처럼 보였다. 다리를 지탱하는 힘이 풀림과 동시에 절명한 사내는 허물어지듯 바닥으로 쓰러졌다.

사내가 천지검의 쾌를 담당하는 생역광음을 막기란 애초에 불가능한 것이었다. 더욱이 금룡등천단을 복용한 우건이 펼치는 생역광음은 월영루에서 펼쳤을 때보다 훨씬 빨랐다.

우건이 쓰러진 사내로부터 시선을 들어 올릴 때였다.

"아악!"

날카로운 비명이 들려왔다.

문제는 그 비명의 주인이 여자라는 점이었다.

우건의 시선이 부팀장이 있던 방향으로 돌아갔다.

우건이 고개를 막 돌렸을 때, 끈 떨어진 연처럼 날아가는 부팀장의 신형이 얼핏 보였다. 팔다리가 제멋대로 움직이는 모습을 봐선 기절한 듯했다. 우건이 금선지로 마혈을 제압해 죽인 적은 그녀를 포위한 세 명 중 가장 강한 적이었다.

　남은 두 명이 상대라면 그녀가 먼저 제압하진 못할지언정, 최소 동수는 이룰 수 있을 거라 내다보았다. 한데 결과는 정반대였다. 부팀장은 일격에 기절할 만큼 강한 충격을 받았다.

　'그녀를 상대하던 두 놈은 그럴 만한 실력이 없다. 그렇다면?'

　우건이 시선이 그들을 맞이한 30대 사내를 찾았다.

　그는 한명진이 특무대를 유인하기 위해 명진제약 본사에 보냈던 자였다. 그리고 그들을 막은 다섯 사내 중 가장 강했다.

　한데 그의 모습이 온데간데없이 사라진 상태였다.

　사내는 방금 전까지 팔짱을 낀 자세로 전황을 지켜보던 중이었다. 심지어 우건이 금선지를 펼쳐 적을 하나 처리할 때조차 팔짱을 풀지 않았다. 오히려 흥미롭다는 듯 지켜보았다.

　우건은 시선을 빠르게 움직여 사내의 위치를 찾았다. 그러나 부팀장을 공격하던 두 사내 외의 다른 적은 보이지 않았다.

그렇다면?

우건은 반사적으로 고개를 돌려 위를 보았다.

새카만 손 하나가 우건의 정수리 천령개에 떨어졌다. 우건은 섬영보를 펼쳐 뒤로 물러서며 왼손으로 파금장을 펼쳤다.

푸슉!

마치 물속에 장력을 펼친 것 같은 소리가 들리며 우건은 뒤로 세 걸음 물러났다. 새카만 손에 실린 경력을 견디지 못해 물러난 것은 아니었다. 우건이 뒤로 물러난 이유는 파금장과 부딪치는 순간, 새카만 손에서 흘러나온 음유(陰柔)한 장력 한 줄기가 장심을 통해 쏟아져 들어온 탓이었다.

우건은 급히 천지조화운심공을 운기해 장심을 통해 쏟아져 들어온 상대의 음유한 장력을 해소하려 애썼다. 꽤 지독한 수법이었다. 우건이 도문 정종심법을 익히지 않았으면 음유한 장력이 왼팔을 통해 심장으로 곧장 치달았을 터였다.

우건을 암습하는 데 실패한 사내가 바닥에 가볍게 착지했다.

먼지 한 톨 일지 않는 고절한 신법이었다.

우건은 그를 월영루 루주 파풍권 혈독자 최혁권과 비교해보았다. 내공은 혈독자가, 초식의 악랄함은 사내가 뛰어났다.

사내 역시 충격을 받은 모양이었다.

사내는 오른손목을 몇 번 쓰다듬으며 사이한 미소를 웃었다.

"내 흑수투심장(黑手透心掌)을 맨손으로 막아내다니, 대단하군."

우건은 검에 내력을 주입하며 물었다.

"혈독자 최혁권의 제자인가?"

"혈독자? 크하하하!"

사내는 어이가 없다는 듯 앙천광소를 터트렸다.

천장에 쌓인 먼지가 후드득 소리를 내며 떨어졌다.

'내가 잘못 본 모양이군. 내력 역시 혈독자에 전혀 못지않구나.'

제자가 스승보다 뛰어다나는 말로 청출어람(靑出於藍)이란 말이 있었다. 그러나 청출어람에는 한계가 있는 법이었다.

혈독자 정도의 고수가 길렀다고 하기엔 사내의 성취가 너무 도드라졌다. 그렇다면 그를 가르칠 만한 자는 한 명밖에 없었다. 바로 베일 속에 숨어, 명진제약이라는 재계의 거목을 키워낸 한명진이 사내의 사부일 가능성이 가장 높았다.

웃음을 뚝 그친 사내가 새카만 빛이 일렁이는 손을 내보였다.

"사부님을 혈독자 따위와 비교하는 것은 모욕이나 다름 없지."

"그럼 한명진에게 배웠겠군."

우건의 말을 들은 사내의 눈썹이 살짝 찌푸려졌다.

"그 이름은 네놈이 함부로 입에 올릴 이름이 아니다."

"그를 한명진으로 부르려면 자격이 필요한가?"

"그렇다."

"어떤 자격이지?"

"나를 죽여라. 그러면 자격을 얻을 것이다."

"별로 어려운 일은 아니군."

사내는 히죽 웃었다.

"흑사신(黑死神) 임도건(任道建)이란 이름이 네겐 우습나 보군."

이쪽의 사정을 잘 모르는 우건에게는 별다른 충격을 주지 못했지만 사실 임도건이란 이름은 그리 만만한 게 아니었다.

한명진의 후계자가 바로 흑사신 임도건이었던 것이다. 임도건이 처음부터 한명진의 후계자였던 것은 아니었다. 그에게는 20년 먼저 한명진의 문하에 들어와 수학하던 혈독자 최혁권이란 사형이 하나 있었다. 그러나 임도건은 타고난 재능 하나로 최혁권을 밀어낸 다음, 후계자 자리를 꿰찼다.

우건은 피식 웃었다.

"별호 거창한 놈 치고 제대로 싸울 줄 아는 놈이 별로 없었지."

말을 마친 우건은 비응보의 수법으로 날아올랐다. 임도건은 마치 기회를 잡았다는 듯 공중에 뜬 우건을 향해 흑수투심장의 흑랑여해(黑浪如海)를 펼쳤다. 우건을 향해 뻗은 두 장심에서 새카만 장력이 뿜어져 나와 노도처럼 밀려갔다.

우건은 천지검의 유성추월로 새카만 장력을 갈랐다.

콰콰콰쾅!

검봉에서 뿜어져 나온 하얀 광채 수십 가닥이 흑랑여해가 만든 새카만 장력을 갈기갈기 찢어발겼다. 그리고 갈기갈기 찢어발긴 후에는 장력을 날린 본체인 임도건을 덮쳐 갔다.

임도건의 자신만만하던 표정이 일그러지기 시작했다.

감히 맞받을 생각을 못한 임도건은 황급히 몸을 날렸다.

그러나 유성추월의 검광은 피한다고 해서 피할 수 있는 수법이 아니었다. 마치 살아 있는 생물처럼 임도건의 뒤를 쫓았다.

"빌어먹을!"

몸을 돌린 임도건은 좌장(左掌)을 밑으로, 우장(右掌)을 위로 뻗어갔다. 흑수투심장의 절초인 흑룡개구(黑龍開口)였다.

콰콰쾅!

유성처럼 허공을 가르던 검광이 흑룡개구가 만든 방어벽을 강타했다. 방어벽이 단단해 검광이 눈 녹듯 사라져버렸다.

그러나 피해가 전혀 없진 않았다.

임도건은 술에 취한 사람처럼 비틀거렸다.

적지 않은 내상을 입었단 증거였다.

그러나 임도건 역시 약골은 아니었다.

목구멍으로 넘어오는 피를 꿀꺽 삼킨 임도건이 좌장과 우장을 서로 교차해 뻗어왔다. 흑사교음(黑蛇交陰) 초식이었다.

임도건의 좌장과 우장이 발출한 시커먼 장력 두 줄기가 똬리 틀 듯 서로를 휘감으며 우건의 단전 방향으로 곧장 날아왔다.

우건은 단전으로 날아오는 장력에 왼손 장심을 붙였다.

쿠르릉!

벼락이 치는 듯한 굉음이 들리는 순간.

흑사교음이 만든 장력이 먼지처럼 화해 사라졌다.

태을진천뢰의 양강(陽剛)한 장력은 흑사교음의 음유한 장력을 압도해 버렸다. 흑수투심장의 장력이 아무리 음유해도 태을진천뢰가 만들어낸 양강 장력에는 상대가 되지 못했다.

임도건의 신형이 비바람을 맞은 갈대처럼 크게 휘청거렸다. 태을진천뢰는 흑사교음초식을 무력화시킨 것을 넘어 그가 연성한 흑수투심공(黑手透心功)의 내력마저 찍어눌러 갔다.

"말, 말도 안 돼! 이, 이럴 순 없어!"

임도건은 비명을 지르며 도망쳤다.

살기 위해서는 도망치는 수밖에 없었다.

우건은 그가 상대할 수 없는 고수였다.

도망치던 임도건의 눈에 멍청히 서 있는 부하들의 모습이 보였다. 그들은 적을 피해 도망치는 임도건의 모습이 믿겨지지 않는다는 듯 눈을 크게 뜬 상태로 지켜보는 중이었다.

임도건이 신경질을 내며 소리쳤다.

"이 멍청한 새끼들아, 빨리 그년을 죽여 버려!"

그제야 사내들은 임도건의 흑수투심장에 맞아 기절했던 부팀장을 찾았다. 부팀장은 벽에 기댄 자세로 몸을 덜덜 떠는 중이었다. 흑수투심장의 음유한 장력은 우건에게 전혀 소용없었지만 부팀장에겐 차라리 죽는 게 낫다는 생각이 들 만큼 고통스러웠다. 부팀장이 익힌 심공 역시 음유한 쪽이어서 흑수투심장의 음유한 장력에 더 극심한 고통을 받았다.

부팀장은 혈도를 얼려가는 음기(陰氣)로 인해 몸을 떨었다.

사내들은 손에 쥔 무기로 부팀장을 찔러갔다. 이미 손가락 하나 까딱할 수 없는 상태이던 부팀장은 눈을 질끈 감았다.

그녀는 자신이 살아날 방법이 없을 거라 생각했다.

한편, 우건은 양자택일 상황에 놓여 있었다.

도망치는 임도건을 추격하면 부팀장이 죽었다. 그리고 부팀장을 살리면 임도건이 그의 수중을 빠져나가는 상황이었다.

부팀장에게 정이 든 것은 아니었다.

그러기엔 같이 한 시간이 너무 짧았다.

그러나 죽어야 할 놈은 적들이지, 그녀가 아니었다.

우건은 이를 악물었다.

먼저 수중의 검을 부팀장이 있는 곳으로 던졌다.

천지검의 구명절초 비검만리였다.

섬광처럼 날아간 검이 적 두 명의 목덜미를 꼬치 꿰듯 한꺼번에 꿰었다. 비검만리는 그 위력만큼이나 막대한 내력이 필요한 초식이었다. 우건은 단전이 뻐근해지는 느낌을 받았다. 만일, 여기서 다시 한 번 무리한 초식을 전개하면 내상을 입을 확률이 높았다. 아니, 내상을 입을 게 확실했다.

그러나 그는 적을 살려 보낸 적이 없는 사람이었다. 우건은 손가락을 검처럼 만들어 도망치는 임도건의 등을 찔러갔다.

화르르!

불티 하나가 뇌전처럼 허공을 순식간에 갈랐다.

"크아아악!"

불티에 등을 적중당한 임도건이 비명을 지르며 몸부림쳤다.

그러나 고통은 시작일 뿐이었다.

임도건의 몸에 붙은 불티는 영원히 꺼지지 않는 지옥 불처럼 임도건의 몸을 빠르게 태워갔다. 옷과 체모가 먼저 타올랐다. 그리고 살갗이 타올랐다. 피는 수증기로 변해 증발했다.

임도건의 장기와 가장 단단한 뼈가 한 줌의 재로 녹아내리는 데는 그리 오래 시간이 필요치 않았다. 이것이 바로 태을문 최강 지법으로 꼽히는 전광석화(電光石火)의 위력이었다.

태을문 3대 장문인이며 태을문의 무공을 완성했다는 평가를 받는 무검진인(無劍眞人)이 우연한 기회에 전대 선승(禪僧)의 거처에서 지법 하나를 얻어 도문에 맞게 변형시킨 게 바로 전광석화였다. 이름을 바꾸지 않은 이유는 그 연원이 불문에 있음을 천하 무림인들에게 공표하기 위해서였다.

어쨌든 이 전광석화는 초식이랄 게 없었다.

그저 기를 모아 발출하는 단계로 이루어져 있을 뿐이었다.

그러나 그 위력은 보았다시피 경천동지할 만했다.

물론 그 위력만큼이나 필요한 내력 역시 엄청나, 우건은 벽을 짚으며 피 한 사발을 토해냈다. 혈맥에 찬 탁기(濁氣)가 금세 사라지진 않겠지만 피를 토하니 좀 살 것 같았다.

'금룡등천단의 내력으로도 전력을 다하기는 무리인 모양이구나.'

입가를 쓱쓱 닦은 우건은 여전히 몸을 사시나무처럼 떨며 앉아있는 부팀장에게 걸어갔다. 각혈(咯血)한 듯 복면 아랫부분이 피로 흠뻑 젖어 있었다. 우건은 그녀의 복면을 벗겼다.

갸름한 턱에 눈꼬리가 살짝 위로 치켜 올라가있는 다소 날카로운 여인의 얼굴이 나타났다. 나이는 20대 후반으로 보였다. 고통이 심한 듯 긴 속눈썹이 파르르 떨리는 중이었다.

우건은 부팀장의 맥문을 잡아 내력을 집어넣었다.

잠시 후, 부팀장의 눈꺼풀이 천천히 열렸다.

"당, 당신은……."

"이름이 뭐요?"

"진, 진이연(秦利演)……."

"소저는 지금 놈의 음유한 장력에 맞아 내상을 입은 상태요."

진이연의 얼굴에 씁쓸한 기색이 지나갔다.

"그, 그럼 전 곧 죽겠군요."

"죽지 않을 수 있는 방법이 하나 있소."

"뭔, 뭔가요?"

"당신은 오늘 날 본 적이 없는 거요."

진이연이 피식 웃었다.

"그, 그게 날 살려주는 조건인가요?"

"그렇소."

진이연은 살려준다는데 못할 것이 없었다.

"좋, 좋아요. 지, 지금 이 시간부로 당신에 대한 기억을 지워버리겠어요. 당, 당신은 오, 오늘 이, 이곳에 없었던 거예요."

우건은 안색을 굳혔다.

"나는 뒷간에 들어갈 때와 나올 때가 다른 사람을 아주 싫어하오."

"저, 저 역시 그런 사람을 증, 증오하는 성격이에요."

"좋소."

우건은 진이연의 등이 자기 쪽으로 오게 만들었다.

"알겠지만 내상요법(內傷療法)은 맨살에 펼쳐야 하오."

진이연은 말없이 고개를 끄덕였다.

임도건이 그녀에게 펼친 흑수투심장의 음유한 장력이 심맥을 건드리기 시작한 듯 대답할 힘이 남아 있지 않은 듯했다.

우건은 지체 없이 진이연의 옷자락을 들어올렸다.

진이영의 새하얀 등이 눈에 들어왔다.

그녀의 뒤태는 심장을 쇠로 만든 사내에게 새로운 심장을 만들어줄 수 있을 정도로 매혹적이었다. 잡티 하나 없는 깨끗한 피부에 유려한 선으로 이루어진 등이 아주 매혹적이었다.

특히, 겨드랑이에서 허리 밑으로 떨어지는 선이 아름다웠다. 마치 잘 빚은 도자기의 병목처럼 허리에서 좁아졌다가 골반 위에서 부풀어 오른 곡선은 아찔한 염기(炎氣)를 발했다.

우건의 시선이 그녀의 등 위로 올라갔다.

등 위에 검은색 끈이 있었다.

'이게 여자들이 입는 그 속옷인 모양이군.'

수연의 집에 들렀을 때 말리기 위해 밖에 내놓은 속옷을 본 기억이 있었다. 진이영 역시 그런 속옷을 착용한 상태였다.

태을문 비전 내상요법인 유곡기혈교정술(扭曲氣血矯正術)을 펼치기 위해선 짚어야하는 혈도에 거추장스러운 물건이 없어야했다. 당연히 속옷은 거추장스러운 물건에 해당했다.

"속옷을 풀겠소."

진이영은 다시 말없이 고개를 끄덕였다.

우건은 브래지어라 불리는 속옷을 풀기 위해 손을 가져갔다.

그의 손이 닿는 순간, 진이영이 몸을 약간 움찔했다. 고통스러운 가운데서도 외간 남자의 손이 몸에 닿는 어색함은 감춰지지 않는 모양이었다. 한데 브래지어를 푸는 게 쉽지 않았다. 빨리 하려다보니 오히려 손이 꼬이는 감이 있었다.

진이영은 고통스러운 신음을 내뱉으며 말했다.

"후, 후크를 당, 당겨서 풀어요."

우건은 후크가 뭔지 몰랐다.

그러나 당겨서 열라는 말은 알아듣지 못할 리 없었다.

톡!

브래지어를 푸는 순간, 약간 벌어진 진이영의 겨드랑이 밑으로 탄력 넘치는 살덩이 두 개가 출렁거리며 모습을 드러냈다.

시선을 돌린 우건은 유곡기혈교정술을 시전했다.

유곡기혈교정술을 시전하기 위해선 천지조화인심공 대신, 태을혼원심공을 운기해야 했다. 꼭 태을혼원심공을 운기해야 하는 건 아니지만 내상요법엔 그보다 좋은 심법이 없었다.

태을혼원심공은 음과 양의 조화를 중점에 둔 심법으로 양기가 강한 남자가 음한 무공을 익힐 수 있게 해주었다.

반대로 음기가 강한 여자가 양강한 무공을 익힐 수 있게 해줬다.

천하에 산재한 수만 가지 심공 중 태을혼원심공과 같은 공능을 가진 심법은 많지 않았다. 우건이 음유한 기운이 강한 무영무음지와 양강한 기운이 강한 금선지를 같이 펼칠 수 있는 이유 역시 태을혼원심공의 현묘한 공능 덕분이었다.

'이 여자는 운이 좋은 편이군.'

진이연은 정말 운이 좋은 여자였다.

우건이 만일 천지조화인심공을 수련하지 못했으면 그녀는 목숨을 건지기가 어려웠을 터였다. 태을조사가 말년의 심득을 담아 창안한 천지조화인심공은 말 그대로 조화를 위한 심법이었다. 심법의 성향이 다른, 심지어 마공을 통해 연성한 내력마저 천지조화인심공을 운기해 조화시킬 수 있었다.

우건이 박살난 하단전을 치료하기 위해 천지조화인심공이 아닌 다른 심법을 익혔으면 태을혼원심공을 끌어올리지 못했다.

심공 종류와 운기하는 법에 따라 내력은 성향이 변하기 마련이었다. 음유한 내력을 연성하는 심공과 양강한 내력을 연성하는 심공엔 당연히 차이가 있었다. 또, 정종 심법과 마공 심법은 연성한 내력의 성향이 천양지차(天壤之差)였다.

심지언 태을문에 내려오는 세 개의 심법 역시 두 개를 같이 익히지 못했다. 우건이 대성한 태을혼원심공과 사부 천선자의 일양무극심법(一陽無極心法), 사매 설린이 익힌 현녀진기(玄女眞氣) 중 두 가지를 동시에 익히면 주화입마에 빠져 폐인을 면치 못했다. 그만큼 심법은 경계가 확실했다.

그러나 천지조화인심공은 상관없었다.

천지조화인심공을 익힌 상태에선 태을혼원심공이 아니라, 살기가 짙은 마공을 익힌다한들 전혀 영향을 받지 않았다.

우건은 진이연의 머리와 등에 있는 백회(百會), 뇌호(腦戶), 대추(大椎), 명문(命門) 등 독맥(督脈)의 혈도를 누르며 태을혼원심공의 양강한 내력을 조금씩 밀어 넣었다. 그 즉시, 진이연의 내부에서 그녀의 심맥(心脈)을 갉아먹던 흑수투심장의 지독한 내력이 튀어나와 우건의 내력을 공격했다.

우건은 유곡기혈교정술의 구결대로 흑수투심장이 만든 내력을 다뤘다. 강하게 나갈 때는 강하게, 끈질기게 버텨야 할 때는 끈질기게 버티며 흑수투심장의 내력을 천천히 제거했다.

우건의 이마에 땀이 송골송골 맺힐 무렵, 진이연의 전신 모공에서 지독한 악취와 함께 시커먼 땀방울이 비처럼 흘렀다.

"이제 소저가 익힌 심법의 요상구결에 따라 운기하시오."

우건은 그녀의 명문에 장심을 붙였다.

어느 정도 몸을 회복한 진이연은 즉시 운기에 들어갔다.

우건은 그녀의 명문에 붙인 장심을 통해 태을혼원심공의 음유한 내력을 집어넣어 그녀의 운기를 도와주었다. 우건이 불어넣은 음유한 내력은 정종 심법으로 연성한 내력이었다.

진이연이 익힌 심공보다 훨씬 고명해 잡스러운 그녀의 내력이 오히려 순수해지며 전보다 높은 성취를 이룰 수 있었다.

손을 뗀 우건은 일어나 몸을 돌렸다.

"이제 옷을 입고 운기행공하시오."

진이연은 손을 등 뒤로 돌려 브래지어의 후크를 다시 채웠다. 그리곤 옷매무새를 정리한 후에 몸을 돌려 우건을 보았다.

그녀의 눈엔 여러 감정이 복잡하게 얽혀 있었다.

"월영루 일은 당신이 한 짓이군요."

"그렇소."

"이름을 알고 싶어요."

"내 이름을 알려는 이유가 무엇이오?"

"목숨을 구해준 은인이잖아요. 당연히 알아둬야죠."

우건은 고개를 저었다.

"우리 인연은 여기서 끝나는 게 가장 좋소."

돌아선 우건이 따라오려는 진이연을 제지했다.

"적당한 곳을 찾아 운기행공하시오. 지금 당장 운기행공하지 않으면 소저가 입은 내상을 완벽히 치료하기 힘들 것이오."

걸음을 멈춘 진이연이 물었다.

"그를 혼자 상대하려는 건가요?"

"그에게 개인적으로 궁금한 사안이 몇 가지 있소. 당신들과 함께 가면 내가 궁금한 사안을 물어볼 틈이 없을 것이오."

"혼자 가겠단 말이군요."

잠시 머뭇거리던 진이연이 다시 물었다.

"그를 상대할 수 있을 것 같아요?"

진이연이 이렇게 묻는 이유는 방금 펼친 내상요법에 적지 않은 내력이 필요하단 사실을 알았기 때문이었다. 한명진이 흑사신 임도건과 혈독자 최혁권을 가르쳤다는 예상이 맞는다면 그는 그 둘보다 한 수 위의 고수일 것이 틀림없었다.

내력을 소비한 상태에선 상대하기 힘들지 몰랐다.

우건은 피식 웃었다.

"내 걱정은 말고 운기행공이나 하시오."

말을 마친 우건은 통로 끝에 있는 문으로 걸어갔다.

❖ ❖ ❖

노인은 뒷짐을 쥔 자세로 천장을 바라보며 서 있었다.

원뿔 꼭짓점처럼 생긴 30미터 높이 천장 한가운데에는 조명기구가 달려 있었다. 마치 관중 수만 명이 들어가는 큰 경기장에 사용하는 조명탑을 여러 개 모아놓은 듯한 생김새였다.

조명기구 주위에는 암술과 수술을 둘러싼 꽃잎처럼 거대한 팬이 아홉 개 달려 있었다. 아홉 개의 팬이 돌아갈 때마다 위잉하는 소음이 울리며 신선한 공기가 끊임없이 들어왔다.

노인의 시선이 밑으로 내려왔다.

노인은 지금 정원, 아니 정글 한가운데 서 있었다.

각종 열대식물이 정글 중앙을 흐르는 시내를 따라 자라 있었다. 그리고 곳곳에 뱀과 같은 독충들이 지척으로 널려 있었다.

노인은 야자수를 지나 시냇가로 걸어갔다.

시냇물은 안이 훤히 들여다보일 만큼 맑아 거울처럼 노인의 모습을 비춰주었다. 노인은 지금 고급 드레스셔츠에 수제 정장바지를 입은 상태였다. 그리고 은빛이 도는 머리카락을 머리 뒤로 넘겨 주름이 없는 이마를 드러낸 차림새였다.

노인은 두 가지 점에서 특이했다.

하나는 앞서 말한 대로 주름이 없단 점이었다.

그리고 두 번째는 머리카락 뿌리가 젊은이의 그것처럼 새카맣다는 점이었다. 마치 검은 머리를 은색으로 염색한 듯했다.

노인의 정체는 바로 명진제약 회장 한명진이었다.

한명진은 뒷짐을 쥔 자세로 밀림 서쪽 끝에 있는 문을 보았다.

문은 여전히 굳게 닫혀 있었다.

한명진은 잠시 갈등했다.

그는 떠나도 상관없었다.

이미 적지 않은 돈을 스위스 비밀계좌에 모아둔 상태였다. 그리고 고향엔 이보다 훨씬 넓은 곳에 지어둔 저택이 여러 채 있었다. 이대로 떠나면 귀찮은 상황을 피할 수 있었다.

30년 가까이 일군 명진제약이 아깝긴 하지만 어차피 효용가치가 다한 기업이었다. 뽑아먹을 건 다 뽑아먹은 상태였다.

그러나 어제 전멸한 월영루와 그의 거처를 지키는 일양루

(日陽樓), 즉 일월양루(日月兩樓)는 조금 아깝단 생각이 들었다.

최혁권과 임도건 같은 솜씨 좋은 수하를 키우려면 적지 않은 세월이 필요할 터였다. 그 귀찮은 일을 반복하긴 싫었다.

그러나 일월양루가 아까워 이곳을 떠나지 못한 건 아니었다.

그가 떠나지 못한 이유는 바로 특무대에 있었다.

한명진은 특무대가 월영루에 첩자를 잠입시켰다는 말을 최혁권에게 듣는 순간, 그들의 목표가 자신임을 바로 직감했다.

최혁권이 고문한 첩자를 통해 이미 확인한 내용이었다.

한명진은 정관계에 뿌려둔 뇌물을 약점 삼아 경찰과 검찰, 그리고 행정부 인사들에게 특무대를 떼어내 달라 요청했다.

그러나 그들에게 돌아온 답은 그럴 수 없다는 것이었다.

그들이 힘이 없어 그런 건 아니었다.

특무대는 소속만 경찰일 뿐 독립적인 기관이었다.

심지어 세금 한 푼 쓰지 않았다.

분명 존재하지만 존재하지 않는 것 같은 부대가 특무대였다.

한명진은 철마다 자기가 준 뇌물을 꼬박꼬박 처먹으면서 정작 중요한 때엔 내빼는 정치인과 관료에게 화가 치밀었다.

그러나 한편으론 특무대가 괘씸하기 짝이 없었다. 마음 수양을 했다고는 하지만 호승심까지 다 없애진 못한 모양이었다.

결정을 내린 한명진은 특무대를 유인하기 위해 계략을 세웠다. 일양루 루주인 임도건을 명진제약 본사에 보내 특무대 놈들을 자신의 비밀 거처로 유인했다. 놈들은 이곳이 그들의 무덤이 될 거란 사실을 모른 채 좋다며 쫓아올 것이다.

그리고 실제로 놈들은 그의 거처에 들이닥쳤다.

한명진은 새벽까지 기다려본 후에 고향으로 떠날 생각이었다.

부하들이 특무대를 없애버리면 그것대로 좋았다.

그리고 특무대가 부하들을 뚫고 이곳까지 오면 그건 그것대로 좋았다. 놈들에게 두려움이 뭔지 가르쳐줄 수 있으니까.

놈들을 깡그리 잡아 죽인 후에 평택에 준비해둔 도피수단을 이용해 한국을 떠날 생각이었다. 특무대가 전멸했단 소식을 들은 놈들이 다른 부대를 보냈을 때는 이미 그는 이 나라에 없을 터였다. 놈들이 감쪽같이 사라진 그를 찾기 위해

발을 동동 구를 모습을 생각하니 고소하기 짝이 없었다.

한명진의 입가에 희미한 미소가 떠오를 무렵이었다.

덜컹!

굉음과 함께 정원 출입구가 통째로 떨어져나갔다.

부하들이 출입구를 뜯진 않았을 테니까 특무대란 뜻이었다.

"호오, 놈들 중에 꽤 실력자가 있는 모양이군."

한명진은 안력을 끌어올려 적의 정체를 살폈다.

한데 적은 한 명이었다.

뒤따라 들어오는 놈이 있을 거라 생각해 계속 쳐다보았지만 적은 그 한 명이었다. 그 적은 마치 유람 나온 사람처럼 그가 30년 가까이 공을 들여 만든 정원을 걸어오고 있었다.

잠시 후, 적이 마침내 한명진 앞에 섰다.

그 적은 당연히 우건이었다.

우건은 사실 긴장한 상태였다.

그는 천지검과 전광석화를 연달아 펼치는 바람에 약간의 내상을 입은 상태였다. 그리고 진이연을 치료하는 데 내력을 과도하게 쓴 상태였다. 내력을 운용하는 데 부담이 있었다.

한데 마침내 대면한 한명진은 그의 예상을 뛰어넘는 고수였다.

한명진의 몸에서 강렬한 기세가 느껴졌다.

그뿐만이 아니었다.

주름이 없는 얼굴과 다시 자라기 시작하는 검은색 머리카락은 그의 내력이 최근에 급격히 높아졌단 사실을 의미했다.

여러모로 우건에겐 좋지 않은 소식이었다.

한명진은 여전히 뒷짐을 쥔 여유로운 자세로 고개를 끄덕였다.

"특무대에 너 같은 아이가 있을 줄은 몰랐구나."

우건은 한명진처럼 여유롭지 못해 단도직입적으로 질문했다.

"자이덴 임상실험 때문에 여의사를 죽이라고 시켰나?"

한명진의 미간이 찌푸려졌다.

말투가 마음에 들지 않은 모양이었다.

그러나 곧 미간을 푼 한명진이 고개를 갸웃거렸다.

"여의사라면 영제병원의 흉부외과 레지던트를 말하는 것이냐?"

"그렇다."

"그런 지시를 내린 기억이 어렴풋이 나는 것 같군."

대답한 한명진이 무언가를 생각하더니 흠칫하며 물었다.

"한데 네가 그 사실을 어찌 아는 것이냐?"

"그건 중요한 게 아니다. 지금 중요한 건 네가 그 일로 인해 죽어야 한단 사실이다. 네가 그 지시만 내리지 않았어도 넌 천수를 누렸을 것이다. 그러나 후회하기엔 이미 늦었다."

한명진의 입가에 미소가 번졌다.

"넌 특무대가 아니구나."

"맞다."

"그 여의사를 죽이러 간 사견조의 연락이 끊긴 후에 월영루가 습격당했다는 보고를 받았는데 네놈이 벌인 짓이었구나."

"맞다."

"특무대가 아니라면 복면으로 얼굴을 가릴 필요가 없지 않느냐?"

우건은 말없이 복면을 벗었다.

우건이 얼굴을 드러내는 순간, 지금까지 여유로운 표정으로 일관하던 한명진의 얼굴이 귀신을 본 사람처럼 굳어졌다.

"너, 너는 혈검선(血劍仙)?"

이번엔 우건이 흠칫했다.

혈검선은 그가 중원 무림을 떠돌 때 얻은 별호 중 하나였다.

"네가 그 별호를 어떻게 알지?"

한명진의 얼굴이 점점 더 굳어갔다.

"역시 넘어왔구나……. 우리가 넘어왔으니까 너 역시 넘어올지 모른다는 그들의 말이 맞았어. 틀리지 않았던 것이었어!"

"너도라니……. 설마!"

우건은 몸을 부르르 떨었다.

한명진이 한 자 한 자 씹어뱉듯 말했다.

"나는 네가 그날 제천회에 쳐들어왔을 때 너를 저지하기 위해 동원됐던 100여 명의 고수 중 한 명이었다. 독수괴의(毒手怪醫) 한세동(漢世動)이 원래 내가 가진 이름이었다."

우건은 독수괴의 한세동이란 이름이 기억났다. 운남출신의 독공 고수로 복건(福建)에서 이름을 날리던 사파 인물이었다.

제천회에 쳐들어갔을 때 워낙 많은 고수들이 그 앞을 막아선 탓에, 한 명, 한 명의 이름을 다 기억하기가 쉽지 않았다.

한데 이 한세동이란 자가 그 자리에 있었던 것이다.

우건은 감정을 가라앉히기 위해 최선을 다하며 물었다.

"태을양의미진진에 갇혀 있던 고수들이 다 넘어왔다는 뜻인가?"

"네가 마지막일 거다."

대답을 들은 우건은 벼락이 몸을 관통하는 듯했다.

한세동은 마치 그때를 기다렸다는 듯 강렬한 일격을 가해왔다.

〈2권에 계속〉

내 친구 석호
김상준 현대판타지 장편소설
NEO MODERN FANTASY STORY
1 내 친구 석호
2 내 친구 석호
유쾌! 통쾌! 상쾌! 경쾌!
대구 일대를 주름잡던 석호의 상경기!
쌈박질만 해대던 고등학교 1학년의 어느 날,
집으로의 호출과 함께 청천벽력 같은 한마디.
"석호야. 니 서울로 가라."
태풍을 몰고 다니는 전학생, 풍운아 석호.
한국에서 둘째가라면 서러울 재벌 2세 준학.
할 땐 하는 남자, 동물농장의 우두머리 석진.
얼굴에 똥칠해도 잘생겼을 얼굴마담 민호.
목동의 투톱, 내 마음속의 원톱 희연.
이들이 담아낼 솔직, 담백한 청춘 판타지!
우리가 학창시절에 꿈꿨던 모든 것!
그 아련한 추억의 길을 거닐다!